Princesa
na balada

Obras da autora publicadas pela Editora Record:

Avalon High
Avalon High — A coroação: a profecia de Merlin
Cabeça de vento
Sendo Nikki
Na passarela
Como ser popular
Ela foi até o fim
A garota americana
Quase pronta
O garoto da casa ao lado
Garoto encontra garota
A noiva é tamanho 42
Todo garoto tem
Ídolo teen
Pegando fogo!
A rainha da fofoca
A rainha da fofoca em Nova York
A rainha da fofoca: fisgada
Sorte ou azar?
Tamanho 42 não é gorda
Tamanho 44 também não é gorda
Tamanho não importa
Tamanho 42 e pronta para arrasar
Liberte meu coração
Insaciável
Mordida

Série **O Diário da Princesa**
O diário da princesa
Princesa sob os refletores
Princesa apaixonada
Princesa à espera
Princesa de rosa-shocking
Princesa em treinamento
Princesa na balada
Princesa no limite
Princesa Mia
Princesa para sempre
O casamento da princesa

Lições de princesa
O presente da princesa

Série **A Mediadora**
A terra das sombras
O arcano nove
Reunião
A hora mais sombria
Assombrado
Crepúsculo

Série **As leis de Allie Finkle para meninas**
Dia da mudança
A garota nova
Melhores amigas para sempre?
Medo de palco
Garotas, glitter e a grande fraude
De volta ao presente

Série **Desaparecidos**
Quando cai o raio
Codinome Cassandra
Esconderijo perfeito
Santuário

Série **Abandono**
Abandono
Inferno
Despertar

MEG CABOT

Princesa
na balada

Tradução de
ANA BAN

7ª edição

Rio de Janeiro | 2016

CIP-Brasil. Catalogação na fonte
Sindicato Nacional dos Editores de Livros, RJ.

C116p
7ª ed.

Cabot, Meg, 1967-
　　Princesa na balada / Meg Cabot; tradução de Ana Ban. – 7ª ed. –
Rio de Janeiro: Galera Record, 2016.
　　(O diário da princesa; 7)

　　Tradução de: Party princess
　　Sequência de: Princesa em treinamento

　　ISBN 978-85-01-07534-5

　　1. Meninas – Conduta – Literatura infantojuvenil. 2. Escolas
secundárias – Literatura infantojuvenil. 3. Autonomia (Psicologia) –
Literatura infantojuvenil. I. Ban, Ana. II. Título. III. Série.

06-3738

CDD – 028.5
CDU – 087.5

Título original norte-americano:
PARTY PRINCESS

Copyright © 2006 by Meggin Cabot

Todos os direitos reservados. Proibida a reprodução,
no todo ou em parte, através de quaisquer meios.

Design de capa adaptado do projeto de Ray Shappell para Harper Collins Publishers.

Este livro foi revisado segundo o novo Acordo Ortográfico da Língua Portuguesa.

Direitos exclusivos de publicação em língua portuguesa somente para o
Brasil adquiridos pela
EDITORA RECORD LTDA.
Rua Argentina 171 – Rio de Janeiro, RJ – 20921-380 – Tel.: 2585-2000
que se reserva a propriedade literária desta tradução.

Impresso no Brasil

ISBN 978-85-01-07534-5

Seja um leitor preferencial Record.
Cadastre-se e receba informações sobre nossos
lançamentos e nossas promoções.

Atendimento e venda direta ao leitor:
mdireto@record.com.br ou (21) 2585-2002.

EDITORA AFILIADA

*Para a minha sobrinha,
Riley Sueham Cabot,
outra princesa em
treinamento.*

Agradecimentos

Muito obrigada a Beth Ader, Jennifer Brown, Barbara Cabot, Lexa Hillyer, Michele Jaffe, Laura Langlie, Janey Lee e Abigail McAden. Agradecimento especial a Benjamin Egnatz, que escreveu muitas das canções e dos poemas deste livro, e que também me alimentou enquanto eu escrevia.

"O espírito e o ímpeto de qualquer criança seria totalmente diminuído e despedaçado pelas mudanças a que ela precisou ser submetida. Mas, quando digo alguma coisa, ela parece tão pouco submissa como se... como se fosse uma princesa."

A Princesinha
Frances Hodgson Burnett

Do Gabinete de
Vossa Majestade Real

Princesa Amelia Mignonette
Grimaldi Thermopolis Renaldo

Caro dr. Carl Jung,

Eu sei muito bem que o senhor nunca vai ler esta carta, principalmente porque já morreu.

Mas estou com vontade de escrever mesmo assim, porque há alguns meses, durante um período especialmente difícil da minha vida, uma enfermeira me disse que eu precisava ser mais verbal em relação aos meus sentimentos.

Sei que escrever uma carta para uma pessoa morta não é exatamente ser verbal, mas a minha situação é tal que existem poucas pessoas com quem posso falar de verdade sobre os meus problemas. Sobretudo porque são exatamente essas pessoas que estão causando os meus problemas.

A verdade, dr. Jung, é que eu luto há quinze anos e nove meses para alcançar a minha auto-atualização. O senhor se lembra da auto-atualização, certo? Quer dizer, devia lembrar: afinal, foi o senhor mesmo quem a inventou.

O negócio é o seguinte: cada vez que imagino ter avistado a auto-atualização no horizonte, alguma coisa acontece e bagunça tudo. Tipo esse negócio todo de ser princesa. Quer dizer, logo quando achei que não tinha como ficar mais esquisita, *BAM!* Eu descubro que também sou princesa.

O que, eu sei, não parece ser um problema de verdade para muita gente. Mas eu bem gostaria de saber como ESSA GENTE reagiria se cada instante da vida DELAS fosse tomado por lições da avó com pálpebras tatuadas a respeito de como ser uma integrante da realeza; ser perseguida por paparazzi; ou participar de eventos chatos em que as pessoas nunca nem ouviram falar de *OC: Um estranho no paraíso*, imagina se fazem alguma idéia do que está acontecendo com o namoro de vai-vém de Seth e Summer.

Mas o negócio de princesa não é o único obstáculo entre mim e minha busca pela auto-atualização. Também não ajuda muito o fato de eu ser a única pessoa que cuida do meu irmãozinho — que parece estar sofrendo de graves problemas de desenvolvimento porque, com dez meses, ainda não aprendeu a andar sem se segurar em alguém (geralmente eu; mas também é verdade que ele demonstra habilidades verbais bastante avançadas para a idade: ele conhece duas palavras, mião — caminhão — e ato — gato —, e as usa de maneira indiscriminada para todos os objetos, não apenas caminhões e gatos).

Mas não é só isso. O que o senhor acha de eu ter sido eleita presidente do conselho estudantil da minha escola... e mesmo assim continuar sendo uma das pessoas menos populares da dita escola?

Ou de eu finalmente ter descoberto que tenho mesmo um talento de verdade (que é escrever — para o caso de o senhor não ter percebido nesta carta), mas que também não vou poder seguir carreira na profissão escolhida porque estarei ocupada demais governando um principado europeu? Não que algum dia eu vá conseguir publicar alguma coisa ou possa conseguir um emprego de roteirista-assistente em um seriado de comédia.

Ou que finalmente conquistei o amor do homem dos meus sonhos, só que agora ele está tão ocupado com a História da Ficção Científica Distópica no Cinema que a gente mal se vê.

Está percebendo o que eu quero dizer com tudo isso? Cada vez que a auto-atualização parece estar ao alcance dos meus dedos, ela é arrancada de mim com toda a crueldade pelo destino. Ou pela minha avó.

Não estou reclamando... só estou dizendo... bom, o que um ser humano precisa suportar antes de poder se considerar auto-atualizado?

Porque eu realmente estou achando que não vai dar mais para agüentar.

Será que o senhor tem alguma dica para me dar para que

eu consiga alcançar a transcendência antes de completar 16 anos? Porque eu queria mesmo saber.

Obrigada.

Sua amiga,
Mia Thermopolis

P.S.: Ah, é. Eu tinha esquecido. O senhor morreu. Desculpe. Não se preocupe com a parte da dica. Acho que vou procurar alguma coisa na biblioteca.

Terça-feira, 2 de março, depois da escola, Superdotados e Talentosos

REUNIÃO QUINZENAL DOS REPRESENTANTES
DO CONSELHO ESTUDANTIL DA AEHS

Ata da reunião
Lista de presença
   Presentes:
   Mia Thermopolis, presidente
   Lilly Moscovitz, vice-presidente
   Ling Su Wong, tesoureira
   Sra. Hill, conselheira
   Lars van der Hooten, guarda-costas pessoal de VAR M. Thermopolis

Ausente:
   Tina Hakin Baba, secretária, por causa da consulta de emergência no ortodontista, porque seu irmãozinho jogou o aparelho dela na privada.

(E é por isso, aliás, que eu estou redigindo a minuta. A Ling Su não pode fazer isso porque tem letra de "artista", que é bem parecida com letra de "médico", e isso significa que na verdade é indecifrável ao olho humano. E a Lilly disse que está com síndrome do túnel do carpo de tanto digitar aqueles contos que enviou para o concurso anual de contos de ficção da revista *Sixteen*.

Ou, devo dizer, os CINCO contos que ela enviou para o concurso anual de contos de ficção da revista *Sixteen*.

Não sei como ela encontrou tempo para escrever CINCO contos. Eu mal tive tempo para escrever UM.

Mesmo assim, acho que o meu conto, "Chega de milho!", é bem bom. Quer dizer, tem tudo o que um conto DEVE conter: romance. *Páthos*. Suicídio. Milho.

Quem pode querer mais do que isso?)

Moção para aprovar a minuta da reunião de 15 de fevereiro: APROVADA

RELATÓRIO DA PRESIDENTE: Meu pedido para que a biblioteca da escola permaneça aberta nos fins de semana para o uso de grupos de estudo foi recebido com resistência considerável pela diretoria da escola. As questões levantadas foram as seguintes: custo das horas extras dos bibliotecários, assim como o custo das horas extras do vigia na porta da escola para conferir as carteirinhas e se assegurar de que as pessoas que entram são de fato alunos da AEHS, e não simplesmente qualquer sem-teto da rua.

RESPOSTA DA VICE-PRESIDENTE: O ginásio fica aberto nos fins de semana para a prática de esportes. O vigia com certeza poderia conferir a carteirinha tanto dos alunos atletas quanto dos alunos que de fato se preocupam com as notas. Além do mais, vocês não acham que até mesmo um vigia com inteligência moderada poderia diferenciar qualquer sem-teto da rua e os alunos da AEHS?

RESPOSTA DA PRESIDENTE À VICE-PRESIDENTE: Eu sei. Já disse isso. Daí a diretora Gupta me lembrou de que o orçamento atlético foi definido há algum tempo, e que não existe orçamento de fim de semana para a biblioteca. E que os vigias são contratados principalmente por causa do tamanho, não da inteligência.

RESPOSTA DA VICE-PRESIDENTE À RESPOSTA DA PRESIDENTE: Bom, então, talvez, a diretora Gupta precise ser lembrada de que a ampla maioria dos alunos da

Albert Einstein High School não está envolvida em esportes e precisa de mais tempo na biblioteca, e esse orçamento precisa ser revisto. E que tamanho não é tudo.

RESPOSTA DA PRESIDENTE À
RESPOSTA DA VICE-PRESIDENTE
EM RESPOSTA À MINHA
DECLARAÇÃO ANTERIOR: Dããã, Lilly, foi o que eu disse. Ela respondeu que vai pensar sobre o assunto.

(Por que a Lilly sempre tem de ser tão do contra nessas reuniões? Fica parecendo para a sra. Hill que eu não tenho autoridade nenhuma.

Achei mesmo que ela tinha superado toda aquela história de eu não renunciar ao cargo para que ELA pudesse ser presidente. Quer dizer, isso faz MESES, e parecia que ela tinha me perdoado depois que eu consegui fazer o meu pai ir ao programa de TV dela para dar uma entrevista a respeito das políticas de imigração da Europa.

E, tudo bem, isso não fez a audiência dela crescer tanto quanto ela esperava.

Mas *Lilly Tells It Like It Is* (Lilly diz a coisa como a coisa é) continua sendo o programa de maior audiência da TV a cabo de Manhattan, depois daquele com um motoqueiro Hell's Angel que ensina a cozinhar embaixo de um cano de descarga, quer dizer, apesar de aqueles produtores que estão de olho no programa dela não terem conseguido vender para nenhuma grande rede de TV.)

RELATÓRIO DA VICE-PRESIDENTE: Os cestos de lixo reciclável chegaram e foram colocados ao lado de todos os cestos de lixo comum da escola. São cestos especiais com três divisões: papel, vidro e lata, com um esmagador mecânico embutido na parte das latas. Os alunos têm usado bastante o equipamento. No entanto, há um pequeno problema com os adesivos.

RESPOSTA DA PRESIDENTE: Que adesivos?

R DA VICE-PRESIDENTE À R DA PRESIDENTE: Aqueles em cima da tampa dos cestos que dizem "Papel, Vidro e Bala".

R DA PRESIDENTE À R DA VP: Está escrito "Papel, Vidro e LATA", não "Bala".

VICE-PRESIDENTE: Não, não está. Olhe aqui.

PRESIDENTE: Certo Quem revisou os adesivos?

VICE-PRESIDENTE: Foi a secretária. Que não está aqui.

TESOUREIRA:	Mas não é culpa da Tina, porque ela anda superestressada com as provas bimestrais.
PRESIDENTE:	Precisamos encomendar adesivos novos. "Papel, Vidro e Bala" é inaceitável.
TESOUREIRA:	Não temos dinheiro para encomendar adesivos novos.
PRESIDENTE:	Entre em contato com o fornecedor dos adesivos e informe que cometeram um erro que precisa ser retificado imediatamente e que, como o erro foi deles, não podem cobrar nada.
VICE-PRESIDENTE:	Dê licença, Mia, mas você está escrevendo a minuta da reunião no seu DIÁRIO?
PRESIDENTE:	Estou. E daí?
VICE-PRESIDENTE:	Então você não tem um caderno especial para o conselho estudantil?
PRESIDENTE:	Tenho sim. Mas eu meio que perdi. Não se preocupe, vou transcrever as minutas para o computador assim que chegar em casa. Dou cópias impressas para vocês amanhã.
VICE-PRESIDENTE:	Você PERDEU seu caderno do conselho estudantil?
PRESIDENTE:	Bom, não exatamente. Quer dizer, eu sei direitinho onde ele está. Só que ele não está acessível neste momento.
VICE-PRESIDENTE:	E por quê?
PRESIDENTE:	Porque o deixei no quarto do alojamento do seu irmão.

VICE-PRESIDENTE: O que você estava fazendo com o caderno do conselho estudantil no quarto do alojamento do meu irmão?
PRESIDENTE: Eu só fui fazer uma visita, certo?
VICE-PRESIDENTE: Você SÓ foi fazer isso? Uma VISITA?
PRESIDENTE: É. Senhora tesoureira, estamos prontas para o seu relatório agora.

(Certo, é sério. Que história foi aquela de *Você SÓ foi fazer isso?* Você sabe muito bem que ela estava falando de S-E-X-O. E, ainda por cima, na frente da sra. Hill! Até parece que a Lilly não sabe muito bem qual é a minha posição e a do Michael em relação a esse assunto!

Será que isso é porque ela está preocupada com que "Chega de milho!" seja melhor do que qualquer um dos contos dela? Não, isso não é possível. Quer dizer, "Chega de milho!" FALA sobre um jovem solitário e sensível que se sente tão incomodado com a alienação em uma escola de ensino médio na região nobre de Upper East Side, em Manhattan, onde os pais dele o matricularam, e também com a insistência da cantina da escola de colocar milho no feijão, ignorando os pedidos freqüentes dele para que não façam isso, que acaba pulando na frente de um metrô da linha F.

Mas será que esse enredo é mesmo melhor do que qualquer um dos contos da Lilly, que são todos a respeito de moças e rapazes que se entendem com sua sexualidade? Não sei.

O que eu sei é que a revista *Sixteen* não costuma publicar contos com cenas de sexo explícito. Quer dizer, ela faz artigos sobre métodos anticoncepcionais e apresenta depoimentos de meninas que pegaram DSTs ou que engravidaram sem querer ou que foram vendidas como escravas brancas ou sei lá o quê.

Mas nunca escolhe histórias com coisas assim nos concursos de ficção.

Mas quando eu comentei isso com a Lilly, ela disse que eles provavelmente fariam uma exceção se o conto fosse bom de verdade, e os dela são com toda certeza — de acordo com ela, pelo menos.

Só espero que as expectativas da Lilly não sejam irreais DEMAIS. Porque, tudo bem, uma das primeiras regras da ficção é escrever sobre aquilo que você conhece, e eu nunca fui menino, nem detestei milho, nem me joguei na frente do metrô da linha F.

Mas a Lilly nunca transou com ninguém, e todos os CINCO contos dela têm sexo. Em um deles, a heroína transa como um PROFESSOR. A gente SABE que ela não escreveu isso a partir de nenhuma experiência pessoal. Quer dizer, tirando o técnico Wheeton, que agora está noivo da Mademoiselle Klein e nunca nem OLHARIA para alguma aluna, não existe nenhum único professor homem nesta escola que qualquer pessoa pudesse ser capaz de considerar interessante, nem de longe.

Bom, qualquer pessoa exceto a minha mãe, parece, que aparentemente achou a gostosura — ECA — do sr. G irresistível.)

RELATÓRIO DA TESOUREIRA: A gente não tem mais dinheiro.

(Espera aí. O QUE FOI QUE A LING SU DISSE???????)

Terça-feira, 2 de março, hotel Plaza, aula de princesa

Bom, então é isso. O conselho estudantil da Albert Einstein High School está falido.

Quebrado.

Sem fundos.

Duro.

Somos o primeiro governo na história da Albert Einstein High School que gastou todo o orçamento em apenas sete meses, sendo que ainda faltam mais três para o ano letivo acabar.

O primeiro da história que não tem dinheiro para alugar o salão Alice Tully no Lincoln Center para a cerimônia de entrega de diplomas do último ano.

E parece que a culpa é toda minha, por ter nomeado uma artista como tesoureira.

"Eu disse que não sou boa com dinheiro!", foi a única coisa que a Ling Su ficou repetindo sem parar. "Eu disse que não era para você me nomear tesoureira! Eu disse para você nomear o Boris como tesoureiro! Mas você queria que fosse esse negócio de Girl Power. Bom, esta garota aqui também é artista. E artistas não sabem nada a respeito de saldo bancário nem de dividendos! A gente tem coisas mais importantes na cabeça. Tipo fazer *arte* para estimular a mente e os sentidos."

"Eu sabia que a gente devia ter nomeado a Shameeka para tesoureira", a Lilly resmungou. Várias vezes. Apesar de eu ter lembrado a ela, várias vezes, que o pai da Shameeka disse para ela que só pode fazer uma atividade extracurricular por semestre, e que ela já tinha escolhido ser líder de torcida em vez de participar do conselho estudantil, uma decisão que com toda a certeza vai assombrá-la em sua luta para se tornar a primeira mulher afro-americana indicada como ministra da Corte Suprema.

Mas o negócio é que a culpa não é da Ling Su. Quer dizer, *eu* é que sou a presidente. Se tem uma coisa que aprendi com esse negócio de princesa, é que junto com a soberania vem a responsabilidade: você pode delegar quanto quiser, mas no fim é VOCÊ quem vai pagar o preço se alguma coisa der errado.

Eu devia ter prestado atenção. Eu devia ter controlado as coisas mais de perto.

Eu devia ter vetado os cestos de lixo ultracaros. Eu devia ter simplesmente encomendado aqueles normais, azuis. Foi idéia minha escolher os que têm amassador de lata embutido.

ONDE É QUE EU ESTAVA COM A CABEÇA??? Por que ninguém tentou me deter????

Ai, meu Deus. Já sei o que é!

É a minha própria Baía dos Porcos presidencial.

Falando sério. Aprendemos tudo sobre a Baía dos Porcos na aula de Civilização Mundial — em que um grupo de estrategistas militares, lá dos anos 1960, fez um plano para invadir Cuba e depor Fidel Castro, e convenceram o presidente Kennedy a adotar o plano. Só que eles chegaram lá e descobriram que havia muito mais soldados cubanos e que também ninguém tinha checado para ver se as montanhas para onde eles deviam fugir por segurança ficavam mesmo daquele lado da ilha (não ficavam).

Muitos historiadores e sociólogos atribuíram o problema na Baía dos Porcos ao "pensamento em grupo", fenômeno que ocorre quando um grupo tem tanta vontade de chegar a uma conclusão unânime que eles preferem não conferir os fatos — tipo quando a Nasa se recusou a ouvir os alertas dos engenheiros a respeito do ônibus espacial *Challenger* porque estavam com a idéia fixa de lançá-lo em uma certa data.

E isso, é claro, é EXATAMENTE o que aconteceu com os cestos de lixo reciclável.

E a sra. Hill — pensando bem — pode ser chamada de habilitadora do pensamento em grupo... Quer dizer, ela não fez lá muita coisa para tentar nos deter. Aliás, pode-se dizer a mesma coisa a respeito do Lars — apesar de ele ter parado de prestar atenção às aulas desde que arrumou o celular Sidekick com internet novo dele. A sra. Hill se recusou a oferecer qualquer solução possível para a situação, tal como fazer um empréstimo dos cinco mil que estão faltando para a gente.

O que, se quer saber a minha opinião, é uma traição, porque, no papel de nossa conselheira, a sra. Hill é pelo menos um pouco responsável por esse desastre. Quer dizer, é claro que a presidente sou eu e, em última instância, a responsabilidade é minha.

Mesmo assim, existe uma *razão* por que nós temos uma conselheira. Eu só tenho 15 anos e 10 meses de idade. Eu não devia ter de carregar sozinha nos ombros a culpa por TUDO isso. Quer dizer, a sra. Hill deveria assumir PARTE da responsabilidade. Onde é que ela estava quando a gente torrou o orçamento anual inteiro em cestos de lixo reciclável da melhor qualidade com esmagadores embutidos?

Vou dizer onde: alimentando seu vício em suéteres bordados com a bandeira do Estados Unidos, comprados por meio do canal de compras na sala dos professores, e não prestando atenção nenhuma às nossas reuniões.

Ah, que maravilha. Grandmère acabou de gritar comigo.

"Amelia, você está ouvindo alguma palavra do que estou dizendo ou será que estou falando sozinha?"

"Claro que eu estou ouvindo, Grandmère."

O que eu preciso *de verdade* é começar a prestar mais atenção à aula de economia. Daí, quem sabe, eu vou aprender a como gastar melhor o meu dinheiro.

"Sei", Grandmère disse. "O que foi que eu disse, então?"

"Hm. Esqueci."

"John Paul Reynolds-Abernathy IV. Você já ouviu falar dele?"

Ai, meu Deus. Isso de novo, não. Sabe qual é a nova mania de Grandmère? Ela está comprando uma propriedade de frente para o mar.

Só que, é claro, Grandmère não se contentaria com uma *simples* casa na praia. Por isso, está comprando uma ilha.

É isso aí. Uma ilha só para ela.

A ilha de Genovia, para ser mais exata.

A Genovia verdadeira não é uma ilha, mas a que Grandmère está comprando é. Quer dizer, uma ilha. Fica próxima ao litoral de Dubai, onde uma empresa de construção fez um monte de ilhas pertinho umas das outras, formando desenhos que podem ser vistos do espaço. Tipo, fizeram uns aglomerados de ilhas em forma de palmeira, que se chamam A Palmeira.

Agora estão fazendo um que se chama O Mundo. Há ilhas no formato da França, da África do Sul e da Índia e até de Nova Jersey que, quando vistas do céu, vão formar os contornos do mundo.

Obviamente, as ilhas não são construídas em escala. Porque daí a ilha da Genovia seria do tamanho do meu banheiro. E a Índia seria do tamanho do estado da Pensilvânia, nos EUA. Todas as ilhas são basicamente do mesmo tamanho — com área suficiente para construir alguma casa descomunal com algumas casas de hóspedes e uma piscina — para que gente como Grandmère possa comprar uma ilha no formato do estado ou do país de sua escolha, e daí ficar morando lá, igual o Tom Hanks fez naquele filme, *Náufrago*.

Só que ele não escolheu isso.

Além do mais, a ilha dele não tinha uma mansão de quase cinco mil metros quadrados com sistema de segurança de alta tecnologia, ar-condicionado central e uma piscina com cachoeira, como a de Grandmère vai ter.

Só tem um problema com a ilha de Grandmère: ela não foi a única pessoa a fazer uma oferta.

"John Paul Reynolds-Abernathy IV", ela disse, mais uma vez, cheia de preocupação na voz. "Não me diga que você não conhece. Ele estuda na sua escola!"

"Um cara que estuda na minha escola quer comprar a ilha da falsa Genovia?" Isso me pareceu meio difícil de acreditar. Quer dizer,

eu sei que tenho a menor mesada entre todo mundo da AEHS, já que o meu pai não quer que eu me transforme em alguém como a Lana Weinberger, que gasta todo o dinheiro que tem para subornar seguranças e entrar em casas noturnas que ela ainda não tem idade para freqüentar (pelo raciocínio dela, se a Lindsay Lohan faz isso, por que ela não pode fazer?). Além do mais, a Lana tem seu próprio cartão American Express, que ela usa para comprar tudo — desde café com leite na Ho's Deli até calcinhas fio dental na Agent Provocateur — e o pai dela simplesmente paga a conta todo mês. A Lana tem a MAIOR SORTE.

Mas, mesmo assim. Será que alguém ganha uma mesada tão grande que dá para comprar uma ILHA?

"Não o garoto que estuda na sua escola. O PAI dele." As pálpebras de Grandmère, com o risco de lápis tatuado, estavam bem apertadinhas, o que sempre é mau sinal. "John Paul Reynolds-Abernathy III está disputando a ilha comigo. O FILHO dele estuda na sua escola. Ele está um ano na sua frente. Você deve conhecê-lo com certeza. Aparentemente, ele tem ambições teatrais — bem parecido com o pai, que é um produtor de teatro que vive com um charuto na boca e só fala palavrão."

"Sinto muito, Grandmère. Mas eu não conheço nenhum John Paul Reynolds-Abernathy IV. E, para falar a verdade, tenho algo mais importante com que me preocupar do que se você vai ou não conseguir a sua ilha", informei a ela. "O negócio é que eu estou falida."

Grandmère se iluminou. Ela adora falar de dinheiro. Porque isso quase sempre leva a falar de compras, que é o passatempo preferido dela, além de beber Sidecars e fumar. Grandmère fica mais feliz quando pode fazer as três coisas juntas. Infelizmente para ela, com o que ela considera uma nova regulamentação fascista em relação ao fumo em Nova York, o único lugar em que ela pode fumar, beber e comprar ao mesmo tempo é em casa, pela internet.

"Há alguma coisa que você quer comprar, Amelia? Algo um pouco mais na moda do que esses coturnos pavorosos que você continua usando, apesar de eu já ter dito mil vezes que não ajudam em nada com o formato das suas panturrilhas? Que tal aquele sapatinho lindo de pele de cobra de Ferragamo que mostrei para você outro dia?"

"Não estou falida PESSOALMENTE, Grandmère", respondi. Apesar de, na verdade, eu estar sim, porque só recebo uma semanada de vinte dólares e com isso tenho de pagar por todas as minhas necessidades de entretenimento, de modo que todo o meu dinheiro de uma semana pode acabar com uma simples ida ao cinema, se eu me der ao luxo de gastar em bolinhos de *gingko biloba* E um refrigerante. E Deus me proteja se o meu pai algum dia tiver a idéia de ME oferecer um cartão de crédito American Express.

Só que, a julgar pelo que aconteceu com os cestos de lixo reciclável, acho que ele tem razão de não colocar na minha mão uma linha de crédito ilimitado.

"Estou dizendo que o conselho da Albert Einstein High School está falido", expliquei. "Gastamos todo o nosso orçamento em sete meses, em vez de dez. Agora estamos encrencados porque não vamos ter dinheiro para pagar o aluguel do salão Alice Tully no Lincoln Center para a cerimônia de entrega de diplomas do último ano em junho. Só que não vai dar, porque a gente não tem dinheiro nenhum.

E isso significa que a Amber Cheeseman, a oradora deste ano, vai me matar, provavelmente de alguma maneira bem lenta e dolorosa."

Ao confidenciar isso a Grandmère, eu sabia que estava correndo certo risco. Porque o fato de estarmos falidos é um segredo enorme. É sério. A Lilly, a Ling Su, a sra. Hill, o Lars e eu juramos pela nossa vida que não iríamos contar para ninguém a verdade a respeito dos cofres vazios do conselho estudantil, até que fosse absolutamente imprescindível. A última coisa de que eu preciso agora é um processo de *impeachment*.

E todas nós sabemos que a Lana Weinberger se agarraria a qualquer chance de se livrar de mim no cargo de presidente estudantil. O pai da LANA daria cinco mil na mão dela sem pestanejar se achasse que isso ajudaria a filhinha querida dele.

Os MEUS parentes? Nem tanto.

Mas sempre existe a possibilidade — remota, eu sei — de que Grandmère possa me ajudar de alguma maneira. Ela já fez isso. Quer dizer, até onde eu sei, vai ver que ela e a Alice Tully foram as melhores amigas da faculdade. Talvez Grandmère só precise dar um telefonema e eu possa alugar o salão Alice Tully DE GRAÇA!!!!

Só que Grandmère não estava com cara de quem estava a fim de dar algum telefonema para me ajudar. Principalmente quando começou a fazer barulhinhos de tsk-tsk com a língua.

"Aposto que vocês gastaram todo o dinheiro com parvoíces e toleimas", ela disse em tom não completamente de desaprovação.

"Se com parvoíces e toleimas", eu respondi — fiquei imaginando se essas eram palavras de verdade ou se ela de repente tinha começado a falar em outra língua e, se tivesse, será que eu devia chamar a camareira? —, "você quer dizer 25 cestos de lixo reciclável de alta tecnologia com compartimentos independentes para papel, vidro e lata, com um mecanismo esmagador na parte das latas, sem falar em trezentos kits de eletroforese para o laboratório de biologia, que não podem ser devolvidos porque, pode acreditar, eu já perguntei, então a resposta é sim."

Parece que Grandmère ficou muito decepcionada comigo. Dava para ver que ela considerava cestos de lixo reciclável o maior desperdício de dinheiro.

E eu nem COMENTEI sobre a coisa dos adesivos de "vidro e Bala".

"De quanto você precisa?", ela perguntou com um tom dissimulado de quem não quer nada.

Espere aí. Será que Grandmère estava prestes a fazer algo inimaginável — oferecer um empréstimo para mim?

Não. Não é possível.

"Não é muito", respondi, achando que isso era bom DEMAIS para ser verdade. "Só cinco mil." Na verdade, cinco mil, setecentos e vinte e oito dólares, que é quanto o Lincoln Center cobra das escolas para usar o salão Alice Tully, que acomoda mil pessoas. Mas eu não queria exagerar. Se Grandmère estivesse disposta a me arrumar os cinco mil, eu conseguiria arrecadar os setecentos e vinte e oito de algum jeito.

Mas, que pena. Era *mesmo* bom demais para ser verdade.

"Bom, e o que é que as escolas fazem quando precisam levantar fundos com rapidez?", Grandmère quis saber.

"Não sei", respondi. Eu não conseguia parar de me achar a maior derrotada. Além do mais, eu estava mentindo (e qual é a novidade?), porque eu sabia muito bem o que as escolas na nossa situação faziam. Já tínhamos discutido o assunto longamente, durante a reunião do conselho estudantil, depois que a Ling Su fez a revelação chocante a respeito da situação da nossa conta bancária. A sra. Hill não estava disposta a nos fazer um empréstimo (e também duvido de que ela *tenha* cinco mil guardados em algum lugar. Juro que nunca a vi usando nenhuma roupa repetida. E isso significa muitos vestidos-bata da Quacker Factory para um salário de professora), mas estava mais do que disposta a nos mostrar alguns catálogos de velas que estavam jogados por ali.

Falando sério. Esta foi a grande sugestão dela: que a gente devia vender umas velas.

A Lilly só ficou olhando para ela e falou assim: "A senhora está sugerindo que a gente deve se abrir a uma batalha niilista entre os que têm muito e os que tem mais ainda, ao estilo da *Guerra do chocolate*, de Robert Cormier, sra. Hill? Porque todas nós lemos isso na aula de inglês, e a gente sabe muito bem o que acontece quando alguém ousa incomodar o universo."

Mas a sra. Hill, com ar de quem foi insultada, disse que a gente podia organizar um concurso para ver quem vendia mais vela, sem passar por um colapso total das convenções sociais nem por nenhum niilismo.

Mas quando eu dei uma olhada no catálogo de velas e vi todos os aromas — Morango com Chantili! Algodão Doce! Bolacha Doce! — e as cores disponíveis para comprar, experimentei um niilismo secreto próprio.

Porque, sinceramente, eu preferiria que o último ano fizesse comigo o que o Obi wan Kenobi fez com o Anakin Skywalker em

A vingança dos Sith (quer dizer, cortar as minhas pernas com um sabre de luz e me deixar para queimar na beirada de um poço de lava) do que bater na porta da minha vizinha Ronnie e perguntar se ela estaria interessada em comprar uma vela de Morango com Chantili, feita *no formato verdadeiro de um morango*, por US$ 9,95.

E pode acreditar, o último ano é CAPAZ de fazer comigo o que o Obi wan fez com o Anakin. Principalmente a Amber Cheeseman, que é a oradora da turma deste ano e que, apesar de ser bem mais baixinha do que eu, é faixa marrom em *hapkido* e poderia desfigurar o meu rosto com muita facilidade.

Quer dizer, se ela subisse em uma cadeira, ou se alguém a erguesse para que ela pudesse me alcançar.

Foi nesse ponto da reunião do conselho estudantil que fui obrigada a dizer, meio sem jeito, "Moção para terminar a reunião", coisa que felizmente foi aprovada por unanimidade por todos os presentes.

"Nossa conselheira sugeriu que nós vendêssemos velas de porta em porta", eu disse a Grandmère, na esperança de que ela achasse a idéia de a própria neta sair batendo na porta de desconhecidos para oferecer cera em forma de fruta tão repelente que logo abriria o talão de cheques e me entregaria cinco mil na mão ali mesmo.

"Velas?" Grandmère de fato pareceu ter ficado meio preocupada. Mas pela razão errada.

"Eu acho que *doce* seria bem mais fácil de descarregar sobre as hordas de escritórios dos pais sem noção do aluno típico que estuda na Albert Einstein High School", ela disse.

Claro que ela estava certa — mas a palavra operante é TÍPICO, porque eu não posso ver o meu pai, que está na Genovia no momento, porque o Parlamento está em sessão, fazendo circular um formulário de venda de velas e falando assim: "Bom, pessoal, isto aqui é para levantar dinheiro para a escola da minha filha. Quem comprar mais velas vai ganhar automaticamente o direito a ser condecorado cavalheiro."

"Vou me lembrar disso", respondi. "Obrigada, Grandmère."

Daí ela voltou ao John Paul Reynolds-Abernathy III, e que ela está planejando um enorme evento beneficente na quarta-feira da outra semana para arrecadar fundos para os cultivadores de azeitonas da Genovia (que estão em greve para protestar contra as novas regulamentações da União Européia que permitem aos supermercados influenciar demais o preço do produto), para impressionar os criadores de O Mundo, assim como as outras pessoas que querem comprar ilhas, com a tremenda generosidade dela (quem ela acha que é? A Angelina Jolie da Genovia?).

Grandmère afirma que isso vai fazer com que todo mundo fique IMPLORANDO para que ela vá morar na ilha da falsa Genovia, deixando o coitado do John Paul Reynolds-Abernathy III ao relento, blablablá.

O que é uma beleza para Grandmère. Quer dizer, em breve ela vai ter uma ilha só dela para onde fugir. Mas onde é que *eu* vou me esconder da ira de Amber Cheeseman quando ela descobrir que vai fazer o discurso dela não de cima de um púlpito no palco do salão Alice Tully, mas na frente do bufê de salada da Outback Steakhouse na West Street 23?

Terça-feira, 2 de março, no loft

Bem, quando eu achei que o meu dia não tinha como piorar, minha mãe me entregou a correspondência, assim que eu entrei em casa.

Normalmente, eu gosto de receber correspondência. Porque, normalmente, eu recebo coisas divertidas pelo correio, como a última edição de *Psychology Today,* uma revista de psicologia, para ver qual é o novo distúrbio psiquiátrico de que eu posso sofrer. Assim eu tenho alguma coisa além do livro que estivermos lendo na aula de inglês (neste mês, *O Pioneers!*, de Willa Carter. Bocejo.) para ler na banheira antes de ir para a cama.

Mas o que a minha mãe me deu quando entrei em casa nesta noite não foi nada divertido NEM para ler na banheira. Porque era curto demais.

— Você recebeu uma carta da revista *Sixteen*, Mia! — a minha mãe disse, toda animada. — Deve ser sobre o concurso!

Só que eu já percebi de cara que não tinha motivo para animação ali. Quer dizer, era *óbvio* que aquele envelope continha más notícias. Estava na cara que aquele envelope só trazia uma folha de papel. Se eu tivesse vencido, com certeza teriam mandado um contrato, isso sem falar do dinheiro do prêmio, certo? Quando o conto de T. J. Burk a respeito de Dex, amigo dele que morreu em uma avalanche, foi publicado pela revista *Powder* em "Aspen Extreme", ele recebeu a revista IMPRESSA com o nome dele na capa. Foi assim que ele descobriu que o texto dele tinha sido publicado.

O envelope que a minha mãe me entregou com toda a certeza não continha um exemplar da revista *Sixteen* com o meu nome na capa, porque era fino demais.

"Obrigada" eu disse e peguei o envelope da minha mãe e torci para ela não perceber que eu estava quase chorando.

"O que diz na carta?", o sr. Gianini quis saber. Ele estava na mesa de jantar, dando ao filho pedacinhos de hambúrguer, apesar de Rocky só ter dois dentes, um em cima e um embaixo, sendo que nenhum dos dois é molar.

Mas parece que não faz a menor diferença para ninguém na minha família o fato de o Rocky ainda não ser capaz de mastigar alimentos sólidos. Ele se recusa a comer comida de bebê — ele só quer comer as coisas que nós ou o Fat Louie comemos — e por isso ele come o que a minha mãe e o sr. G comem no jantar, que geralmente é alguma coisa com carne, e isso provavelmente explica por que o Rocky está no limite de peso das crianças em sua faixa etária. Apesar dos meus apelos, a minha mãe e o sr. G. insistem em dar ao Rocky uma dieta irrestrita de coisas como frango à milanesa bem temperado e lasanha à bolonhesa, simplesmente porque ele GOSTA.

Como se já não bastasse o fato de o Fat Louie só comer ração Fancy Feast de frango ou de atum, o meu irmãozinho também está se transformando em um carnívoro.

E, um dia, ele sem dúvida vai crescer até ficar do tamanho do Shaquille O'Neal por causa de todos os antibióticos nocivos que a indústria da carne injeta nos animais antes de matá-los.

Mas eu também temo que o Rocky vá ter o intelecto do Piu-Piu porque, apesar de todos os vídeos Baby Einstein que eu coloquei para ele, e das muitas, muitas horas que passei lendo em voz alta para ele clássicos como *As aventuras de Pedro Coelho*, de Beatrix Potter, e *Ovos verdes com presunto*, do dr. Seuss, Rocky não demonstra o menor sinal de interesse em nada além de jogar a chupeta com toda a força na parede; andar batendo os pés de um lado para o outro no loft (com a ajuda de um par de mãos — geralmente meu — para segurá-lo em pé pelas costas do macacãozinho... prática, aliás, que está começando a me dar muita dor nas costas); e gritar "Mião!" e "Ato!" com o tom de voz mais alto possível.

Claro que esses só podem ser considerados sinais de retardamento social severo. Ou de síndrome de Asperger.

A minha mãe, no entanto, afirma que Rocky está se desenvolvendo normalmente para uma criança de quase um ano, e que eu devia me acalmar e parar de ser tão babona de bebê (a minha própria mãe adotou o termo que a Lilly inventou para mim).

Apesar dessa traição, no entanto, eu continuo hiperatenta para detectar sinais de hidrocefalia. Cuidado nunca é demais.

"Bom, o que diz aí, Mia?", a minha mãe quis saber sobre a minha carta. "Eu fiquei com vontade de abrir e ligar lá para o hotel da sua avó para dar a notícia, mas o Frank não deixou. Ele disse que eu preciso respeitar os seus limites pessoais e não abrir a sua correspondência."

Lancei um olhar agradecido para o sr. G — o que é bem difícil fazer quando se está segurando o choro — e disse:

"Obrigada."

"Ah, faça-me o favor — minha mãe disse. — Fui eu que te dei à luz. Eu amamentei você durante seis meses. Eu devia poder ler a sua correspondência. O que diz?"

Então, com dedos trêmulos, rasguei o envelope, já sabendo o que eu iria encontrar lá dentro.

Não foi surpresa nenhuma. A única folha de papel dizia o seguinte:

Revista *Sixteen*
1.440 Broadway
Nova York, NY 10.018

Cara escritora:
Agradecemos a sua inscrição no concurso da revista *Sixteen*. Apesar de termos decidido não publicar o seu texto, agradecemos pelo interesse em nossa publicação.

Atenciosamente,
Shonda Yost
Editora de Ficção

Cara escritora! Podiam ter se dado o trabalho de digitar o meu nome! Não tinha nenhuma prova de que alguém tinha LIDO "Chega de milho!", quanto mais que o texto tinha sido avaliado com atenção!

Acho que a minha mãe e o sr. G perceberam logo que eu não estava gostando nada do que estava lendo, já que o sr. G disse:

"Caramba, que dureza. Mas você consegue da próxima vez, garota."

"Mião!", foi tudo o que Rocky tinha a dizer sobre o assunto, ao mesmo tempo que jogava um pedaço de hambúrguer na parede.

E a minha mãe falou assim:

"Eu sempre achei que a revista *Sixteen* estava humilhando as meninas, cheia de imagens de modelos impossivelmente magras e bonitas que só podem servir para legitimar as inseguranças das mocinhas em relação ao próprio corpo. E, além disso, os artigos que publica não são exatamente o que eu chamaria de informativos. Quer dizer, quem se IMPORTA com o tipo de jeans que fica melhor no seu tipo de corpo, cintura baixa ou cintura ultrabaixa? E que tal ensinar coisas úteis às garotas, como mesmo que você transe de pé pode ficar grávida?"

Emocionada pela preocupação dos meus pais — e do meu irmão —, eu disse:

"Tudo bem. Eu posso tentar de novo no ano que vem."

Só que eu duvido que algum dia vá escrever um conto melhor do que "Chega de milho!". Foi tipo, total, uma coisa única, inspirada pela visão comovente do Cara Que Detesta Quando Colocam Milho no Feijão sentado na cantina da AEHS, grão por grão, com o olhar mais tristonho que eu já vi no rosto de um ser humano. Nunca mais vou presenciar algo tão comovente quanto aquilo. Tirando talvez a cara que Tina Hakin Baba fez quando soube que iam cancelar *Joan of Arcadia*.

Eu não sei quem escreveu sei lá o que que a *Sixteen* considera o texto vencedor, e eu sinceramente não quero me exibir, mas a história dessa pessoa NÃO PODE ser tão interessante nem prender tanto a atenção quanto "Chega de milho!".

E ela NÃO PODE adorar tanto escrever quanto eu.

Ah, claro, talvez ela escreva *melhor*. Mas será que escrever é tão importante quanto RESPIRAR para ela, como é para mim? Eu sinceramente duvido. Ela deve estar em casa agora, e a mãe dela deve estar falando assim: "Ah, Lauuren, chegou isto aqui pelo correio hoje para você", e ela abre uma carta PERSONALIZADA da revista *Sixteen* e examina o contrato dela, falando assim: "Ah, mas que coisa. Mais um conto meu vai ser publicado. Até parece que faz diferença. Eu só quero *mesmo* ser escolhida para a equipe de animadoras de torcida para o Brian me convidar para sair."

Sabe, eu me importo MAIS com os meus textos do que com a equipe de animadoras de torcida. Ou com o Brian.

Bom, tudo bem, não é mais do que eu me importo com o Michael. Ou com o Fat Louie. Mas está perto.

Então, agora a idiota da Lauren que gosta do Brian está por aí toda assim: "La-la-lá, eu acabei de vencer o concurso de ficção da revista *Sixteen*, o que será que está passando na TV hoje à noite?", e nem vai ligar para o fato de que o conto dela está prestes a ser lido por um milhão de pessoas, isso sem falar que ela vai poder passar um dia inteiro acompanhando um editor de verdade para ver como são as coisas no mundo corrido, apressado e atarefado do jornalismo adolescente...

A menos que a Lilly tenha vencido.

AI, MEU DEUS. E SE A LILLY VENCEU??????????????????????????

Ai, meu Deus do céu. Por favor, permita que a Lilly não tenha vencido o concurso de ficção da revista *Sixteen*. Eu sei que é errado rezar por uma coisa destas, mas estou implorando, Senhor, se você existir, o que eu não tenho certeza, porque você deixou cancelarem *Joan of Arcadia* e deixou enviarem aquela carta de rejeição maldosa para mim, NÃO PERMITA QUE A LILLY TENHA VENCIDO O CONCURSO DE FICÇÃO DA REVISTA *SIXTEEN*!!!!!!!

Ai meu Deus. A Lilly está online. Ela está me mandando uma mensagem instantânea!

WOMYNRULE: Oi PDG, você recebeu notícias da *Sixteen* hoje?

Ai, meu Deus.

FtLouie: Hmm. Recebi. E você?

WOMYNRULE: Recebi, sim. A carta de rejeição mais ridícula do mundo. CINCO cartas, para ser exata. Dá para ver que nem LERAM as minhas coisas.

Muito obrigada, Deus. Agora eu acredito em você. Acredito, acredito, acredito. Nunca mais vou dormir no meio da missa na Capela Real da Genovia, juro. Apesar de eu não concordar com você em relação àquela coisa toda de pecado original, porque NÃO foi culpa da Eva, aquela cobra falante a enganou e, ah, sim, eu acho que as mulheres deviam poder ser padres, e os padres deviam poder se casar e ter filhos porque, acorda!, eles seriam pais muito melhores do que muita gente, como aquela mulher que deixou o bebê dela na frente da loja de conveniência com o motor ligado enquanto ela jogava videopôquer e alguém roubou o carro e jogou o bebê pela janela (o bebê ficou bem porque estava em uma cadeirinha protetora que não quebrou, e foi por isso que fiz minha mãe e o sr. G comprarem aquela marca para o Rocky, apesar de ele berrar como se a pele dele estivesse pegando fogo quando tentam colocá-lo naquele negócio).

Mesmo assim. Eu acredito. Eu acredito. Eu acredito.

FtLouie: Aqui foi a mesma coisa. Bom, quer dizer, eu recebi só uma carta. Mas a minha também foi de rejeição.

Womynrule: Bom, não leve tão a sério, PDG. Essa é provavelmente a primeira das muitas rejeições que você vai receber ao longo dos anos. Quer dizer, se você quiser mesmo ser escritora. Não se esqueça de que quase todos os Grandes Livros que existem hoje foram rejeitados por algum editor em algum lugar. Tirando, talvez, a Bíblia. Bom, mas eu queria saber quem ganhou.

FtLouie: Deve ter sido alguma menina idiota chamada Lauren que preferiria estar na equipe de animadoras de torcida ou ser convidada para sair por um cara chamado Brian e que não está nem aí para o fato de que em breve terá um texto publicado.

Womynrule: Hmm... certo. Está tudo bem com você, Mia? Você não está levando esse negócio de rejeição a sério demais, está? Quer dizer, é só a revista *Sixteen*, não é a *New Yorker*.

FtLouie: Está tudo bem. Mas eu devo ter razão. Sobre a Lauren. Você não acha?

WomynRule: Hm, é, claro. Mas, olha, essa coisa toda me deu uma ótima idéia, total.

Tudo bem. Quando a Lilly diz que tem uma idéia ótima, tipo nunca é. Uma ótima idéia, quer dizer. A última idéia ótima dela foi que eu deveria concorrer ao cargo de presidente do conselho estudantil, e olha só no que deu. E nem vou falar da vez em que a gente estava na primeira série e ela jogou a minha boneca Moranguinho no telhado da casa de campo dos Moscovitz, perto de Albany, para ver se os esquilos seriam atraídos pelo cheirinho dela e se iam comer a cara de plástico dela.

WomynRule: Você ainda está aí?

FtLouie: Estou aqui. Qual é a sua idéia? E não, você não vai jogar o Rocky em cima de telhado nenhum, por mais interessada que esteja em saber o que os esquilos podem fazer com ele.

WomynRule: Do que é que você está falando? Por que eu ia querer jogar o Rocky em cima de um telhado? A minha idéia é que a gente faça uma revista SÓ NOSSA.

FtLouie: O quê?

WomynRule: É sério. Vamos nós mesmas fazer uma revista. Não uma revista idiota sobre beijo de língua e os músculos do Hayden Christensen, como a *Sixteen*, mas uma revista *literária*, igual à *Saloon.com*. Só que não vai ser online. E para adolescentes. Isso vai matar dois coelhos com uma cajadada só. Um, nós duas podemos ter textos publicados. Dois, a gente pode vender os exemplares e conseguir levantar os cinco mil de que precisamos para alugar o salão Alice Tully e impedir que a Amber Cheeseman nos mate.

FtLouie: Mas, Lilly, para fazer uma revista, a gente precisa de dinheiro. Sabe como é. Para pagar a impressão e tudo o mais. E não temos dinheiro nenhum. Esse é o problema. Está lembrada?

Caramba. Eu posso até tirar C menos em economia, mas até *eu* sei que para fazer uma revista é preciso ter algum capital. Quer dizer, eu já assisti a *O aprendiz*, pelo amor de Deus.

Além do mais, eu meio que gosto de ver os músculos do Hayden Christensen na *Sixteen* todo mês. Quer dizer, isso faz a minha assinatura valer a pena.

WomynRule: Não se a gente conseguir a srta. Martinez para ser nossa conselheira e ela deixar a gente usar a fotocopiadora da escola.

A srta. M! Não acredito que a Lilly tem coragem de falar o nome dela na minha frente. A srta. Martinez, minha professora de inglês, com quem eu NÃO concordo em relação ao que diz respeito à minha carreira de escritora. Quer dizer, ela afrouxou um pouco desde o problema todo no início do ano, quando ela me deu B.

Mas não muito.

Eu sei, por exemplo, que a srta. M NÃO avaliaria "Chega de milho!" pelo estudo psicológico de caráter envolvente e pelo comentário social comovente que é. Ela provavelmente diria que é uma história melodramática e cheia de clichês.

E é por isso que eu não estava pensando em mostrar para ela antes de a *Sixteen* publicar. Só que, agora, acho que não vai mais acontecer.

FTLOUIE: Lilly, eu não quero cortar o seu barato, mas duvido muito que a gente consiga arrecadar cinco mil vendendo uma revista literária adolescente. Quer dizer, nossos colegas mal têm tempo de ler as coisas *obrigatórias*, tipo O *Pioneers!*, imagina só uma coleção de contos e poemas escritos por alunos. Acho que precisamos de um método mais realista para gerar dinheiro do que depender das vendas de uma revista que ainda nem escrevemos.

WOMYNRULE: O que você sugere, então? Que a gente vá vender velas?

AAAAAAHHHHHHH! Porque, sabe como é, além da vela em forma de morango, há outras em forma de banana e abacaxi. Há também passarinhos. Os passarinhos de cada ESTADO norte-americano. Tipo, para o Indiana, tem uma vela de cardeal, o passarinho que representa aquele estado.

Pior — e eu hesito até em escrever isso —, há uma verdadeira réplica da Arca de Noé, com um casal de cada animal (até mesmo unicórnios). Em forma de VELA.

Nem eu seria capaz de inventar algo tão asqueroso.

FTLOUIE: Claro que não. Só acho que a gente precisa pensar um pouco melhor sobre o assunto antes de...

SKINNERBX: Ei, Thermopolis. Tudo bem aí?

O MICHAEL!!!! O MICHAEL está ME mandando mensagem instantânea!!!!!!!

FTLOUIE: Desculpa, Lilly, preciso ir.

WOMYNRULE: Por quê? Meu irmão está mandando mensagem para você?

FTLOUIE: Está...

WOMYNRULE: Ah, eu sei o que ELE quer.

FTLOUIE: Lilly, eu já DISSE que a gente está ESPERANDO para transar...

WOMYNRULE: Não é disso que eu estou falando, sua louca. Eu queria dizer... ah, deixa para lá. Mande um e-mail para mim depois que você terminar de falar com ele. Estou falando sério sobre esse negócio da revista, PDG. É a única maneira que você tem de ver o seu nome impresso — além das páginas de celebridades daqueles jornais ruins.

FTLOUIE: Espera aí: você sabe por que o Michael está mandando mensagem para mim? Como é que você sabe? Pode falar, Lilly...

WOMYNRULE: Log off

SKINNERBX: Mia? Você está aí?

FTLOUIE: Michael! Estou aqui, sim. Desculpa. É que o meu dia está péssimo. A minha administração está sem dinheiro e a *Síxteen* rejeitou "Chega de milho!".

SKINNERBX: Espere... a Genovia está sem dinheiro? Não vi nada sobre isso na internet. Como foi que ISSO aconteceu?

É por isso que o meu namorado é tão maravilhoso. Mesmo quando não entende absolutamente nada do que está acontecendo na minha vida, ele fica sempre, sabe como é, todo preocupado comigo.

FTLOUIE: Estou falando do conselho estudantil. A gente está no vermelho em cinco mil. E a *Síxteen* me rejeitou.

SKINNERBX: A *Síxteen* rejeitou "Chega de milho!"? Como assim? Aquela história é demais.

Está vendo? Está vendo por que eu amo o Michael?

FTLOUIE: Obrigada. Mas acho que não foi tão demais para eles publicarem.

SKINNERBX: Eles são uns tontos. E que história é essa de estar cinco mil no vermelho?

Expliquei para o Michael em resumo o caso dos cestos de lixo que não podem ser devolvidos e o fato de que eu vou ser arrastada e esquartejada pela Amber Cheeseman assim que ela ficar sabendo que o discurso dela vai acontecer no bairro pobre de Hell's Kitchen, e não no Lincoln Center.

SKINNERBX: Fala sério. Não pode ser assim *tão* ruim. Vocês ainda têm muito tempo para conseguir o dinheiro.

Normalmente, o meu namorado é o mais astuto dos homens. É por isso que ele estuda em uma universidade de primeira linha, que tem uma carga horária que representaria um desafio mental até para o Stephen Hawking, aquele gênio de cadeira de rodas que compreendeu os miniburacos negros — e também como fazer a enfermeira se apaixonar por ele —, imagina só para o universitário comum.

Mas às vezes...

Bom, às vezes, ele simplesmente não ENTENDE.

FTLOUIE: Você já *viu* a Amber Cheeseman, Michael? Ela pode ter média 10 em tudo e parecer um esquilo quando fala, mas ela consegue jogar um homem de cem quilos por cima do ombro em uma fração de segundo, e os antebraços dela são do tamanho dos do gorila Koko.

SkinnerBX: Ei, já sei. Vocês podiam tentar vender velas. Em um ano, a gente vendeu o suficiente para levantar dinheiro para o Clube de Informática!

NÃÃÃÃÃÃÃÃÃÃÃÃÃÃÃO!!!!!!!!!!!! VOCÊ TAMBÉM, NÃO, MICHAEL!!!!!!!!!!

SkinnerBX: Eles fazem umas velas em forma de morango. Todo mundo nos grupos de terapia da minha mãe e do meu pai comprou uma. Elas têm cheiro de morango de verdade.

AAAAAAAAAAAARRRRRRRRRRRGGGGGGGGGGGGHHHHHHHHHH!

FtLouie: Maravilha, valeu pela dica!

Mude de assunto. AGORA.

FtLouie: Então, como foi o SEU dia?

SkinnerBX: Nada mau. A gente assistiu a *THX 1138* na aula e discutiu sua influência sobre os filmes distópicos posteriores da mesma era, como *Fuga nas estrelas*, em que, como em *THX*, um jovem tenta fugir do confinamento sufocante do único mundo que conhece. O que me faz lembrar de uma coisa: o que você vai fazer neste fim de semana?

Aaah, beleza! Um encontro! Exatamente o que eu precisava para me animar.

FTLOUIE: Vou sair com você.

SKINNERBX: Era isso mesmo que eu queria que você dissesse. Só que, o que você acha de ficar em casa em vez de sair? A minha mãe e o meu pai vão viajar para uma conferência, e a Maya precisa cuidar dos pés, então pediram para eu ir para casa no fim de semana e ficar com a Lilly — sabe como é, por causa do que aconteceu da última vez que ela ficou sozinha, lembra?

E como lembro. Porque da última vez que os drs. Moscovitz deixaram a Lilly solta, quando foram para a casa de campo deles em Albany para passar o fim de semana e a deixaram ficar sozinha no apartamento porque ela tinha de escrever um trabalho sobre o Alexander Hamilton e precisava de acesso à internet, coisa que não tem na casa de campo deles, e o Michael tinha prova, e a empregada dos Moscovitz, a Maya, teve de voltar para a República Dominicana para tirar o sobrinho da cadeia de novo. Então não tinha ninguém para ficar com ela, a Lilly convidou o cara que a persegue, que tem fetiche pelos pés dela, o Norman, para ir até lá para ela o entrevistar para um bloco de *Lilly Tells It Like It Is*, chamado "Por que só os esquisitos gostam de mim?".

Bom, o Norman ficou ofendido de ter sido chamado de esquisito, apesar de ele ser mesmo. Ele afirmou que a apreciação saudável por pés é algo absolutamente normal. Daí, quando a Lilly estava ocupada pegando umas Cocas na cozinha, ele entrou no quarto da mãe dela e roubou o par de sapatos Manolo Blahnik preferido dela!

Mas a Lilly viu o salto agulha saindo do bolso do anoraque do Norman e fez com que ele devolvesse. O Norman ficou tão bravo com a coisa toda que fez um site próprio, euodeiolillymoscovitz.com, que tem quadros de mensagens e outras coisas que todas as pessoas que odeiam a Lilly e o programa dela podem acessar para escrever (e acontece que existe um número surpreendente de pessoas que odeiam a Lilly e o programa de TV dela. Além do mais, tem um monte de gente que nem sabe quem é a Lilly, mas que fica mandando mensagens só porque odeia tudo).

Preciso dizer, no final das contas, que estou bem surpresa que os drs. Moscovitz tenham coragem de deixá-la sozinha sem supervisão de um adulto, mesmo que o Michael esteja lá.

FTLOUIE: Divertido! Vou lá sim, com certeza! O que a gente vai fazer? Assistir a uma maratona de filmes?

Só, por favor, que não seja um daqueles filmes pavorosos que ele tem de assistir para o curso de ficção científica que ele está fazendo. Ele já me obrigou a ver *Brazil — O filme*, um dos mais deprimentes de todos os tempos. Será que *Blade Runner — O caçador de andróides*, outro filme chato de matar, fica muito atrás?

FTLOUIE: Aaah, que tal a gente assistir às temporadas de ensino médio de *Buffy — A caça-vampiros* no DVD? Eu simplesmente amo o episódio da formatura, quando ela pega aquela sombrinha brilhante...

Skinnerbx: Na verdade, eu estava meio que pensando em dar uma festa.

Espera. O quê? Ele disse... FESTA?

Ftlouie: Uma festa?

Skinnerbx: É. Sabe como é. Uma festa. Uma oportunidade para as pessoas se reunirem para interação social e divertimento? A gente não pode exatamente dar festas aqui no alojamento, porque não cabe mais do que, digamos, umas oito pessoas em cada quarto. Mas cabe no apartamento dos meus pais três vezes isso. Então, pensei: por que não?

Por que não? POR QUE NÃO? Porque nós não somos o tipo de gente que dá festa, Michael. A gente é do tipo que fica-em-casa-assistindo-a-vídeos. Ele não se lembra do que aconteceu na última vez que demos uma festa? Ou, mais precisamente, na última vez que *eu* dei uma festa?

E dava para ver que ele também não estava falando de Cheetos e Sete Minutos no Paraíso. Ele estava falando de uma festa de FACULDADE. Todo mundo sabe o que acontece em festas de FACULDADE. Quer dizer, eu assisti a *Clube dos cafajestes* (porque este, junto com *Clube dos pilantras*, é um dos filmes preferidos do sr. G de todos os tempos, e toda vez que passa na TV ele *precisa* assistir, mesmo que seja em um daqueles canais em que cortam todas as cenas de sacanagem, e daí o filme fica praticamente sem enredo).

FTLOUIE: Eu não vou usar toga sob circunstância nenhuma.

SKINNERBX: Não é esse tipo de festa, sua louca. É só uma festa normal, sabe como é, com música e comida. Na semana que vem vão ser as provas bimestrais, e todo mundo vai precisar relaxar um pouco antes disso. E o Doo Pak nunca foi convidado para uma festa americana de verdade, sabe como é.

Quando ouvi essa verdade tão dura a respeito do colega de quarto do Michael, até que o meu coraçãozinho duro que odeia festas derreteu um pouco. Nunca ter sido convidado para uma festa americana de verdade! Que coisa chocante! CLARO que a gente tinha de dar uma festa, nem que fosse só para mostrar ao Doo Pak o que é a verdadeira hospitalidade americana. Talvez eu pudesse fazer um patezinho vegetariano para comer com salgadinho.

SKINNERBX: E lembra do Paul? Bom, ele está na cidade, e também o Felix e o Trevor, então eles também vão.

Meu coração parou de derreter. Não é que eu não goste do Paul, do Felix e do Trevor, todos integrantes da agora defunta banda do Michael, a Skinner Box. É que, por acaso, eu sei que o Paul, o tecladista, veio de Bennington, onde ele estuda, por causa do intervalo de primavera, mas o Felix, o baterista, acabou de voltar da desintoxicação (não que tenha algo de errado com isso, mesmo, fico feliz de ele ter conseguido ajuda, mas, hm, acorda, desintoxicação aos 18 anos? Assustador). E o Trevor, o guitarrista, voltou porque foi expulso da UCLA, em Los Angeles, por causa de alguma coisa tão escandalosa que ele nem conta o que foi.

Esses não são os tipos de amigos que na minha opinião, a gente quer ter em casa quando os pais não estão. Porque eles podem botar fogo no lugar "por acidente". Só estou dizendo isso.

SKINNERBX: E eu achei que também podia convidar mais um monte de gente do alojamento.

Um monte de gente do alojamento?

O meu coração parou de derreter ainda mais. Porque eu sei o que isso significa: garotas.

Porque tem garotas no alojamento do Michael. Eu já vi montes delas pelos corredores quando fui lá para fazer visitas. Elas usam muita roupa preta, incluindo boinas — BOINAS! —, e citam frases de *Os monólogos da vagina* e nunca lêem revistas de fofoca como a *US Weekly*, nem quando estão no consultório do médico. Eu sei porque uma vez mencionei que tinha visto a Jessica Simpson sem maquiagem em uma edição e elas só ficaram olhando para mim com cara de paisagem. Elas são iguaizinhas àquelas meninas de *Legalmente loira* que foram bem maldosas com a Elle quando ela chegou à faculdade de direito porque achavam que só por ser loira e gostar de roupa devia ser idiota.

Eu pessoalmente já deparei com esse tipo de preconceito da parte dessas garotas porque, como sou loira e princesa, elas automaticamente concluem que sou idiota. Eu sei total o que a coitada da princesa Diana passava todos os dias.

Acho que eu não ia agüentar estar em uma festa com essas garotas. Porque essas garotas sabem se comportar em festas. Elas sabem fumar e beber cerveja.

Eu detesto fumar. E cerveja tem o mesmo cheiro do gambá em que o Papaw bateu com a perua aquela vez que estávamos voltando da feira estadual do Indiana.

O que o Michael está *pensando*? Quer dizer, uma *festa*. Isso não tem nada a ver com ele.

Mas, bom, a faculdade é um período de auto-exploração e descoberta para ver o que você é de verdade e o que quer fazer com a sua vida.

Ai, meu Deus! E se ele virou um festeiro agora???? Fazer festa é uma grande parte da experiência da faculdade. Pelo menos, de acordo com todos aqueles filmes no canal feminino Lifetime Channel, em que a Kellie Martin ou a Tiffany-Amber Thiessen fazem o papel de alunas que criam campanha para fechar a casa da fraternidade em que a amiga delas foi estuprada depois de sair com um cara e/ou morreu afogada no próprio vômito.

Mas esse não é o tipo de festa de que o Michael está falando. Certo?

Espere. Os pais do Michael não DEIXARIAM que ele desse uma festa assim. Mesmo que ele quisesse. E eu tenho certeza de que ele não quer. Porque o Michael não suporta fraternidades, já que diz que não consegue parar de desconfiar de qualquer homem heterossexual que pagaria para fazer parte de um clube a que mulheres não podem pertencer.

Falando dos drs. Moscovitz:

FtLouie: Michael, os seus pais estão sabendo disso? Dessa festa, quer dizer?

SkinnerBx: Claro que sim. Você acha que eu ia fazer isso sem pedir para eles? Os porteiros iam me entregar total, sabe como é.

Ah, certo. Os porteiros. Os porteiros do prédio dos Moscovitz sabem tudo e vêem tudo. Tipo o Yoda.
E eles não fecham a matraca, igual ao C3PO.
Mesmo assim. Os drs. Moscovitz disseram que tudo bem? O Michael vai dar uma festa de faculdade no apartamento deles quando eles não estiverem em casa... com a *Lilly* lá?
Não é a cara deles.
Uau. Eu não consigo acreditar, mesmo. Dar uma festa sem nenhum pai por perto... esse é um passo mesmo muito grande. É tipo... algo adulto.

SkinnerBx: Então, você vai, certo? Os caras ficaram falando para mim que você não ia querer de jeito nenhum. Por causa de toda a coisa de princesa.

!

FtLouie: A coisa de princesa? Como assim?

SkinnerBx: Bom, sabe como é. Quer dizer, você não é exatamente do tipo que curte uma festa.

Não sou exatamente do tipo que curte uma festa? O que isso quer dizer? Claro que eu não sou do tipo que curte uma festa. Quer dizer, o Michael não é exatamente o tipo de cara que curte uma festa...

Pelo menos não costumava ser. Antes de ir para a faculdade.

Ai, meu Deus. Talvez fosse bom eu demonstrar que não sou uma pessoa avessa a festas. Só sou contra a parte dos estupros e do vômito.

FTLOUIE: Sou SIM do tipo que curte uma festa. Quer dizer, sob as circunstâncias adequadas. Quer dizer, gosto de festa tanto quanto qualquer outra pessoa.

E gosto mesmo. Isso nem é mentira. Já fiz festa. Talvez não na memória recente. Mas tenho certeza de que já fiz festa. Tipo na minha festa de aniversário, no ano passado mesmo.

E, certo, a coisa acabou em desastre quando a minha melhor amiga foi pega agarrando um ajudante de garçom no armário.

Mas, tecnicamente, foi uma festa, mesmo assim. O que faz de mim uma menina festeira.

E, tudo bem, talvez eu não esteja tão pronta para fazer festa quanto a Paris Hilton está. Quer dizer, eu gosto de Red Bull e tudo o mais. Bom, não exatamente, já que eu tomei um do minibar da suíte do meu pai no Plaza e por causa disso fiquei acordada até as quatro da manhã dançando as músicas do canal disco na TV a cabo digital.

Mas sabe como é. Quem é que quer ser igual à Paris? Ela nem consegue saber onde o cachorro dela está na metade do tempo. Quer dizer, é preciso encontrar EQUILÍBRIO nesse negócio de festa. Ou a gente pode se esquecer de onde deixou o chihuahua. Ou alguém pode divulgar um vídeo vergonhoso seu, hmm, fazendo festa.

Limite a quantidade de festa — e de Red Bull — e assim você limita a quantidade de vídeos vergonhosos.

É só isso que eu estou dizendo.

SKINNERBX: Foi exatamente o que eu disse. Maravilha! Então, a gente se fala mais tarde. Te amo. Boa noite.

SKINNERBX: Log off.

Ai, meu Deus. No que foi que eu me meti?

Do Gabinete de
Vossa Majestade Real

Princesa Amelia Mignonette
Grimaldi Thermopolis Renaldo

Caro dr. Carl Jung,

Estou ciente de que o senhor continua morto. No entanto, as coisas de repente pioraram muito e agora tenho certeza de que NUNCA vou transcender o meu ego e alcançar a autoatualização.

Primeiro, descobri que eu levei à falência o conselho estudantil e em breve serei assassinada pela oradora do último ano, que é pequena, mas extremamente forte.

Daí, o meu conto foi rejeitado pela revista *Sixteen*.

E agora o meu namorado acha que eu vou a uma festa que ele vai dar no apartamento dos pais enquanto eles estão viajando.

Na verdade, não posso culpá-lo por pensar isso, porque eu meio que disse que ia.

Mas eu disse que ia porque, se eu dissesse que não ia, ia parecer que eu era a maior estraga-prazer e uma princesa que não é festeira.

Claro que eu nem pensaria em ir se por acaso eu não tivesse me lembrado de que março é um mês em que o Michael não tem direito de falar sobre o assunto S-E-X-O comigo, já que no mês passado ele acabou com todo o tempo que tinha para esse assunto porque falou demais nele. Então, é óbvio que ele não vai ficar pensando NISSO. Sabe como é, tipo durante a festa.

Mesmo assim. Eu vou ter de me socializar com gente que não conheço. O que, percebi, já faço o tempo todo em minha condição de princesa da Genovia.

Mas socializar com universitários é bem diferente de socializar com outros integrantes da realeza e dignitários. Quer dizer, outros membros da realeza e dignitários não ficam falando para você em um tom cheio de acusação que a sua limusine representa uma contribuição importante para a destruição da camada de ozônio, como os jipões e, sim, as limusines reais causam 43% mais poluição que contribui para o aquecimento global e 47% mais poluição do ar do que um carro médio, como uma garota na frente do alojamento do Michael observou na semana passada quando estacionei para visitá-lo.

Será que tem jeito de as coisas FICAREM piores?

Eu REALMENTE preciso me auto-atualizar. Tipo, AGORA mesmo. POR FAVOR, ENVIE AJUDA.

Sua amiga,
Mia Thermopolis

Quarta-feira, 3 de março, sala de estudos

Na limusine, a caminho da escola, hoje de manhã, perguntei à Lilly onde os pais dela estavam com a cabeça para deixar o Michael dar uma festona no apartamento deles enquanto estão viajando. Ela ficou tipo: "Sei lá. Por acaso eu tenho cara de guardiã da Ruth e do Morty?"

Ruth e Morty são os nomes dos pais da Lilly. Acho que é muito desrespeito da parte dela chamar os pais pelo primeiro nome. Nem *eu* chamo os dois pelo primeiro nome, e eles já me pediram para fazer isso um milhão de vezes.

Mesmo assim, apesar de eu os conhecer há um tempão — quase o mesmo tempo que a Lilly conhece —, eu só consigo chamá-los de dr. Moscovitz e de Sra. dra. Moscovitz (mas só pelas costas) quando preciso especificar de qual dos dois estou falando.

Mas nunca vou chamá-los de Ruth e Morty. Nem depois que eu e o Michael nos casarmos e eles forem os meus sogros. Eles *sempre* vão ser os drs. Moscovitz para mim.

"Eles estão sabendo que VOCÊ vai estar lá, não estão?", — perguntei à Lilly. "Quer dizer, na festa?"

"Dãã", a Lilly respondeu. "Claro que sabem. Qual é o seu problema?"

"Nada. É só que... eu estou meio surpresa de os seus pais deixarem Michael dar uma festa sem eles estarem em casa. Não é a cara deles. Só isso."

"É, bom" a Lilly respondeu. "Acho que a Ruth e o Morty têm mais coisas com que se preocupar."

"Tipo o quê?"

Só que eu nunca descobri. Porque bem naquele instante a limusine passou por um daqueles buracos enormes na frente da entrada da avenida FDR, e a Lilly e eu saímos voando pelos ares e batemos a cabeça no teto solar.

Então daí a Lilly me fez ir até a enfermaria com ela quando chegamos à escola, para ver se a gente conseguia bilhetes para escapar da educação física, por estarmos com possíveis concussões.

Mas a enfermeira só riu na minha cara.

Aposto que ela nos daria bilhetes se soubesse que iam nos obrigar a jogar vôlei. DE NOVO. Por que a gente não pode fazer esportes bacanas como pilates ou ioga, igual fazem nas escolas de ensino médio do subúrbio?

Não é justo.

Quarta-feira, 3 de março, Economia dos Estados Unidos

Certo, então depois do que aconteceu ontem com o dinheiro da administração, vou começar a prestar atenção total a esta aula agora:

Escassez — refere-se à tensão entre nossos recursos limitados e nossos desejos e necessidades ilimitados.

Alguns exemplos de recursos que desejamos e de que precisamos, mas que são limitados (escassos):
   Bens
   Serviços
   Recursos naturais.
   Fundos para o aluguel de salões nos quais conduzir a formatura
      do último ano

Como todos os recursos são limitados em comparação com os nossos desejos e necessidades, tanto os indivíduos quanto o governo precisam tomar decisões relativas aos bens e serviços que podem comprar e aqueles de que podem abrir mão.

(Por exemplo, um governo pode decidir que a população realmente necessita de cestos de lixo reciclável com esmagadores de latas embutidos e as palavras "Papel, Vidro e Bala" impressas por cima das tampas.)

Todos os indivíduos e governos, cada um com níveis diferentes de recursos (escassos), formam alguns de seus valores apenas porque precisam lidar com o problema da escassez de recursos.

(Ah, se pelo menos a Amber Cheeseman pudesse aprender a valorizar a reciclagem mais do que seu discurso de formatura no salão Alice Tully...)

Então, por causa da escassez, as pessoas e os governos precisam tomar decisões relativas à alocação de seus recursos.

(Mas foi o que eu FIZ!!! Eu tomei uma decisão a respeito de como alocar os recursos da AEHS — na forma da compra de cestos de lixo reciclável —, mas a decisão se voltou contra mim e me pegou desprevenida!!!! Porque eu aloquei de maneira incorreta!!! CADÊ A PARTE QUE FALA SOBRE ISSO NESTE LIVRO DIDÁTICO????)

Quarta-feira, 3 de março, Inglês

Ai, meu Deus, Mia, eu soube o que aconteceu na reunião ontem! Aquela coisa toda de estar sem dinheiro! Não dá para acreditar que aqueles cestos de lixo custaram assim tão caro! E aqueles adesivos de "Vidro e Bala"! Não sei como isso aconteceu! Sinto muito! — Tina

Tudo bem. Vão substituir o negócio de "Vidro e Bala". E a gente vai arrumar um jeito de conseguir. Dinheiro, quer dizer. Só não conte para ninguém, certo? A gente está tentando manter tudo em segredo até descobrir o que fazer.

Total! Eu não vou contar para ninguém! Mas eu tive uma idéia. Sobre como levantar dinheiro. Você viu aquelas velas perfumadas que a banda estava vendendo para levantar dinheiro para a viagem a Nashville?

NÓS NÃO VAMOS VENDER VELAS PERFUMADAS.

Foi só uma sugestão. Achei as velas meio legais. Tem umas bem fofinhas em formato de morango.

NADA DE VELAS.

Certo. Mas eu sei que poderia vender uma tonelada delas para as minhas tias e os meus tios na Arábia Saudita.

NADA DE VELAS.

Certo! Já entendi. Nada de velas. Tem alguma coisa errada? Quer dizer, além da coisa do dinheiro? Porque, não quero ofender, mas você parece... meio aborrecida. Quer dizer, a respeito das velas.

Não tem nada a ver com as velas.

O que é, então?

Nada. Os pais do Michael vão viajar neste fim de semana, e ele vai dar uma festa no apartamento deles enquanto eles estão fora, e ele quer que eu vá.

Mas isso parece divertido!

DIVERTIDO???? Você está louca??? Vai ter GAROTAS DE FACULDADE lá.

E daí?

E daí??? Como assim, *E daí???* Você não percebe, Tina? Se o Michael me vir no meio de um monte de garotas de faculdade em uma festa, ele vai perceber que eu não sou festeira.

Mas, Mia. Você NÃO É festeira.

Eu sei disso! Mas eu não quero que o MICHAEL saiba!

Mas o Michael sabe que festa não é muito a sua. Ele já sabia que você não era uma menina festeira quando conheceu você. Quer dizer, você NUNCA teve muita disposição para festas. Você nunca nem VAI a festa nenhuma. Quer dizer, meninas como a Lana Weinberger, ELAS vão a festas, mas não meninas como nós. A gente fica em casa no sábado à noite e assiste a qualquer coisa que esteja passando na HBO, ou talvez saímos com o namorado, ou vamos dormir na casa de alguma amiga. Mas a gente não vai a FESTAS. Até parece que a gente é POPULAR.

Valeu, Tina.

Bom, você sabe do que eu estou falando. O que tem de errado em não ser uma menina sempre pronta para festas? Por que você não pode simplesmente ir à festa e se divertir e relaxar e conhecer algumas pessoas novas?

Porque a idéia toda de ficar com um monte de garotas de faculdade bacanas que vão pensar que eu sou uma princesa nerd me faz suar frio.

Eca. Mas elas não vão pensar que você é uma princesa nerd, Mia, quando conhecerem você. Porque você NÃO É uma princesa nerd.

Acorda, você me CONHECE mesmo?

Bom, tudo bem, você é princesa. Mas não é nerd. Quer dizer, você está praticamente sendo reprovada em geometria. Que tipo de nerdice é essa?

Mas é exatamente disso que eu estou falando! Essas garotas são INTELIGENTES, elas entraram em uma universidade de primeira linha, e eu... estou praticamente sendo reprovada em geometria.

Se você não quer mesmo ir, por que você não diz para o Michael que tem de fazer alguma coisa com a sua avó naquela noite?

Não posso! O Michael ficou superanimado quando eu disse que sim!!!! Não quero deixá-lo de coração partido DE NOVO. Quer dizer, já é bem ruim eu ter de fazer isso a cada três meses, quando ele me pergunta se eu mudei de idéia a respeito da coisa toda do sexo (e até parece que tem alguma chance de eu mudar. E tudo bem, ele é um cara, então ele nunca viu a representação de partir o coração que a Kirsten Dunst fez de uma mãe solteira adolescente em *Fifteen and Pregnant* — grávida aos 15 anos — no canal Lifetime). Mas, mesmo assim. Eu SÓ TENHO 15 ANOS.

Não estou pronta para abrir mão do galho dourado da minha virgindade!

Não antes da sua formatura do último ano, pelo menos! Em uma cama de penas king size no hotel Four Seasons!

Totalmente. E ao mesmo tempo que eu sei que o Michael é o namorado mais fiel e firme do mundo, se eu não for à festa, a isca de uma garota de faculdade exótica dançando sugestivamente em cima da mesinha de centro dos pais dele pode ser demais até para ELE resistir! Está vendo a minha dificuldade?

Ei, garotas. Adivinhem só?

Ah! Oi, Lilly!

Hm. Oi, Lilly.

Do que é que vocês estavam falando mesmo?

Nada.

Nada.

Sei. Então, é óbvio que vocês NÃO estavam falando sobre nada. Mas tanto faz. Acho que pode ser que eu tenha a solução para os nossos problemas financeiros, aliás. Adivinhem quem disse que vai ser o conselheiro da nossa nova revista literária?

Lilly, eu fico superfeliz de verdade com o seu entusiasmo relativo a isso e tudo o mais, mas uma revista literária não vai gerar lucro suficiente para compensar o que a gente já perdeu. Na verdade, com os custos de impressão e tudo o mais, só vai fazer a gente gastar MAIS dinheiro que não tem.

Uma revista literária? Parece superdivertido! E daí você vai ter onde publicar "Chega de milho!", Mia!

Não posso permitir que "Chega de milho!" seja publicado em uma revista literária escolar.

Ah, suponho que a sua história seja boa demais para um mero periódico editado por estudantes.

Não é nada disso. É que eu não quero que o Cara Que Detesta Quando Colocam Milho no Feijão leia. Quer dizer, fala sério. Ele se MATA no final.

Ah, isso SERIA mesmo esquisito! Quer dizer, se ele percebesse que a história era sobre ele. Ele poderia ficar ofendido.

Exatamente.

Engraçado como isso não preocupou você quando estava tentando fazer a sua história ser publicada na Sixteen, *uma revista de circulação nacional com um milhão de leitores.*

Nenhum menino de respeito iria ler a revista *Sixteen*, nem morto, e você sabe muito bem disso, Lilly. Mas é totalmente possível que ele vá ler uma revista literária feita na escola!

Tanto faz. Olha, a srta. Martinez amou a idéia de uma revista literária na escola. Eu perguntei para ela logo antes da aula, e ela disse que achava ótimo, já que a Albert Einstein High School tem um jornal, mas não uma revista literária, e vai ser uma ótima oportunidade para os diversos artistas, poetas e contistas entre a população estudantil ver suas obras impressas.

Hm, certo, mas a menos que a gente vá COBRAR para publicar as coisas, não sei como isso vai NOS render algum dinheiro.

Você não percebe, Mia? A gente pode cobrar pelos exemplares da revista depois que estiver impressa. Aposto que a gente vai vender MONTES de cópias!

Muito obrigada, Tina. A ausência de rodeios na sua resposta é um alívio, comparando com as atitudes negativas de ALGUMAS pessoas.

Sinto muito. Não estou tentando ser negativa, de verdade. Só estou tentando ser prática. Acho que é melhor a gente vender velas.

Aaaaah, você tinha de ver as velas fofas da Arca de Noé que eles têm! Vem com todos os animais, de dois em dois... até mesmo unicorniozinhos minúsculos! Você tem CERTEZA de que não quer considerar a idéia de vender velas, Mia?

AAAAAAAAAAAAGGGGGGGGGGGGHHHHHH!!!!

Ah, desculpe. Parece que não.

Quarta-feira, 3 de março, Francês

Ouvi falar sobre o que está acontecendo. — Shameeka

QUEM CONTOU PARA VOCÊ????

A Ling Su. Ela está se sentindo péssima. Ela não sabe como conseguiu estragar tudo assim.

Ah, o negócio do dinheiro. Bom, a culpa não é bem dela. E, olhe, a gente meio que está tentando manter tudo em segredo. Então, será que você pode, por favor, não dizer para ninguém?

Eu entendo total. Quer dizer, quando os alunos do último ano descobrirem, NÃO vão ficar nada felizes. Principalmente a Amber Cheeseman. Ela pode parecer pequena, mas ouvi dizer que ela é forte igual a um macaco.

É, é disso que eu estou falando. É por isso que a gente está tentando manter a discrição.

Entendi. Eu sou um túmulo.

Obrigada, Shameeka.

Ei, pessoal, é verdade? — Perin

O QUE é verdade?

Aquele negócio do conselho estudantil estar falido.

QUEM DISSE PARA VOCÊ?

Hm, eu ouvi a recepcionista falando hoje de manhã no balcão da secretaria quando fui entregar meu passe por ter chegado atrasada. Mas não se preocupe, eu não vou contar. Ela disse que não era para contar.

Ah. Bom. É. É verdade.

E vocês vão fazer uma revista literária para recuperar a receita perdida?

Quem foi que disse isso para você?

A Lilly. Mas posso dizer uma coisa? Apesar de eu achar que fazer uma revista literária é uma ótima idéia e tudo o mais, quando a gente precisou levantar dinheiro na minha ex-escola, a gente vendeu umas velas perfumadas lindas no formato de frutas de verdade e ganhamos bastante dinheiro.

Que idéia ótima! Você não acha, Mia?

NÃO!

Quarta-feira, 3 de março

Então, no almoço hoje, o Boris Pelkowski colocou a bandeja dele do lado da minha e disse:

"Então, ouvi dizer que a gente está falido."

E eu perdi a compostura, de verdade.

"EI, TODO MUNDO", eu berrei para a mesa de almoço inteira. "VOCÊS PRECISAM PARAR DE FALAR DISSO. A GENTE ESTÁ TENTANDO MANTER SEGREDO."

Daí eu expliquei como eu dou valor à minha vida, e como eu não gostaria que ela fosse abreviada por uma oradora faixa-marrom de *hapkido* com força de macaco na parte superior do torso (mesmo que, se ela me matasse e/ou me aleijasse, na verdade estaria me fazendo um favor, já que daí eu não ia ter de viver com a humilhação de ver o meu namorado me dar o fora porque eu não sou uma menina festeira).

"Ela nunca ia matar você, Mia", o Boris observou, tentando ajudar. "O Lars atiraria nela primeiro."

O Lars, que estava mostrando para o guarda-costas da Tina, o Wahim, todos os jogos do celular Sidekick novo dele, ergueu os olhos ao ouvir seu nome.

"Quem está planejando matar a princesa?", o Lars perguntou, todo atento.

"Ninguém", eu disse, por entre os dentes cerrados. "Porque nós vamos conseguir o dinheiro antes de ela descobrir. CERTO????"

Acho que eu devo mesmo ter impressionado todos eles com a minha seriedade, porque todos falaram assim:

"Tudo bem."

Então, ainda bem, a Perin mudou de assunto.

"Oh-oh, parece que fizeram de novo", ela disse, apontando para o Cara Que Detesta Quando Colocam Milho no Feijão, porque ele estava sentado no lugar de sempre, sozinho, tirando aqueles pedacinhos de milho com cara de nojo do feijão, e colocando na bandeja de almoço.

"Coitado dele", a Perin disse, com um suspiro. "Eu sempre fico mal quando o vejo sentado ali sozinho desse jeito. Eu sei como é."

Fez-se um silêncio pesaroso quando todos nós nos lembramos de como a Perin ficava sentada sozinha no começo do ano letivo porque era nova. Até a gente adotá-la, quer dizer.

"Achei que ele tinha namorada", a Tina disse. "Você não falou que tinha visto quando ele comprou entradas para o baile de formatura no ano passado, Mia?"

"É", eu respondi, com um suspiro. "Mas eu estava errada." Acontece que ele só estava perguntando às pessoas que estavam vendendo as entradas da formatura onde ficava a estação mais próxima do metrô F.

O que, aliás, foi o que inspirou o meu conto a respeito dele.

"É muito triste", a Tina disse, voltando os olhos para a direção do Cara Que Detesta Quando Colocam Milho no Feijão. "Eu fico aqui pensando que o que acontece no conto da Mia sobre ele poderia acontecer na vida real."

!!!!!

"Talvez a gente devesse convidá-lo para sentar com a gente", eu disse. Porque a última coisa de que eu preciso, além de tudo o mais, é a culpa por ter feito com que um cara cometesse suicídio por não ter sido mais legal com ele.

"Não, obrigado", o Boris disse. "Eu já tenho problemas suficientes para digerir esta comida nojenta sem ter de almoçar na companhia de um esquisito de carteirinha."

"Acorde", a Lilly disse bem baixinho. "É o roto falando do esfarrapado."

"Eu ouvi isso aí", o Boris disse, com cara de magoado.

"Era mesmo para ouvir", a Lilly cantarolou.

Então a Lilly pegou um monte de folhas que estavam presas na prancheta de Hello Kitty dela. Obviamente tinha estado na secretaria fazendo fotocópias de alguma coisa. Começou a distribuir as fotocópias.

"Pessoal, distribuam isso nas aulas da tarde", ela disse. "Espero que até amanhã já tenhamos inscrições bastantes para fazer o primeiro exemplar até o fim da semana."

Olhei para o enorme folheto cor-de-rosa. Ele dizia:

EI, VOCÊ AÍ!

Está cansado de ouvir o que é bom e o que não é pela chamada "imprensa"?

Você quer ler histórias escritas pelos seus colegas, a respeito de coisas que realmente importam a você, em vez da bobajada que as revistas adolescentes e os jornais dos seus pais jogam em cima da gente?

Então envie seus artigos, poemas, contos, ilustrações, mangás, novelas e fotos originais para a primeira revista literária na história da Albert Einstein High School

A BUNDINHA ROSA DO FAT LOUIE!!!!

A bundinha rosa do Fat Louie *já está aceitando contribuições para a edição I do número I*

Ai, meu Deus.

AI, MEU DEUS.

"Antes de você começar a dar uma de reacionária em relação ao nome da nossa revista literária, Mia", a Lilly começou, acho que porque deve ter reparado os meus lábios ficando brancos, "preciso observar que é uma escolha extremante criativa e que, se nós a mantivermos, nunca vamos ter de nos preocupar a respeito de qualquer outra revista literária no mundo escolher o mesmo nome."

"Porque o nome é uma homenagem ao traseiro do meu gato!"

"É", a Lilly respondeu. "É, sim. Graças aos filmes baseados na sua vida, o seu gato é famoso, Mia. Todo mundo sabe quem é o Fat Louie. É por isso que a nossa revista vai vender. Porque quando as pessoas perceberem que tem alguma coisa a ver com a princesa da Genovia, vão querer na mesma hora. Porque, por razões que ultrapassam a minha compreensão, as pessoas de fato se interessam por você."

"Mas o título não tem a ver COMIGO!", eu choraminguei. "É sobre o meu gato! A bundinha do meu gato, para ser mais exata!"

"É", a Lilly disse. "Reconheço que tem um teor um tanto juvenil. Mas é por isso que vai chamar a atenção das pessoas. Elas não vão conseguir tirar os olhos disso. Pensei que, para a primeira capa, eu posso tirar uma foto do traseiro do Fat Louie, e daí..."

Ela continuou falando, mas eu não estava ouvindo. NÃO DAVA para ouvir.

Por que é que estou sempre rodeada de tantos lunáticos?

Quarta-feira, 3 de março, Ciências da Terra

O Kenny acabou de pedir para eu reescrever o nosso trabalho a respeito de zonas de subducção. Não para REFAZER de verdade todo o trabalho (apesar de que não seria refazer, porque para começar não fui eu quem fez — foi ele), mas para passar a limpo em uma folha nova que não esteja coberta de manchas de pizza como a que a gente entregaria se não fosse passado a limpo, porque o Kenny fez ontem à noite, enquanto jantava.

Eu gostaria que Kenny fosse mais cuidadoso com o nosso dever de casa. Dá muito trabalho para mim ter de copiar tudo de novo. A Lilly não é a única que tem problema no túnel do carpo, sabia? Quer dizer, ELA não tem de dar um gazilhão de autógrafos para as pessoas toda vez que desce da limusine na frente do Plaza. As pessoas começaram a FAZER FILA lá todos os dias depois da escola porque sabem que eu vou lá para a minha aula de princesa com Grandmère. Eu preciso ter sempre uma caneta à mão por essa razão.

Escrever *Princesa Mia Thermopolis* uma vez atrás da outra não é brincadeira. Eu queria que o meu nome fosse mais curto.

Talvez eu devesse mudar para *VAR Mia*. Mas será que eu ia parecer convencida demais?

O Kenny acabou de me mostrar o folheto de *A Bundinha Rosa do Fat Louie* e perguntou se a tese dele a respeito de estrelas anãs marrons seria adequada para publicação.

"Não sei", eu disse a ele. "Não tenho nada a ver com isso."

"Mas o nome é em homenagem ao seu gato", ele disse, parecendo pasmado.

"É", eu respondi. "Mas, mesmo assim, eu não tenho nada a ver com isso."

Parece que ele não acredita em mim.

Não posso dizer que ele tem culpa.

DEVER DE CASA

Educação Física: LAVAR O SHORT DE GINÁSTICA!!!
Economia dos Estados Unidos: Capítulo 8
Inglês: páginas 116-132, *O Pioneers!*
Francês: Écrivez une histoire comique pour vendredi
Superdotados e Talentosos: Pensar no que eu vou vestir na festa
Geometria: Ficha
Ciências da Terra: Perguntar para o Kenny

Não esquecer: amanhã é aniversário da Grandmère! Trazer o presente para a escola para eu dar para ela na aula de princesa!!!!!!!!

Quarta-feira, 3 de março, no Plaza

Grandmère com toda certeza está aprontando alguma. Eu percebi no minuto em que entrei na suíte dela, porque ela estava legal DEMAIS comigo. Ela ficou tipo: "Amelia! Como é adorável vê-la! Sente-se! Coma um bombom!", e enfiou um monte de trufas da La Maison du Chocolat na minha cara.

Ah, sim, ela está aprontando alguma.

Ou isso ou ela está bêbada. De novo.

A AEHS devia mesmo fazer uma reunião sobre como lidar com avós bêbados. Porque eu bem que podia aproveitar algumas dicas.

"Tenho boas notícias", ela anunciou. "Acho que eu vou poder ajudá-la com o seu pequeno contratempo financeiro."

UAU. UAU!!!!!! Grandmère vai me oferecer um empréstimo? Ah, obrigada, meu Deus! OBRIGADA!

"Quando eu estava na escola", ela prosseguiu, "nós ficamos sem fundos para a nossa viagem de primavera a Paris para visitar os ateliês de alta-costura certo ano, e organizamos um espetáculo."

Eu quase engasguei com o meu chá.

"Você O QUÊ?"

"Organizei um espetáculo", Grandmère disse. "Foi *O Mikado*, sabe. Que nós encenamos, quer dizer. Dos autores Gilbert e Sullivan. Foi bem difícil, principalmente porque na nossa escola só tinha meninas, e havia muitos papéis principais masculinos. Eu lembro que Genevieve — você sabe, aquela que costumava colocar as minhas tranças dentro do tinteiro dela quando eu não estava olhando — ficou muitíssimo decepcionada por ter que encenar *O Mikado*." Um sorriso maligno espalhou-se pelo rosto de Grandmère. "O Mikado supostamente era bem gordo, sabe. Suponho que Genevieve ficou aborrecida por ter sido escalada para o papel em razão de sua constituição física."

Certo. Então, obviamente, ela não ia anunciar nenhum empréstimo. Grandmère simplesmente estava disposta a fazer um passeio pela alameda das memórias e resolveu me levar junto com ela.

Será que ela chegou a perceber que eu comecei a mandar mensagens de texto para o Michael? Ele estava saindo da aula de Análise e Otimização Estocástica.

"Eu fiquei com o papel principal, é claro", Grandmère continuava falando, perdida em seus devaneios. "A ingênua, Yum-Yum. As pessoas disseram que foi a melhor Yum-Yum que já tinham visto, mas tenho certeza de que só queriam me lisonjear. Mesmo assim, com a minha cinturinha de 51 centímetros, eu realmente fiquei absurdamente encantadora de quimono."

Mensagem de texto: PRESA C/ VÓ

"Ninguém ficou mais surpresa do que eu ao descobrir que na platéia havia um diretor da Broadway — o *Señor* Eduardo Fuentes, um dos diretores de palco mais influentes de sua época — e ele me abordou depois da estréia com uma oferta para que eu estrelasse o espetáculo que ele estava dirigindo em Nova York. Claro que nunca nem cheguei a considerar a oferta..."

Mensagem de texto: SAUDADE D VC

"...já que eu sabia que estava destinada a coisas muito maiores do que a carreira teatral. Eu queria ser cirurgiã, ou talvez estilista, como Coco Chanel."

Mensagem de texto: EU T AMO

"Ele ficou arrasado, é claro. E não me surpreenderia se no fim ele estivesse um pouquinho apaixonado por mim. Eu estava mesmo ilustre naquele quimono. Mas, é claro, meus pais nunca teriam aprovado. E se eu TIVESSE ido para Nova York com ele, eu nunca teria conhecido o seu avô."

Mensagem de texto: ME TIRA DAKI

"Você precisava ter ouvido a minha interpretação de *As três moças*: Nós somos três mocinhas da escola..."

Mensagem de texto: CREDO, ELA TAH CANTANDO MANDA AJUDA

"Somos moças muito comportadas..."

Felizmente, nesse ponto, Grandmère parou com um ataque de tosse:

"Ah, nossa! Sim. Eu fui uma bela sensação naquele ano, devo dizer."

Mensagem de texto: EH PIOR DO Q AC VAI FAZER COMIGO QDO DESCOBRIR DO $

"Amelia, o que você está fazendo com esse telefone celular?"

"Nada" respondi rapidinho e apertei ENVIAR.

O rosto de Grandmère continuava com aquele ar de quem se perdeu em lembranças.

"Amelia. Tive uma idéia."

Ai, não.

Sabe, tem duas pessoas no meu círculo de convivência de quem nunca é bom ouvir as palavras "Eu tenho uma idéia".

A Lilly é uma.

Grandmère é a outra.

"Olhe só para isto", eu apontei para o relógio. "Já são seis horas. Bom, é melhor eu ir andando, tenho certeza de que você deve ter marcado um jantar com um xá ou algo assim. Não é seu aniversário amanhã? Você deve ter alguma reflexão pré-aniversário para fazer..."

"Sente-se aí, Amelia", Grandmère disse com sua voz mais assustadora.

Eu me sentei.

"Eu acho", Grandmère disse "que vocês deveriam organizar um espetáculo."

Pelo menos, eu podia jurar que foi isso que ela disse.

Mas não poderia estar certo. Porque ninguém com a cabeça no lugar diria algo assim.

Espere. Por acaso eu escrevi "com a cabeça no lugar"?

"Um espetáculo?" Eu sabia que Grandmère tinha reduzido a quantidade de cigarros recentemente. Ela não tinha largado nem nada. Mas o médico dela disse que, se não diminuísse, ela ia ter de usar um tanque de oxigênio quando chegasse aos 70.

Então, Grandmère tinha começado a limitar os cigarros só para depois das refeições. Isso porque ela não conseguiu achar nenhum tanque de oxigênio que combinasse com as roupas de marca dela.

Achei que talvez o adesivo de nicotina que estava usando estivesse dando errado ou algo assim, mandando monóxido de carbono puro e inalterado diretamente para a corrente sanguínea dela.

Porque essa foi a única explicação que consegui encontrar para ela estar achando que era uma boa idéia para a Albert Einstein High School montar um espetáculo.

"Grandmère", eu disse. "Acho que você deve tirar o seu adesivo, bem devagarzinho. E eu vou ligar para o seu médico..."

"Não seja ridícula, Amelia", ela disse, torcendo o nariz para a sugestão de que poderia estar sofrendo de algum tipo de aneurisma cerebral ou ataque, ambos, na idade dela, são altamente prováveis, de acordo com o Yahoo! Saúde. "É uma idéia absolutamente razoável para levantar fundos. As pessoas fazem montagens beneficentes amadoras há séculos para angariar doações para suas causas."

"Mas, Grandmère", eu disse. "O Clube de Teatro já vai fazer uma montagem na primavera, o musical *Hair*. Já começaram a ensaiar e tudo o mais."

"E daí? Um pouquinho de concorrência pode deixar as coisas mais interessantes para eles", Grandmère disse.

"Hm", eu respondi. Como é que eu iria informar a Grandmère que a idéia era totalmente esdrúxula? Tipo, quase tão ruim quanto vender velas? Ou abrir uma revista literária chamada *A bundinha rosa do Fat Louie*?

"Grandmère", eu disse "aprecio a sua preocupação com o meu disparate econômico. Mas não preciso da sua ajuda. Certo? É sério, vai ficar tudo bem Eu vou achar um jeito de levantar o dinheiro sozinha. A Lilly e eu já estamos cuidando do assunto e nós..."

"Então você pode dizer à Lilly", Grandmère falou "que os seus problemas financeiros terminaram, já que a invenção da sua avó de montar uma peça vai fazer com que a comunidade teatral implore por entradas, e todo mundo que é alguém na sociedade de Nova York vai ficar louco para se envolver. Será um espetáculo completamente original, para exibir os seus múltiplos talentos."

Ela deve estar falando dos talentos da Lilly. Porque eu não tenho nenhuma habilidade teatral.

"Grandmère", eu disse. "Não, estou falando sério. Nós não precisamos da sua ajuda. Está tudo certo, está bem? Tudo certinho. O que você estiver pensando, pode esquecer. Porque, juro, se você se intrometer de novo, eu vou ligar para o papai. E não pense que eu não vou."

Mas Grandmère já tinha se afastado e estava pedindo para a camareira achar a agenda dela... parece que precisava fazer algumas ligações.

Bom, não deve ser muito difícil impedir que ela faça alguma coisa. Posso simplesmente dizer para a diretora Gupta não deixar que ela entre no prédio. Com as novas câmeras de segurança e tudo o mais, não vai dar para dizer que não a viram chegar: ela não vai a lugar nenhum sem sua limusine nem sem seu poodle toy sem pêlo. Não é muito difícil identificá-la.

Quarta-feira, 3 de março, no loft

A Lilly diz que Grandmère deve estar projetando seus sentimentos de impotência sobre o fato de ser vencida por John Paul Reynolds-Abernathy III na compra da ilha da falsa Genovia nos meus problemas com a situação financeira do conselho estudantil.

"É um caso clássico de transferência", foi o que a Lilly disse quando eu liguei para ela há pouco para implorar pela última vez para mudar o nome da revista literária. "Eu não sei por que você está tão aborrecida com ela. Se isso a deixa feliz, por que você não a deixa montar o showzinho? Eu posso ficar com o papel principal na boa... Não tenho nenhum problema em assumir mais uma responsabilidade, além da vice-presidência, meu posto como criadora, diretora e apresentadora de *Lilly Tells It Like It Is*, e editora de *A bundinha rosa do Fat Louie.*"

"É", eu disse. "Falando nisso, Lilly..."

"Bom, a idéia foi minha, não foi?", Lilly lembrou. "E não devia ser a editora? Essa revista vai ABALAR, a gente já recebeu um monte de contribuições fantásticas."

"Lilly", eu disse, reunindo com muito cuidado todas as minhas qualidades de liderança e falando em voz calma e comedida, do jeito que o meu pai se dirige ao Parlamento. "Eu não me importo de você ser editora, de jeito nenhum. E acho ótimo você estar fazendo isto — proporcionando um fórum que os artistas e escritores da AEHS possam usar para se exprimir. Mas você não acha que a gente tem que se concentrar em como arrecadar os cinco mil que precisamos para a formatura do últ..."

"*A bundinha rosa do Fat Louie* VAI arrecadar cinco mil", Lilly respondeu, toda confiante. "Vai arrecadar MAIS do que cinco mil. Vai elevar o teto do setor editorial como o conhecemos. A revista *Sixteen* irá a falência quando as pessoas colocarem as mãos em *A bundinha rosa do Fat Louie* e lerem os textos honestos e crus que ela contém, porções da vida adolescente norte-americana que vão fazer o programa jornalístico *60 Minutes* bater na minha porta, suplicando por entrevistas e, sem dúvida, o Quentin Tarantino vai querer comprar os direitos de filmagem..."

"Uau", eu disse, mal ouvindo. Será que eu sou a ÚNICA pessoa que reconhece a ENORME dor que vamos sofrer quando a Amber Cheeseman descobrir que a gente não tem dinheiro para pagar o aluguel do salão Alice Tully? "As contribuições que você recebeu são mesmo assim tão boas, hein?"

"Espetaculares. Eu não fazia idéia de que os nossos colegas eram tão PROFUNDOS. O Kenny Showalter, principalmente, escreveu uma ode ao seu verdadeiro amor que fez os meus olhos se encherem de lágr..."

"O Kenny escreveu uma ode?"

"Bom, ele CHAMA de tese sobre as estrelas anãs marrons, mas com toda a certeza é uma homenagem para alguma mulher. Uma mulher que ele amou no passado e que perdeu tragicamente."

Uau. Quem será que o Kenny já amou e perdeu? A menos que... Eu?

Mas eu não podia deixar que essa notícia me distraísse! Era importante não me desviar do ponto. Eu TINHA de fazer a Lilly mudar o nome da revista literária dela.

Ah, e arrecadar cinco mil dólares.

Aaaah! O Michael está me mandando mensagem instantânea!

SKINNERBX: Ei! E aí, que história era aquela com a sua avó? Ela estava mesmo cantando?

FTLOUIE: O quê? Ah, sim! Entre outras coisas. Tudo bem com você?

SKINNERBX: Estou ótimo. Ainda estou superfeliz de saber que você vai lá no fim de semana.

Certo, a minha vida acabou de verdade. Achei que a Amber Cheeseman ia causar a minha morte, mas acontece que eu vou morrer bem antes de ela descobrir que desperdicei o dinheiro da formatura dela em cestos de lixo que ajudam a preservar o ambiente. Eu vou ter de ME matar primeiro, porque é a única maneira que vejo de conseguir escapar dessa festa.

Porque eu NÃO POSSO ir a essa festa. NÃO POSSO. Veja bem, eu sei o que vai acontecer se eu for: vou ficar toda tímida e vou me sentir intimidada pelas pessoas bem mais velhas e bem mais inteligentes que vão estar lá, e vou acabar sentada sozinha em um canto, e o Michael vai chegar e perguntar assim: "Está tudo bem?", e eu vou responder tipo: "Está", mas ele vai saber que estou mentindo porque as minhas narinas vão abanar (observação pessoal: será que ele sabe que as minhas narinas abanam quando eu minto??? Descobrir.) e daí ele vai perceber que eu não sou uma menina festeira e que eu sou, de fato, a total desajustada social que sei que sou.

Além do mais, eu não tenho nenhuma boina.

Não vou permitir que isso aconteça. Porque eu simplesmente vou dizer que não posso ir.

Certo. Lá vou eu.

FTLOUIE: Michael, eu sinto muito, mas...

DELETE DELETE DELETE

Eu NÃO POSSO dizer não. Porque, e se ele achar que é algo pessoal? E se ele achar que é uma rejeição a ELE?

E SE ELE FOR BUSCAR CONFORTO PARA SEU ORGULHO FERIDO NOS BRAÇOS DE UMA DAQUELAS MALDOSAS GAROTAS DE FACULDADE????

Espera. Eu preciso me recompor. O Michael não é assim. Ele nunca me trairia com outra garota, por mais que ela se jogasse para cima dele. Mesmo se o Craig traiu a Ashley MESMO com a Manny em *Degrassi*, quando a Ashley se recusou a transar com ele. Isso não significa que o Michael faria a mesma coisa. Porque ele é MELHOR do que o Craig. Que, aliás, estava sofrendo de distúrbio bipolar na época. E também porque é um personagem fictício.

Além do mais, garotas de faculdade não usam calcinha fio-dental. Elas acham que isso é sexista.

A Tina tem razão. Eu só preciso ser sincera com ele. Eu tenho de pegar e falar logo.

FtLouie: Michael, eu não posso ir à sua festa porque eu nem gosto de festa e além do mais acho que vai ser uma chatice total ficar lá com um monte de gente de faculdade, principalmente se vocês só ficarem falando de filmes de ficção científica distópicos...

DELETE DELETE DELETE

Não posso dizer ISSO! Ai, meu Deus. O que eu vou fazer????

FtLouie: Claro! Mal posso esperar!

Meu Deus. Eu sou a maior mentirosa.

SkinnerBx: Então, que história é essa que eu ouvi sobre a sua avó dando algum tipo de festa na semana que vem para o Bob Dylan?

FtLouie: O Bob Dylan? Você está falando do cantor?

SkinnerBx: É. Parece que o Bono e o Elton John também vão estar lá.

Por um minuto, fiquei achando que o Michael talvez tivesse inalado fumaça de maconha demais do quarto de alojamento na frente do dele, do outro lado do corredor.

Daí eu me lembrei do evento beneficente de Grandmère para arrecadar fundos para os cultivadores de azeitonas da Genovia.

FtLouie: Ah, certo. Uau, que engraçado. Como foi que você ficou sabendo disso?

SkinnerBX: Na internet. Parece que ela está organizando uma coisa chamada Aide de Ferme?

Auxílio à Agricultura. Eu devia saber.

FtLouie: Ah é. Está sim.

SkinnerBX: Então, será que tem alguma chance de você conseguir que eu entre? Eu adoraria perguntar para o Bob se ele ainda acredita que um indivíduo pode mudar o mundo como o conhecemos com uma única música. Você acha que tudo bem? Eu prometo que não vou envergonhar você na frente de nenhum líder mundial.

Ah! Que amor! O Michael quer conhecer uma celebridade! Isso não tem nada a ver com ele.

Mas, bom, o Bob Dylan não é uma celebridade qualquer. Afinal de contas, ele praticamente inventou sua própria linguagem. Pelo menos, é o que parece sempre que o Michael coloca para tocar algum CD dele.

Mesmo assim, o Michael sem dúvida vai encontrar alguma utilidade para a sabedoria musical Yoda do Bob. Parece que ele não tem nenhum problema em entender o que o Bob está dizendo.

E, como uma vantagem extra para mim, eu ainda marco um encontro com ele na próxima quarta à noite!

E, tudo bem, ele basicamente está me usando para conhecer o Bob Dylan. Mas tanto faz.

Sabe, esta é a melhor coisa a respeito de ter um namorado. Quando você teve o dia mais chato que dá para imaginar, ele só precisa convidar você para sair e parece que: *Puf!* As coisas ruins desaparecem. Falando sério. Esse negócio de namorado é mesmo uma coisa muito poderosa.

FTLOUIE: Acho que é possível.

O Michael então continuou escrevendo umas coisas superlegais sobre mim, tipo como eu sou uma líder eficiente, tanto da Genovia quanto da AEHS, e como ele não agüenta esperar para me ver neste fim de semana, e o que ele vai fazer quando a gente se ENCONTRAR, e como ele acha que eu sou a melhor escritora do mundo, e como a Shonda Yost, a editora de ficção da *Sixteen*, devia estar drogada para não escolher "Chega de milho!" como o texto vencedor do concurso da revista.

O que foi tudo superlegal, mas não ajudou em nada para tratar do problema que está pesando DE VERDADE na minha mente:

O que eu vou fazer a respeito dessa festa?

Ah, é. E como é que eu vou arrumar o dinheiro para alugar o salão Alice Tully?

Quinta-feira, 4 de março, na limusine a caminho da escola

Estou muito cansada. Ontem à noite, bem quando eu estava indo para a cama, recebi uma mensagem instantânea. Achei que devia ser o Michael escrevendo para dizer que me ama. Sabe como é, uma última vez antes de dormir.

Mas era o BORIS PELKOWSKI, ninguém menos.

JOSHBELL2: Mia! Que história foi essa que ouvi de a sua avó dar uma festa na próxima quarta-feira à noite e convidar o célebre violinista e meu herói artístico pessoal, o Joshua Bell?

Caramba.

FTLOUIE: Por acaso o Joshua Bell não estaria pensando em comprar uma ilha em O Mundo próximo ao litoral de Dubai, estaria?

JOSHBELL2: Não sei de nada sobre isso. Ele poderia querer comprar o estado de Indiana, o grande estado de onde ele é originário, que por acaso também é o local de nascimento de vários outros gênios musicais, incluindo Hoagy Carmichael e Michael Jackson. Se não for incomodar muito, Mia... será que você consegue fazer com que eu entre nessa festa? Eu PRECISO conhecê-lo. Tem uma coisa muito importante que eu preciso dizer para o Joshua Bell.

Sabe, o Boris pode até estar gostoso agora, mas continua esquisito.

FTLOUIE: Acho que eu posso arrumar um jeito de fazer você entrar, sim.

JOSHBELL2: Ah, OBRIGADO, Mia! Você não sabe quanto eu aprecio esse seu gesto. Se houver qualquer coisa que eu possa fazer por você — além de ensaiar no armário de materiais, o que já faço —, é só dizer!

E se isso já não fosse algo totalmente ao acaso, a Ling Su também me mandou uma mensagem instantânea.

PAINTURGURL: Oi, Mia! Ouvi dizer que a sua avó vai dar uma festa na quarta à noite, e que o Matthew Barney, aquele artista conceitual controverso, vai estar lá.

FTLOUIE: Deixa eu adivinhar: Matthew Barney vai comprar uma ilha em O Mundo próximo ao litoral de Dubai.

PAINTURGURL: Como você adivinhou? Ele vai comprar a Islândia para a mulher dele, a Björk. Tem alguma chance de você conseguir fazer com que eu entre para poder conhecê-lo?

FTLOUIE: Sem problemas.

PAINTURGURL: Mia Thermopolis, você é tudo!

Daí, veio uma da Shameeka:

Beyonce_Is_Me: Oi, Mia!

FtLouie: Espera, já sei: você ouviu dizer que a Beyoncé vai à festa da minha avó na quarta que vem à noite para arrecadar fundos para os cultivadores de azeitonas da Genovia e quer que eu consiga fazer você entrar.

Beyonce_Is_Me: Na verdade, é a Halle Berry. Ela vai comprar a Califórnia. A BEYONCÉ também vai estar lá????

FtLouie: Considere-se convidada.

Beyonce_Is_Me: MESMO???? VOCÊ É TUDO!!!!!!!!!!!!

Daí, o Kenny:

E=MC2: Mia, é verdade que a sua avó vai dar uma festa na semana que vem na qual a cientista de renome mundial dra. Rita Rossi Coldwell estará presente?

FtLouie: Provavelmente. Quer ir?

E=MC2: DÁ PARA EU IR? Muito obrigado mesmo, Mia!

FtLouie: Não é nada demais.

Daí, a Tina:

ILUVROMANCE: Mia, é verdade que a sua avó vai dar uma festa e vai ter um monte de celebridades lá?

FTLOUIE: É. Qual delas você quer conhecer?

ILUVROMANCE: Não estou nem aí! QUALQUER celebridade está boa para mim!

FTLOUIE: Tudo bem. Todo mundo vai estar lá.

ILUVROMANCE: EEEEEEEEEEEEEEEEEEEEEEEEEE!!! CELEBRIDADES!!! ESTOU SUPERANIMADA!!!!!!!!!!!!!!!!!

Então, finalmente, a Lilly:

WOMYNRULE: Ei! Que história é essa que eu ouvi de que a sua avó vai convidar a Benazir Bhutto para uma festa qualquer na quarta-feira que vem à noite?

Uau. A Benazir também? O que será que ela vai comprar? O Paquistão falso?

FTLOUIE: Você quer ir lá para conhecê-la?

WOMYNRULE: Você sabe que eu quero. Ela e eu temos algumas coisas sobre as quais conversar. Principalmente sobre o apoio que ela deu ao Taliban em todos estes anos.

FTLOUIE: Está convidada.

WOMYNRULE: Belezura. A gente se vê amanhã, PDG.

Acho que todas as coisas sobre as quais eu escrevi ao Carl Jung — sabe como é, de ser presidente do conselho, mas de continuar super não-popular — no fim não é verdade. Eu sou BEM popular.
Graças à minha AVÓ.

Quinta-feira, 4 de março, sala de estudos

Eu vou matá-la.

Eu disse que NÃO. Disse específica e definitivamente NÃO para ela.

Como é que ela pode fazer isso comigo?

De novo?

Quinta-feira, 4 de março, Educação Física

Falando sério. Como é que ela CONSEGUE? Quer dizer, assim tão rápido?

E estão em todo lugar, é claro. As paredes estão cobertas com eles. Abri o meu armário, e um caiu na minha mão.

ELA ENFIOU UM DENTRO DO ARMÁRIO DE CADA PESSOA.

Ele deve ter demorado HORAS para fazer isso. Como foi que ela fez? Quem ela PAGOU para fazer isso?

Meu Deus. Pode ter sido qualquer pessoa. Até algum professor. Afinal de contas, o que eles ganham mal dá para viver. Eu sei, já vi os recibos do salário do sr. G por aí.

Todo mundo está andando com um na mão. Um folheto amarelo forte que diz:

AUDIÇÕES HOJE, ÀS 15h30

No Salão Nobre de Baile do Hotel Plaza

Um espetáculo totalmente novo e original

Trança!

Todos são bem-vindos

Não é necessário ter experiência teatral

Eu já ouvi alguns integrantes do clube de teatro — aqueles que andam ocupados ensaiando *Hair* — olhando para os lados por baixo de seus piercings de sobrancelha e falando: "*Trança!*? O que é *Trança!*? Nunca ouvi falar de um espetáculo chamado *Trança!*. Será que é alguma peça nova do Andrew Lloyd Webber? Será que é sobre a Rapunzel?"

Eles estão furiosos por alguém estar promovendo uma montagem teatral — principalmente uma que parece envolver cabelo, já que a tradução de *Hair* é cabelo — que possa atrair o público DELES.

E não posso dizer que eles têm culpa.

Mas eu é que não vou oferecer a informação de que minha AVÓ é a pessoa de quem eles todos estão atrás. Quer dizer, a Amber Cheeseman não é a única pessoa nesta escola que sabe matar com um único golpe com a lateral da mão. Algumas dessas pessoas do teatro... elas sabem usar espadas e coisas assim. Tipo, em ESGRIMA.

NÃO estou precisando de nenhum florete no meu coração, muito obrigada.

Não vou nem mencionar o nunchaco.

O que Grandmère deve estar *pensando*? O que é *Trança!*?

E por que ela nunca consegue ficar FORA DA MINHA VIDA??? Até parece que eu já não tenho problemas SUFICIENTES, muito obrigada. Quer dizer, hoje de manhã mesmo, quando entrei no quarto do Rocky para dar um beijinho de tchau nele antes de sair para a escola, ele apontou todo feliz para mim e berrou: "Mião!"

Sim. Meu irmão acha que eu sou um caminhão.

POR QUE É QUE EU SOU A ÚNICA PESSOA QUE ENXERGA QUE ESSE É UM PROBLEMA EM POTENCIAL????

Quinta-feira, 4 de março, Economia dos Estados Unidos

Certo, agora eu estou prestando atenção:

O objetivo da economia é compreender o problema da escassez. Como atender aos desejos ilimitados da humanidade com os recursos limitados e/ou escassos disponíveis?

Isso se chama utilidade — a vantagem ou a satisfação que uma pessoa recebe por consumir um bem ou serviço.

Quanto mais a pessoa ou o governo consome, maior será a utilidade total.

Então, a utilidade de Grandmère deve ser a maior do MUNDO INTEIRO EM SUA TOTALIDADE.

Quinta-feira, 4 de março, Inglês

Ai, meu Deus, a Lana sabe.

Não sei como ela descobriu, mas ela sabe. Eu sei que ela sabe porque ela chegou para mim no corredor e falou assim: "Eu sei."

!!!!!!!!!!!!!!

E ela disse isso toda *sabichona*. Sabe como é?

O negócio é que... eu não sei O QUE ela sabe. Será que ela sabe que Grandmère é quem está por trás do espetáculo rival?

Ou será que ela sabe que eu gastei todo o dinheiro do último ano?

Ou será que ela sabe — gasp! — do meu medo de que o Michael vá descobrir que eu não sou do tipo festeira?

Mas como é que ela PODE saber? Eu não confiei esse medo a ninguém — ninguém além da Tina Hakin Baba, e contar um segredo para ela é o mesmo que contar para uma parede. Ela NUNCA contaria para ninguém.

Especialmente para a LANA.

Mesmo assim, seja lá o que a Lana sabe, ela disse que não vai contar...

...mas só se eu atender às exigências dela.

AS EXIGÊNCIAS DELA!!!

Ela disse para eu me encontrar com ela na escada do terceiro andar logo depois do almoço, onde ela vai me dizer o que quer para manter o silêncio.

Eu não sabia que as pessoas populares conheciam a escada do terceiro andar. Achei que o lugar estava reservado para os nerds.

Meu Deus, o que será que ela quer? E se ela, tipo, quiser ser a minha melhor amiga?

É sério! Tipo se ela quiser que eu finja que gosto dela para que a foto DELA saia na revista *US Weekly* do meu lado? Ou se ela pedir para ir comigo ao próximo casamento real para que eu for convidada para agarrar o príncipe William? Está na cara que ela só está ESPERANDO uma oportunidade de ficar sozinha com ele para mostrar por que o nome dela é o que mais aparece na porta dos reservados dos banheiros masculinos na AEHS (segundo o Boris).

Mas, espere... e se não for nada disso? E se ela não quiser que eu finja ser amiga dela, mas, em vez disso, queira que eu renuncie ao cargo de presidente — para que ELA possa ser presidente????

Isso é totalmente possível. Quer dizer, ela nunca superou MESMO o fato de eu a ter vencido na eleição. Quer dizer, ela FINGIU que não ligou — depois que perdeu, ficou falando para todo mundo que ser presidente do corpo estudantil era uma idiotice mesmo, e que ela não sabia o que estava pensando quando resolveu disputar o posto, para começo de conversa.

Mas e se ela mudou de idéia? E se ela não acha DE VERDADE que é uma idiotice, no final das contas, e só quiser o meu posto?

Mas, bom, será que isso seria mesmo assim tão ruim? Quer dizer, ser presidente, basicamente, significa muito trabalho para quase nada. Eu não recebi sequer um único muito obrigado pelos cestos de lixo recicláveis.

E eu sei que as etiquetas estão erradas, mas mesmo assim.

E, também, se a Lana pedir a minha renúncia, pelo menos vai liberar bastante tempo na minha agenda. Quer dizer, então talvez daí eu tenha tempo para trabalhar naquele livro que eu quero começar a escrever. Eu poderia expandir "Chega de milho!" para virar um romance. Eu poderia tentar vender para uma editora de verdade. Eu não teria de me preocupar com O Cara Que Detesta Quando Colocam Milho no Feijão ler, também, porque qual aluno do ensino médio tem tempo para ler livros por prazer? Nenhum.

E daí eu poderia ser publicada, e ir ao programa *Book TV* e falar cheia de autoridade sobre simbolismo e essas coisas.

Meu Deus. Seria uma maravilha.

Mas espera, a Lana NÃO PODE ficar com o meu cargo de presidente, mesmo que eu renuncie. Se eu renunciar, a Lilly, que é minha vice, vai ficar com o cargo.

Então, NÃO PODE ser isso que a Lana quer. Ela deve querer alguma outra coisa de mim.

Mas o quê? Eu não tenho NADA. Ela deve saber disso. Nada a não ser o trono da Genovia esperando por mim em algum momento no futuro...

Será que é ISSO que ela quer? Não o meu trono, mas, tipo, a minha COROA?

Não posso abrir mão da minha tiara. O meu pai ia me matar. Ela vale, tipo, um milhão ou qualquer coisa assim. É por isso que Grandmère guarda no cofre, no Plaza.

ESPERA: E SE ELA QUISER O MICHAEL???

Mas por que é que ela iria querer? Ela nunca quis quando ele estava aqui na AEHS. Na verdade, por alguma razão, parece que ela sempre o achou completamente bobo e nada atraente (será que alguém já FOI CAPAZ de ser tão cega?).

Além do mais, ouvi dizer que ultimamente ela anda saindo com o time de basquete Dalton.

É MELHOR ela não querer o Michael, é tudo o que eu tenho a dizer. Quer dizer, ela pode ficar com o meu trono.

MAS NUNCA O MEU NAMORADO.

Mia, qual é o problema? — T

Não tem nada de errado! Por que você acha que tem alguma coisa errada?

Porque você está com cara de quem acabou de engolir uma meia.

É mesmo? Não era a minha intenção. Não tem nada errado. Nadinha mesmo.

Ah. Eu achei que tinha acontecido alguma coisa com o Michael. Você já falou com ele? Sobre você não ser uma menina festeira, quer dizer?

Hm. Não.

Mia! Você tem de ser firme com os garotos. É igual à Ms. Dynamite diz em "Put Him Out": você pode amar um cara, mas isso não significa que você deve ser a palhaça dele.

EU SEI!

Pessoal. A gente recebeu TANTAS inscrições para a primeira edição que a srta. Martinez e eu vamos fazer uma reunião na hora do almoço para resolver o que entra e o que não entra. O número 1 de A bundinha rosa do Fat Louie *vai ARRASAR!*

POR FAVOR, PARE DE CHAMAR ASSIM.

Não paro, porque esse é o NOME. Você é a única que não gosta. Bom, tirando a diretora Gupta. Mas até parece que a opinião DELA conta. Falando nisso, PDG, que negócio de Trança! *é esse que a sua avó inventou?*

Como é que você sabe que foi ela?

Hm, quem mais organizaria audições no Plaza? Dã. Então. O que é?

Não sei. Só mais um dos planos da minha avó louca para me humilhar e me incomodar.

Caramba, quem mijou no seu cereal hoje de manhã?

NINGUÉM!!! Só estou cansada de todo mundo ficar se intrometendo na minha vida!!!

A Mia está preocupada porque o Michael vai descobrir que ela não é uma menina festeira.

TINA!!!!!!!!!!

Bom, sinto muito, Mia. Mas isto é muito ridículo. Você não acha ridículo, Lilly?

O que é uma menina festeira?

Você sabe. Tipo a Lana. Ou a Paris Hilton.

UGH!!!! Mas por que é que você ia querer ser igual à Paris Hilton????

Não quero. Não é com isso que eu estou preocupada. É só que...

A Paris Hilton é uma das mulheres que é bonita demais para viver. Você não acha, Tina?

Total. Ela não é NINGUÉM para ameaçar você, Mia.

Eu não me sinto ameaçada por ela. É só que...

Dá uma olhada:

MULHERES QUE SÃO BONITAS DEMAIS PARA VIVER E QUE DEVERIAM SER MANTIDAS JUNTAS EM UMA ILHA DESERTA PARA QUE O RESTANTE DE NÓS NÃO SE SINTA TÃO INADEQUADA

por
Lilly Moscovitz

1) *Paris Hilton. Espere: ela é bonita, pode comer tudo o que quiser sem nunca engordar, muito menos ter de fazer exercícios, E ainda é herdeira? Existe JUSTIÇA neste planeta? E, tudo bem, ela é gentil com os animais e com os gays, e obviamente tem inteligência suficiente para conseguir um noivo aparentado a uma das famílias mais ricas do mundo. Mas será que algum dia ela já usou a cabeça para desenvolver algo além de um reality show para a TV? Que tal uma cura para o câncer, Paris? Que tal uma maneira de atomizar a água do mar para produzir gotas que subirão para as nuvens a fim de aumentar seu poder reflexivo, e as temperaturas diminuírem, para compensar os efeitos do aquecimento global e assim salvar o planeta? Vamos lá, Paris, a gente sabe que você conseguiria se se dedicasse a isso. Com o seu dinheiro e a sua inteligência, você realmente poderia fazer diferença!*
2) *Angelina Jolie. Vamos nos livrar dela, pura e simplesmente! Ela é linda demais, com aquele bocão e aquele monte de cabelo e aqueles ossos aparecendo por baixo da pele. Eu não ligo nem um*

pouco para aquele papo de ter roubado o Brad da Jennifer, nem para a órfã etíope que ela adotou, nem se ela transou ou não com o irmão. Vamos nos livrar dela! Ela é bonita demais!

3) *Keira Knightley. Ai, meu Deus, eu ODEIO essa mulher! Ela é linda DEMAIS para viver! Como se já não bastasse ela ficar com o Orlando em* Piratas, *agora também faz o papel de Elizabeth Bennett em mais uma refilmagem de* Orgulho e Preconceito? *A Lizzie Bennett supostamente é INTELIGENTE, não bonita. Este é o ponto da história: que a Lizzie não tem aquela beleza tradicional que a Keira tem. MEU DEUS! Vamos nos livrar dela, pura e simplesmente.*

4) *Jessica Alba. Ela até que era suportável naquela série de TV pós-apocalíptica,* Dark Angel. *Pelo menos a gente nunca tinha de ver os músculos dela, porque sempre chovia demais em Seattle, onde a série era ambientada, para ela ficar usando blusinha decotada. Daí apareceu aquele filme de uma dançarina de hip-hop chamada* Honey, *e depois em* Sin City — Cidade do Pecado, *e em* O Quarteto Fantástico, *e daí era SÓ MÚSCULOS, O TEMPO TODO, para a srta. Alba. Daí o nome dela começou a aparecer nas músicas do Eminem. A gente precisa disso? A gente precisa do maior poeta do nosso tempo babando em cima da Jessica Alba? Não precisa. Tirem ela daqui agora mesmo.*

5) *Halle Berry. Será que eu preciso dizer alguma coisa? Ah, claro, ela TENTOU ficar feia em* A última ceia. *Pena que não deu certo. A Halle Berry não conseguiria ficar feia nunca, nem que a vida dela dependesse disso. Parece que ela só existe para fazer as simples mortais se sentirem inseguras. Tchauzinho, Halle Berry.*

6) *Natalie Portman. Acho que seria OBRIGATÓRIO escalar alguém bem linda para fazer o papel da mãe da princesa Leia. Mesmo assim. Tinham MESMO de escalar alguém assim tão impossivelmente linda que faz até aquelas falas péssimas de O ataque dos clones parecerem inteligentes? (A parte em que Amidala e Anakin estão rolando montanha abaixo com aquelas coisas ridículas de vacas.) Claro que a Natalie tentou se redimir fazendo papéis em filmes independentes que não exigem o uso de macacões de vinil. Mas não importa o número de cores com que você tenha tingido o seu cabelo, srta. Portman. A gente continua achando que você é linda demais para viver.*

7) *Shannyn Sossamon. Eu tive lá minhas dúvidas em Coração de cavaleiro. Eu fiquei, tipo: o que uma pessoa tão linda está fazendo na Idade Média? Mas quando vi Regras da atração, eu TIVE CERTEZA: a Shannyn Sossamon é linda demais para fazer o papel de uma menina em quem os caras vivem dando o pé na bunda e traindo. Isso NUNCA ACONTECERIA. Vamos nos livrar dela!*

8) *Thandie Newton. Eu consegui agüentá-la no papel de Audrey Hepburn na refilmagem de Charada, porque a Audrey Hepburn também era linda demais para viver, então era de esperar que a atriz que interpretou o papel que a tornou famosa também teria de ser linda daquele jeito. E deu para agüentá-la na aventura de ficção científica As crônicas de Riddick, porque, basicamente, ela fazia o papel de uma alienígena. Mas quando ela apareceu como o interesse amoroso do Dr. Carter em ER — Plantão*

Médico, eu sabia que a hora tinha chegado: hora de nos livrarmos dela! O que a Thandie Newton está fazendo na TV? Ela é linda demais para estar na TV! Ela tem de se ater aos longa-metragens! E de jeito nenhum que um médico de Chicago iria até o Congo e voltaria com a THANDIE NEWTON. Certo??? Mulheres com a aparência dela NÃO VÃO PARA O CONGO. Por favor, tirem essa pessoa da minha frente!

9) Nicole Kidman. Certo, o que a Nicole Kidman é? Por acaso ela é um ser humano? Porque eu acho que ela pode ser um daqueles alienígenas que saíram da roupa de humano em Cocoon. Lembra-se daquele ser superbrilhante? Porque a Nicole irradia beleza e luz da mesma maneira que aquele alienígena irradiava. Ei, talvez ela seja um daqueles alienígenas que o pessoal da Igreja de cientologia está esperando, aqueles que supostamente vão voltar para nos salvar (bom, pelo menos os companheiros cientologistas deles) antes de destruirmos o nosso planeta por abusar dos recursos naturais. Talvez tenha sido por isso que o Tom Cruise se casou com ela. Nicole Kidman, ligue para casa! Diga para a espaçonave se apressar!

10) Penélope Cruz. Outra alienígena! Apesar de não ser tão brilhante quanto a Nicole, a Penélope com certeza é linda demais para um ser humano. Talvez tenha sido por isso que o Tom Cruise ficou com ela tanto tempo! Ele ACHOU que ela podia ser uma alienígena, igual à Nicole, mas daí descobriu que a Penélope simplesmente tinha ganhado a loteria genética e é simplesmente linda por natureza. O que vai acontecer quando o Tom descobrir

que a Katie Holmes não é alienígena também? Será que ele vai dar o pé na bunda dela também? QUANTAS OUTRAS MULHERES LINDAS E SOBRENATURAIS SOBRARAM PARA O TOM CRUISE NAMORAR / CASAR? Por que a nave-mãe da cientologia não anda logo e LEVA TODAS ELAS EMBORA?????

Quinta-feira, 4 de março, Francês

Sei lá. Isso aí não ajudou em nada.

Détente: qualquer situação internacional em que nações anteriormente hostis, não envolvidas em uma guerra declarada, reatam as relações amigáveis e as ameaças diminuem.

Caramba, ia ser o máximo se a Lana quisesse uma *détente*.

Quinta-feira, 4 de março, na escada do terceiro andar

Certo, eu estou aqui, mas a Lana não está.

Ela disse depois do almoço. Tenho certeza de que foi isso que ela disse.

E agora é depois do almoço.

ENTÃO, CADÊ ELA????

Caramba, eu ODEIO essa coisa de ficar me escondendo. Foi SUPERDIFÍCIL despistar o pessoal. Quer dizer, não a Lilly, porque ela estava em reunião com a srta. Martinez. Mas estou falando da Tina e do Boris e da Perin e de todo mundo. Eu tive de falar para eles que vinha aqui para cima fazer uma ligação particular para o Michael.

E a Tina obviamente achou que eu vinha aqui para dar ao Michael a notícia de que não sou uma menina festeira, "Vá lá, garota!", até a Shameeka perguntar assim: "Do que é que vocês estão FALANDO?"

Mas a Tina ESTÁ certa. Eu preciso parar de mentir para o Michael e contar a verdade. Só que eu preciso descobrir uma maneira de fazer isso sem revelar meu segredo mais obscuro — que eu não sou uma menina festeira.

Mas COMO??? Como é que eu vou conseguir isso? Seria de se pensar que, para uma mentirosa inveterada como eu, seria fácil inventar alguma desculpa para livrar a minha cara... por exemplo, que eu tenho de comparecer a algum compromisso real no fim de semana.

Pena que nenhum integrante da realeza tenha morrido ultimamente. Um enterro de Estado seria uma desculpa PERFEITA.

Mas como ninguém bateu as botas ultimamente, que tal... um CASAMENTO?

É! Eu poderia dizer que algum dos meus primos Grimaldi está casando de novo, e que eu TENHO de ir. O Michael iria acreditar, até parece que ele lê alguma revista que cobre notícias desse tipo... a menos que ele tente procurar na internet.

Talvez eu pudesse simplesmente mandar uma mensagem de texto para ele. É, vou mandar uma mensagem agora mesmo e falar, tipo: "DESCULPA, VOU P/ GENOVIA NO FIM DE SEMANA! PENA! SOU OBRIGADA! QUEM SABE DA PRÓX.?"

Só que, em último caso, seria bem mais simples se eu parasse de mentir. Quer dizer, em breve eu não vou mais conseguir me lembrar de todas as minhas histórias e vou misturar tudo em...

ALGUÉM ESTÁ CHEGANDO!!!!

É a LANA!!!!

Quinta-feira, 4 de março, S & T

Certo. O negócio foi surreal.

Então era MESMO sobre o dinheiro. Que a gente não tem mais, quer dizer. Foi o que a Lana quis dizer quando falou que sabia.

E a única coisa que pediu em troca do silêncio foi ser convidada para a festa de Grandmère. Aquela que ela vai dar para arrecadar dinheiro para os cultivadores de azeitonas da Genovia.

É sério.

Eu fiquei superchocada — quer dizer, eu achava mesmo que a Lana ia pedir algo que fosse complicar e MUITO a minha vida, e não um convite para uma festa — que até falei assim: "Por que você quer ir àquele NEGÓCIO? Quer dizer... VOCÊ também quer conhecer o Bob Dylan?"

A Lana só ficou olhando para mim como se eu fosse idiota (e qual é a novidade?) e falou assim: "Hm, não. Mas o Colin Farrell vai estar lá. Ele vai dar um lance na Irlanda. *Todo mundo* sabe disso."

Todo mundo menos eu, parece.

Mas, mesmo assim eu fingi que sabia. Eu falei assim: "Ah. Certo. Claro. É. Tudo bem."

Daí eu disse que com certeza ia conseguir um convite para ela.

"DOIS convites", a Lana falou por entre os dentes, de um jeito bem parecido com que o Gollum falava "meu precioso" em *O senhor dos anéis*. "A Trish também quer ir." A Trisha Hayes é a principal assecla da Lana, é o Igor, do dr. Frankenstein, dela. "Mas se Trish acha que ELA vai ficar com o Colin, ela bebeu."

Eu não fiz comentários a respeito dessa aparente desavença no amor fraternal incondicional que elas nutrem uma pela outra. Em vez disso, eu só falei assim: "Hm, tudo bem, certo, dois convites."

Mas daí, como eu sou incapaz de ficar de boca fechada, eu falei assim: "Mas, hm, se você não se importa de eu perguntar... como é que você ficou sabendo? Do dinheiro, quer dizer?"

Ela fez outra careta e respondeu: "Eu olhei na internet quanto aqueles cestos de lixo recicláveis de 'vidro e bala' idiotas custaram. Daí eu só fiz umas contas. E eu sabia que você tinha de estar falida."

Meu Deus. A Lana se faz ainda mais de burra do que parece. Além de conseguir se fazer de burra, é muito melhor em matemática do que eu.

Talvez ela DEVESSE ter sido presidente.

Eu devia ter deixado que ela fosse embora àquela altura. Devia provavelmente só ter dito algo como: "Bom, a gente se fala."

Mas é claro que eu não fiz isso. Porque assim seria fácil demais. Em vez disso, eu tive de falar assim: "Hm, Lana, posso fazer uma pergunta?"

E ela ficou tipo: "O quê?", com os olhos bem apertadinhos.

Não deu para acreditar nas palavras que saíram da minha boca em seguida. "Como é que você, hm. Está sempre pronta para festa?"

A boca da Lana cheia de gloss ficou aberta ao ouvir isso. "Como é que eu O QUÊ?"

"Sabe como é", eu respondi. "Está sempre pronta para ir a festas. Quer dizer, eu sei que você vai a muitas, hm, festas. Então, eu estava aqui pensando... tipo, o que você FAZ lá? Como é, sabe como é. Que você se diverte em uma festa?"

A Lana só sacudiu a cabeça, com aquele cabelo loiro superliso (ela nunca teve de se preocupar com o cabelo dela formando uma volta para o lado errado) brilhando embaixo das lâmpadas fluorescentes.

"Meu Deus", ela disse. "Você é a maior babaca."

Como essa era uma verdade indiscutível, eu não disse nada.

Essa foi, aparentemente, a atitude correta, já que a Lana continuou: "Você só vai lá — toda linda, é claro. Daí, pega uma cerveja. Se a música estiver boa, dança. Se tiver algum cara gostoso, fica com ele. Só isso."

Pensei a respeito do assunto: "Eu não gosto de cerveja", respondi.

Mas a Lana simplesmente me ignorou. "E coloca alguma roupa sensual." O olhar dela passou dos meus coturnos para o alto da minha cabeça, e concluiu: "Claro que, para você, isso pode ser um pouco difícil."

Daí, saiu saltitando.

Não pode ser assim tão simples. Ir a festas, quero dizer. A gente só vai lá, bebe, dança e, hm, fica com alguém? Essa informação não me ajuda em nada. E o que a gente faz se estiver tocando música rápida? Será que a gente dança rápido? Parece que eu estou tendo uma convulsão quando danço rápido.

E o que a gente faz com o tal copo de cerveja quando está dançando? A gente coloca, tipo, em uma mesinha de centro ou algo assim? Ou será que fica segurando enquanto dança? Se estiver dançando rápido, será que não derrama?

E a gente não precisa se apresentar para todo mundo que estiver lá? Em festas, Grandmère faz sempre questão de que eu cumprimente cada convidado pessoalmente, com um aperto de mão e fazendo perguntas sobre a saúde da pessoa. A Lana não falou nada sobre isso.

Nem sobre a coisa mais importante de todas: o que a gente faz com o guarda-costas?

Meu Deus, esse negócio de festa vai ser ainda mais complicado do que eu pensava.

Quinta-feira, 4 de março, Geometria

Uma coisa horrível acaba de passar pela minha cabeça. Quer dizer, uma coisa ainda mais horrível do que as que geralmente passam pela minha cabeça, tipo que o Rocky pode estar sofrendo de distúrbio desintegrativo da infância, ou que a pinta do lado esquerdo do meu quadril esteja crescendo e possa se transformar em um tumor de cem quilos igual ao de uma senhora que vi em um documentário no Discovery Channel chamado *O tumor de 100 quilos*.

E que a Lana pode na verdade ser auto-atualizada.

Falando sério. Quer dizer, aquele episódio na escada agora mesmo foi uma coisa quase bonita. Foi um CLÁSSICO.

E, tudo bem, ela fez a coisa de um jeito totalmente sorrateiro e manipulador, mas conseguiu exatamente o que queria.

Ela NÃO PODE ser auto-atualizada. Quer dizer, não ia ser nem um pouco justo se ela fosse.

Mas não dá para negar que ela sabe conseguir o que quer da vida. Ao passo que eu só vivo fazendo besteira, mentindo para todo mundo o tempo todo, e com certeza NUNCA consigo o que eu quero.

Não sei. Quer dizer, com certeza, ela não passa de mal puro.

Mas isso é algo sobre o que se pensar.

Ângulos externos alternados — um par de ângulos no lado externo de duas linhas cortadas por uma transversal, mas em lados opostos da transversal.

Quinta-feira, 4 de março, Ciências da Terra

Agora mesmo o Kenny me perguntou se eu podia passar a limpo a ficha do laboratório de viscosidade. Ele espalhou molho Alfredo por cima do papel todo enquanto completava as lacunas ontem à noite, durante o jantar.

Acho que é um preço baixo a se pagar por não saber, realmente, o que é viscosidade.

DEVER DE CASA

Educação Física: LAVAR O SHORT DE GINÁSTICA!!!
Economia dos Estados Unidos: Questões no final do capítulo 8
Inglês: Páginas 133-154, *O Pioneers!*
Francês: Reescrever *histoire*
Superdotados e Talentosos: cortar a saia de veludo preto no joelho para virar micromíni para festa. ENCONTRAR UMA BOINA!!!!
Geometria: capítulo 17, problemas das páginas 224-230
Ciências da Terra: Quem se importa? O Kenny faz.

Quinta-feira, 4 de março, no Salão Nobre de Baile do Hotel Plaza

Muita gente apareceu para as audições de *Trança!*. Quer dizer, MUITA gente.

O que é estranho quando levamos em conta que ninguém do clube de teatro fez audição para *Trança!*, porque estão muito ocupados ensaiando para *Hair*.

O que significa que todas as pessoas que apareceram hoje eram neófitas no teatro (isso quer dizer que elas eram "iniciantes ou novatas", de acordo com a Lilly), como a Lilly e a Tina e o Boris e a Ling Su e a Perin (mas não a Shameeka, porque ela só tem permissão para participar de uma atividade extracurricular por semestre).

Mas o Kenny estava lá, com alguns amigos supernerds dele. E a Amber Cheeseman também, com as mangas do uniforme dobradas para mostrar os antebraços de macaco.

Até o Cara Que Detesta Quando Colocam Milho no Feijão apareceu.

Uau. Eu realmente não fazia idéia de que havia tantos tespienses aspirantes na AEHS.

Apesar de que, pensando bem, ser ator *é* uma das poucas profissões em que se pode ganhar dinheiro sem ter nenhuma inteligência ou talento, como mais de uma estrela já demonstrou.

Então, dessa maneira, dá para ver por que pode parecer uma opção de carreira tão atraente para tanta gente.

Grandmère resolveu fazer a coisa como se fosse uma audição de verdade. Ela mandou a camareira entregar fichas de inscrição para todo mundo que passava pela porta. A gente tinha de preencher o papel, ficar em pé para o chofer de Grandmère tirar uma Polaroid e depois entregar a Polaroid e a ficha de inscrição para um homem minúsculo, muito velho, com óculos enormes e um cachecol enorme no pescoço, sentado atrás de uma mesa bem comprida no meio do salão, que parecia aquela do clipe da Jennifer Lopez, "I'm Glad", em que ela faz uma recriação de *Flashdance*. Grandmère estava sentada ao lado dele, com o poodle toy, o Rommel, tremendo no colo dela — apesar de ele estar vestido com uma jaqueta acolchoada roxa.

Eu fui até ela, abanando o meu formulário e o saco do restaurante Number One Noodle Son onde eu tinha guardado o presente dela para levar comigo para a escola.

"Eu não vou preencher isso aqui", informei a ela, jogando o papel em cima da mesa. "Aqui está o seu presente, parabéns."

Grandmère pegou a sacola de mim — dentro estavam os cabides forrados de cetim que eu tinha encomendado na Chanel especialmente para ela (Sei lá. Foi o meu pai que sugeriu esse presente — e pagou.) — e disse:

"Obrigada. Por favor, sente-se, Amelia, querida."

Eu sabia que o "querida" era só por causa do cara sentado do lado dela — seja lá quem ele fosse — e não por minha causa.

"Não acredito que você está fazendo isso", eu disse a ela. "Quer dizer... tem certeza de que é assim que você quer passar o seu aniversário?"

Grandmère só me desprezou.

"Quando se tem a minha idade, Amelia", ela disse "a idade perde o significado."

Ah, tanto faz. Ela está na casa dos SESSENTA anos, não dos noventa. Em vez de cabides de cetim, eu devia ter dado a ela uma daquelas camisetas que eu vi no centro, que dizem RAINHA DO DRAMA dentro de um logotipo do fast-food Dairy Queen.

A Lilly veio me puxar para o canto, então eu fiquei lá sentada com ela e com a Tina e com todo mundo. Na mesma a hora, a Lilly já falou:

"Então, que negócio é esse, PDG? Eu vou fazer uma reportagem para O Átomo, então cuide para que seja bom."

A Lilly sempre pega as melhores pautas do jornal da escola. Eu fiquei de fora das reportagens especiais — quer dizer, artigos ocasionais a respeito da apresentação da banda da escola ou das novas aquisições da biblioteca — já que ando ocupada demais com coisas presidenciais e de princesa para conseguir cumprir os prazos.

"Não sei", eu respondi. "Acho que vou descobrir na mesma hora que você descobrir."

"Uma informação extra-oficial", Lilly disse. "Fale sério. Quem é aquele velhinho de óculos?"

Mas antes que ela pudesse me fazer qualquer outra pergunta, Grandmère se levantou — derrubando o coitado do Rommel no chão do salão, onde ele deslizou um pouco antes de encontrar o equilíbrio naquele piso escorregadio — e falou com uma voz toda gentil, bem falsa (falsa porque, é claro, Grandmère não é gentil), e o salão ficou todo em silêncio.

"Bem-vindos. Para aqueles que não me conhecem, eu sou Clarisse, princesa viúva da Genovia. Estou encantada de ver tantos de vocês aqui hoje para o que se transformará, tenho certeza, em um momento importante e histórico na trajetória da Albert Einstein High School, assim como do mundo teatral. Mas, antes que eu diga qualquer outra coisa, permitam-me apresentar, sem mais delongas, *Señor* Eduardo Fuentes, diretor teatral premiado e de renome mundial."

O *Señor* Eduardo! Não! Não pode ser!

E, portanto... era! Era o diretor famoso que tinha convidado Grandmère, tantos anos antes, para ir para Nova York com ele e estrelar uma produção original da Broadway!

Ele devia ter uns trinta anos naquela época. Agora, deve ter uns CEM. Ele é velho, parece uma mistura do Larry King com uma uva-passa.

O *Señor* Eduardo fez o maior esforço para levantar da cadeira, mas estava tão duro e era tão frágil que só tinha conseguido fazer mais ou menos um quarto do movimento quando Grandmère o empurrou para baixo, toda impaciente, e daí continuou com o discurso dela. Praticamente deu para ouvir os ossos frágeis dele se quebrando embaixo do apertão dela.

"O *Señor* Eduardo dirigiu inúmeras peças e musicais em diversos palcos do mundo, incluindo os da Broadway e do West End londrino", Grandmère nos informou. "Vocês todos devem se sentir extremamente honrados com a perspectiva de trabalhar com um profissional de tanto sucesso e tão reverenciado."

"Obrigado", o *Señor* Eduardo conseguiu dizer, sacudindo as mãos e piscando por causa das luzes fortes do teto do salão de baile. "Muito, mas muito obrigado mesmo. Fico muito contente de ver tantos rostos jovens brilhando de animação e..."

Mas Grandmère não ia deixar ninguém, nem mesmo um diretor centenário de renome mundial, roubar o show dela.

"Senhoras e senhores", ela o interrompeu "vocês estão prestes a participar de uma audição, como eu disse, para uma obra original que nunca foi encenada antes. Se forem selecionados para esta peça, vão, em essência, passar a fazer parte da História. Sinto-me especialmente satisfeita por recebê-los aqui hoje porque a peça que estão prestes a ler foi escrita quase que inteiramente por" ela baixou os cílios falsos, cheias de modéstia "mim."

"Ah, isto aqui vai ser bom", a Lilly disse e começou a fazer um monte de anotações no bloquinho de repórter dela. "Você está sacando o que está acontecendo, PDG?"

Ah, estou entendendo muito bem. Grandmère escreveu uma PEÇA? Uma peça que ela quer que a gente monte para arrecadar fundos para a formatura do último ano da AEHS?

Acho que eu quero morrer.

"Esta peça", Grandmère prosseguia, segurando um monte de folhas de papel, o roteiro, parecia "é um trabalho de completa originalidade e, não tenho pudor em dizer, genialidade. *Trança!* é, em essência, uma história de amor clássica, a respeito de um casal que precisa vencer adversidades extraordinárias para conseguir ficar junto. O que faz de *Trança!* uma peça ainda mais interessante é o fato de se basear em acontecimentos históricos. Tudo o que acontece nesta peça OCORREU NA VIDA REAL. Sim! *Trança!* é a história de uma jovem extraordinária que, apesar de ter passado a maior parte da vida como plebéia, um dia foi colocada em posição de liderança. Sim, pediram a ela que assumisse o trono de um pequeno país do qual vocês todos devem ter ouvido falar, a Genovia. O nome dessa jovem corajosa? Ah, mas ela não é ninguém mais, ninguém menos do que..."

Não. Ai, meu Deus, não. Pelo amor de Deus, não. Grandmère escreveu uma peça a meu respeito. A respeito da MINHA VIDA. EU VOU MORRER. EU VOU...

" ...Rosagunde."

Espere. O quê? ROSAGUNDE?

"Sim", Grandmère prosseguiu. "Rosagunde, a atual tatara-tatara-tatara-tatara e assim por diante avó da atual princesa da Genovia, que exibiu bravura incrível em face da adversidade, e acabou sendo recompensada por seus esforços com o trono do que hoje é a Genovia."

Ai. Meu. Deus.

Grandmère escreveu uma peça baseada na história da minha ancestral, Rosagunde.

E ELA QUER FAZER ESSA MONTAGEM NA MINHA ESCOLA. NA FRENTE DE TODO MUNDO.

"*Trança!* é, em seu âmago, uma história de amor. Mas as aventuras da grande Rosagunde são muito mais do que um simples romance. Esta história é, na verdade..." Aqui, Grandmère fez uma pausa, tanto para obter efeito dramático quanto para dar um golinho no copo ao lado dela. Água? Ou vodca pura? Nunca saberemos. A menos que eu tivesse ido até lá e dado um golão. "...UM MUSICAL."

Ai. Meu. Deus.

Grandmère escreveu um MUSICAL baseado na história da minha ancestral, Rosagunde.

O negócio é que eu adoro musicais. *A Bela e a Fera* é, tipo, o meu espetáculo da Broadway preferido de todos os tempos, e é um musical.

Mas trata-se de um musical a respeito de um príncipe amaldiçoado e mesmo assim a moça lindíssima se apaixona por ele.

NÃO é sobre um guerreiro feudal e a beldade que o mata por estrangulamento.

Parece que eu não fui a única a perceber isso, porque a Lilly ergueu a mão e disse bem alto:

"Com licença."

Grandmère pareceu surpresa. Ela não está acostumada a ser interrompida quando começa a fazer um de seus discursos.

"Por favor, guardem todas as perguntas para o fim", Grandmère disse, toda confusa.

"Vossa alteza real", Lilly disse, ignorando o pedido dela. "Você está nos dizendo que este espetáculo, *Trança!*, é na verdade sobre a tatara-tatara-tatara e assim por diante avó da Mia, Rosagunde, que no ano 568 d.C. foi forçada a se casar com o senhor guerreiro visigodo Alboin, que conquistou a Itália e a conclamou para si?"

Grandmère se contorceu toda, como o Fat Louie faz sempre que acaba a ração de frango ou de atum e ele tem de comer outro sabor, tipo peru.

"Isto é *exatamente* o que eu estou tentando dizer", Grandmère respondeu, toda dura. "Se você me permitir continuar."

"Certo", Lilly disse. "Mas um MUSICAL? A respeito de uma mulher que é obrigada a casar com um homem que, além de matar o pai dela, ainda a obriga a beber do crânio do pai na noite de núpcias e por isso ela o mata durante o sono? Quer dizer, esse tipo de material não é um pouco PESADO para um musical?"

"E um musical ambientado em uma base militar durante a Segunda Guerra Mundial não é um pouco PESADO? Acredito que aquele se chamava *South Pacific*", Grandmère disse, com uma sobrancelha erguida. "Ou que tal um musical sobre disputas entre gangues urbanas em Nova York nos anos cinqüenta? *West Side Story*, acredito que seja o nome deste..."

Todo mundo no salão começou a murmurar — todo mundo menos o *Señor* Eduardo, que parecia ter caído no sono. Eu nunca tinha pensado no assunto, mas Grandmère *estava* meio que certa. Muitos musicais têm um tom bem sério, se você examinar bem. Quer dizer, se for a sua intenção, dá para dizer que *A Bela e a Fera* é a respeito de uma quimera horrível que seqüestra e mantém como refém uma jovem camponesa.

Pode deixar com Grandmère a tarefa de destruir a única história que eu sempre amei de coração.

"Ou até mesmo", Grandmère prosseguiu, por cima dos sussurros de todo mundo, "quem sabe um musical a respeito da crucificação de um homem da Galiléia... Uma coisinha chamada *Jesus Cristo Superstar?*"

Ouviu-se gente engolindo em seco por todo o salão de baile. Grandmère tinha dado um *coup de grâce*, e sabia muito bem disso. Ela tinha conseguido fazer com que todo mundo comesse na mão dela.

Todo mundo, menos a Lilly.

"Com licença", Lilly disse de novo. "Mas exatamente quando este, hm, *musical* vai ser encenado?"

Foi só então que Grandmère pareceu um pouco — mas só um pouco — perdida.

"Daqui a uma semana", ela disse, em um tom que eu percebi logo ser de confiança completamente falsa.

"Mas, Princesa Viúva", a Lilly berrou, por cima das engolidas em seco e dos murmúrios de todos os presentes, menos o *Señor* Eduardo, claro, que continuava roncando. "Não dá para querer, de jeito nenhum, que o elenco memorize um espetáculo inteiro até a semana que vem. Quer dizer, nós estamos na escola... temos dever de casa para fazer. Eu, pessoalmente, sou editora da revista literária da escola, e pretendo publicar a primeira edição do primeiro número na semana que vem. Não posso fazer isso E memorizar uma peça inteira."

"Musical", a Tina cochichou.

"Musical", a Lilly se corrigiu. "Quer dizer, se eu for escolhida. Vai ser... vai ser IMPOSSÍVEL!"

"*Nada* é impossível", Grandmère garantiu para nós. "Você pode imaginar o que teria acontecido se o falecido presidente John F. Kennedy tivesse dito que era *impossível* um homem andar na lua? Ou se Gorbachev tivesse dito que era *impossível* derrubar o Muro de Berlim? Ou se, quando o meu falecido marido convidou o rei da Espanha e os colegas de golfe dele para um jantar de último minuto eu tivesse dito "*Impossível*"? Eu teria causado um incidente internacional! Mas a palavra "impossível" não faz parte do meu vocabulário. Eu mandei o mordomo colocar mais 11 lugares na mesa, mandei a cozinheira colocar água na sopa e mandei o chef de massas preparar mais onze suflês... E a festa foi um sucesso tão grande que o rei e os amigos dele ficaram mais três noites e perderam centenas de milhares de dólares nas mesas de bacará — e todo o dinheiro foi usado para auxiliar os órfãos pobres e famintos de toda a Genovia."

Não sei do que é que Grandmère está falando. Não tem nenhum órfão faminto na Genovia. Também não havia nenhum durante o reinado do meu avô. Mas tanto faz.

"E será que eu mencionei", Grandmère perguntou com o olhar percorrendo o salão em busca de rostos solidários "que vocês vão receber cem pontos de créditos extras em inglês por participar deste espetáculo? Eu já acertei tudo com a diretora de vocês."

O zunzunzum, que até então tinha um tom duvidoso, de repente ficou todo animado. A Amber Cheeseman, que tinha se levantado para ir embora — aparentemente por causa do pouco tempo que o elenco teria para ensaiar —, hesitou, deu meia-volta e retornou à cadeira dela.

"Adorável", Grandmère disse, toda feliz da vida, obviamente. "Agora. Será que podemos começar o processo de audições?"

"Um musical a respeito de uma mulher que estrangula o assassino do pai com o cabelo", Lilly resmungou para si mesma, escrevendo sem parar no bloquinho. "Agora eu já vi de tudo."

Ela não era a única que parecia perturbada. O *Señor* Eduardo também parecia bem chateado.

Ah, não, espera. Ele só está ajustando a mangueirinha de oxigênio dele.

"Os papéis que precisam ser preenchidos com mais urgência são, é claro, os principais, Rosagunde e o guerreiro desonesto que ela despacha com o cabelo, Alboin", Grandmère prosseguiu. "Mas tem também o papel do pai de Rosagunde, da servente, do rei da Itália, da amante ciumenta de Alboin e, é claro, do amante corajoso de Rosagunde, o ferreiro Gustav."

Espere um pouco. A Rosagunde tinha um amante? Como é que nenhum livro de história da Genovia que eu já li nunca mencionou isso?

E onde é que ele estava, aliás, quando a namorada dele estava matando um dos maiores sociopatas que já viveu?

"Então, sem mais delongas", Grandmère exclamou "vamos começar as audições!" Ela esticou o braço e pegou duas fichas de inscrição, com as Polaroids junto, sem nem olhar para o *Señor* Eduardo, que estava roncando baixinho.

"Por favor, gostaria que Kenneth Showalter e Amber Cheeseman fossem até o palco", ela pediu.

Só que, é claro, não havia palco nenhum, então houve um momento de confusão enquanto o Kenny e a Amber tentavam descobrir aonde ir. Grandmère os dirigiu a um ponto na frente da mesa comprida sobre a qual o *Señor* Eduardo cochilava, e Rommel lambia as partes íntimas.

"Gustav", ela disse, entregando uma folha de papel para o Kenny. Depois: "Rosagunde." Entregou uma folha para a Amber.

"Agora", Grandmère disse. "Em cena!"

A Lilly, do meu lado, tremia de tanto tentar segurar a risada para não explodir em gargalhadas. Não sei o que ela estava achando de tão engraçado naquela situação.

Mas quando o Kenny começou: "Não tema, Rosagunde! Porque hoje à noite terá de dar seu corpo a ele, mas sei que o seu coração pertence a mim", eu meio que percebi por que ela estava rindo.

Eu vi MUITO BEM por que ela estava rindo quando chegamos à parte musical da audição, e pediram ao Kenny que cantasse uma música de sua escolha — acompanhado por um cara tocando o piano de cauda no canto — e ele escolheu cantar "Baby Got Back", de *Sir Mix-a-lot*. Tinha alguma coisa nele cantando "Shake it, shake it, shake that health butt (que quer dizer "balança, balança, balança a sua bunda sarada"), que me fez rir até lágrimas escorrerem pelas minhas bochechas (mas eu tive de fazer isso em silêncio, para ninguém perceber).

Piorou ainda mais quando Grandmère disse:

"Hmm, muito obrigada por isso, meu rapaz", e chegou a vez de Amber cantar, porque a música que ela escolheu foi "My Heart Will Go On", aquela do *Titanic*, da Celine Dion, e a Lilly inventou uma dancinha com os dedos para essa música, baseada no movimento dos jatos d'água do hotel Bellagio, em Las Vegas, que é exibido quase uma vez por hora na fonte gigantesca à entrada do hotel, para divertir os turistas que passam pela avenida.

Eu estava rindo tanto (apesar de ser em silêncio) que nem percebi o nome da menina que Grandmère chamou em seguida para fazer audição para o papel de Rosagunde.

Pelo menos até a Lilly me cutucar com um dos dedos dançantes dela.

"Amelia Thermopolis Renaldo, por favor?", Grandmère disse.

"Bela tentativa, Grandmère", eu disse da minha cadeira. "Mas eu não preenchi ficha de inscrição. Está lembrada?"

Grandmère me olhou torto e todo mundo prendeu a respiração.

"Então, o que você está fazendo aqui?", ela quis saber, em tom áspero "se não planejava participar da audição?"

Hm, porque eu tenho um encontro com você toda tarde no Plaza, há um ano e meio, está lembrada?

Em vez disso, o que eu disse foi:

"Só vim aqui dar apoio aos meus amigos."

Ao que Grandmère respondeu:

"Não me venha com gracejos, Amelia. Não tenho tempo nem paciência para isso. Levante-se e venha aqui. Agora."

Ela disse isso com a sua melhor voz de princesa viúva possível — voz que eu reconheci na hora. Era a mesma voz que ela usa logo antes de começar a contar alguma história pavorosa da minha infância para me deixar morta de vergonha na frente de todo mundo — como a vez que eu fui com tudo de peito em cima do espelho retrovisor da limusine quando estava andando de patins na entrada do *château* dela, Miragnac, e depois notei que ficou todo inchado, e mostrei para o meu pai e ele falou assim: "Hm, Mia, não acho que isso aí é inchaço. Acho que o seu peito está crescendo", e Grandmère contou isso para todas as pessoas que ela encontrou durante todo o resto da minha estadia, que a neta dela tinha confundido os próprios peitos com machucados.

O que, se você pensar bem sobre o assunto, não é um erro assim TÃO difícil de se cometer, porque até hoje eles não são muito maiores do que naquela época.

Mas já dava para vê-la contando essa história para todo mundo, ali mesmo, se eu não fizesse o que ela estava mandando.

"Tudo bem", eu disse com os dentes cerrados, e me levantei para fazer a minha audição, bem quando Grandmère já ia chamando o nome do próximo cara que ela queria ver.

Um cara que só por acaso se chamava John Paul Reynolds-Abernathy IV.

Que, quando se levantou, revelou-se ser...

...O Cara Que Detesta Quando Colocam Milho no Feijão.

Quinta-feira, 4 de março, na limusine, indo para casa

É claro que ela nega. Estou falando de Grandmère. De só querer montar essa peça — desculpa, MUSICAL — para agradar ao John Paul Reynolds-Abernathy III ao escalar o filho dele para o papel principal.

Mas que outra explicação existe? Será que eu devo MESMO acreditar que ela está fazendo isso para me ajudar com o meu probleminha financeiro, como ela diz, porque parece que as pessoas vão pagar para ver esse pequeno pesadelo que ela criou, e eu vou poder usar todo o dinheiro para restituir os fundos depauperados do conselho estudantil?

Sei. Até parece.

Eu fui lá confrontá-la cara a cara quando as audições terminaram.

"O que eu estou fazendo desta vez para envergonhá-la, Amelia?", ela quis saber, depois que todo mundo já tinha ido embora e só estávamos ela e eu e o Lars e o resto dos empregados dela — e o Rommel e o *Señor* Eduardo, é claro. Mas os dois estavam dormindo. Era difícil dizer quem roncava mais alto.

"Porque você vai dar o papel principal da sua peça para o", eu quase o chamei de o Cara Que Detesta Quando Colocam Milho no Feijão, mas me detive bem a tempo, "John Paul Reynolds-Abernathy IV para o pai dele ficar achando que deve uma para você e assim talvez desista de comprar a ilha da falsa Genovia! EU SEI o que você está aprontando, Grandmère. Eu estou fazendo economia dos Estados Unidos neste semestre, sei tudo sobre escassez e utilidade. Confesse!"

"*Trança!* é um musical, não uma peça", foi a única coisa que Grandmère disse sobre o assunto.

Mas ela nem PRECISOU dizer mais nada. O próprio silêncio dela é uma confissão de culpa! O John Paul Reynolds-Abernathy IV está sendo usado!

Mas é claro que ele parece não saber. Ou, se souber, parece não se importar com isso. É estranho, mas, tirando o fato de ele não gostar do abuso de uso de grãos farináceos no refeitório da AEHS, o Cara Que Detesta Quando Colocam Milho no Feijão, parece ser um cara bem feliz. O "J.P." — como ele pediu para Grandmère chamá-lo — é quase ameaçador de tão grande (até um pouco parecido com o guarda-costas representado por Adam sem-parentesco-com-Alec Baldwin no filme de baixo orçamento de bagunceiros de escola *Meu guarda-costas*), com quase um metro e noventa, pelo menos. O cabelo castanho ondulado dele parece menos despenteado e muito mais brilhante quando não está sob o brilho duro da iluminação nada agradável do refeitório.

E, de perto, acontece que o J.P. tem olhos surpreendentemente azuis.

Eu consegui ver de perto — os olhos do J.P. — porque Grandmère nos fez encenar a parte em que Rosagunde acabou de estrangular Alboin e está histérica com isso, quando Gustav entra no quarto de supetão para salvar sua amada de ser atacada pelo novo marido, sem perceber que ela:

a) Já tinha embebedado o cara até cair para ele não poder se levantar e atacá-la, para começo de conversa, e

b) Já o tinha matado depois de ele desmaiar de tanta grapa genoviana que tinha bebido.

Mas, ah, bom. Antes tarde do que nunca.

Não faço a menor idéia por que Grandmère me fez passar por essa farsa da audição, porque era óbvio que ela iria colocar o J.P. no papel de Gustav — só para agradar ao pai dele. Mas também preciso dizer que, de verdade, o J.P. era bom de verdade, TANTO com a parte da atuação QUANTO com a do canto (ele fez uma versão totalmente hilária de "The Safety Dance", dos Men Without Hats). E a Lilly vai ficar com o papel de Rosagunde. Quer dizer, a Lilly foi a melhor entre todas as meninas, sem dúvida nenhuma (a versão dela de "Bad Boyfriend" do Garbage quase fez a casa cair), e ela tem mais experiência com o negócio de atuar, por causa de seu programa de TV e tal.

E ela também foi ótima matando o Alboin — o que é apenas natural, porque se tem alguém que eu poderia ver estrangulando uma pessoa com uma trança na AEHS, esse alguém é a Lilly. Ah, e talvez a Amber Cheeseman.

Mas, durante todo o tempo em que eu estava fazendo a minha audição, Grandmère ficava gritando: "Enuncie, Amelia!" e "Não dê as costas para o público, Amelia! O seu traseiro não é tão expressivo quanto o seu rosto!" (O que causou um certo arroubo de risadas na parte do salão em que os meus amigos estavam.)

E ela não pareceu NEM UM POUCO impressionada com a minha versão de "Barbie Girl" do Aqua (principalmente pelo refrão: "C'mon Barbie / Let's go party", que quer dizer "vamos lá Barbie / Fazer festa", o que é altamente irônico, levando em conta minha incapacidade para fazer isso. Estou falando da parte da festa).

Falando sério, que negócio foi AQUELE? Quer dizer, até parece que ela vai me dar o papel, então, para que tanto grito? Quer dizer, o que é que eu sei sobre atuação? Além de uma breve participação como o rato de *O leão e o rato* na peça da quarta série, não tenho exatamente o que se pode chamar de experiência nas artes dramáticas.

Foi um alívio total quando Grandmère finalmente me deixou sentar.

Daí, quando voltamos para a cadeira, o J.P. disse: "Ei, foi divertido, hein?", para mim.

E EU NÃO RESPONDI NADA!!!!!!!!!!!
PORQUE EU FIQUEI MUITO ATORDOADA!!!!!!!

Porque, para mim, o J.P. é o Cara Que Detesta Quando Colocam Milho no Feijão. Ele não é John Paul Reynolds-Abernathy IV. O Cara Que Detesta Quando Colocam Milho no Feijão não tem NOME. Ele é só... o Cara Que Detesta Quando Colocam Milho no Feijão. O cara sobre quem eu escrevi um conto. Um conto que foi rejeitado pela revista *Sixteen*. Um conto que eu espero, algum dia, expandir e transformar em um romance.

Um conto em cujo fim o Cara Que Detesta Quando Colocam Milho no Feijão se joga embaixo do metrô da linha F.

Como é que eu posso *conversar* com um cara que fiz se jogar embaixo do metrô da linha F — mesmo que TENHA SIDO só ficção?

Pior ainda, na saída, depois que as audições terminaram, a Tina (que cantou "With You", da Jessica Simpson) falou assim: "Ei, sabe o quê? O Cara Que Detesta Quando Colocam Milho no Feijão até que é bem fofo. Quer dizer, quando ele não está todo estressado por causa de milho."

"É", a Lilly concordou. "Pensando bem, ele é meio fofo, sim."

Esperei a Lilly terminar com algo como: "Pena que ele é tão esquisito", ou "Pena o negócio do milho". Mas ela não fez isso. ELA NÃO FEZ ISSO.

!!!!!!!!!!!!!!!!!!!!!!

As minhas amigas acham que o Cara Que Detesta Quando Colocam Milho no Feijão é fofo!!!! Um cara que eu MATEI no meu conto!

E é tudo culpa de Grandmère. Se não tivesse enfiado na cabeça que queria comprar uma ilha falsa idiota, ela nunca teria tido a idéia de escrever um musical — encená-lo então, nem pensar — para a minha escola, e eu nunca teria de conhecer o Cara Que Detesta Quando Colocam Milho no Feijão, muito menos descobrir que o apelido dele é J.P. e que, ao contrário do personagem do meu conto a respeito dele, ele NÃO é um solitário existencialista, mas sim um cara bem legal que tem a voz bonita para cantar, e que as minhas amigas acham fofo (e elas têm razão, ele é mesmo).

Meu Deus, eu odeio Grandmère.

Bom, tudo bem, é errado odiar os outros.

Mas eu não a amo, vamos colocar as coisas assim. Aliás, na lista das pessoas que eu amo, Grandmère não está nem nas primeiras cinco posições.

PESSOAS QUE EU AMO,
NA ORDEM DE QUANTO EU AS AMO:

1. Fat Louie
2. Rocky
3. Michael
4. Minha mãe
5. Meu pai
6. Lars
7. Lilly
8. Tina
9. Shameeka / Ling Su / Perin
10. Sr. G
11. Pavlov, o cachorro do Michael
12. Os drs. Moscovitz
13. O irmãozinho e as irmãzinhas da Tina Hakim Baba
14. A sra. Holland, minha professora de governo do semestre passado
15. Buffy, a caça-vampiros
16. Ronnie, a nossa vizinha de porta
17. Boris Pelkowski
18. Diretora Gupta
19. Rommel, o cachorro de Grandmère

20. Kevin Bacon
21. 000. Sra. Martinez
22. 000. O porteiro do Plaza que não quis me deixar entrar uma vez porque eu não estava com uma roupa bem chique
23.000. Trisha Hayes
24.000.000. Lana Weinberger
25.000.000.000. Grandmère

E eu não me sinto nem um pouquinho mal por isso. Foi ELA quem causou isso.

Quinta-feira, 4 de março, no loft

Adivinha o que o sr. G fez para o jantar hoje?

Ah, isso mesmo. Feijão.

Não tinha milho nele, mas, mesmo assim...

Talvez eu devesse ME jogar embaixo do metrô da linha F.

Quinta-feira, 4 de março, no loft

Eu sabia que seria inundada de e-mails no minuto que ligasse o computador. E estava certa.

Da Lilly:
WOMYNRULE: Será que a sua avó tem noção de que o assunto da peçinha dela é praticamente proibido para menores? Quer dizer, contém tentativa de estupro, consumo excessivo de álcool, assassinato, violência — praticamente, a única coisa que não tem é palavrão, e só porque acontece no ano 568. E você acreditou na desafinação da Amber Cheeseman? Eu a deixei no chinelo, total. Se eu não ficar com o papel de Rosagunde, vai ser a maior injustiça. Eu fui FEITA para interpretar esse papel.

Da Tina:
ILUVROMANCE: Hoje foi divertido! Eu realmente espero que eu fique com o papel de Rosagunde. Eu sei que não vou ficar, porque a Lilly foi ótima na audição, ela vai ficar com esse papel, total. Mas seria suuuuper legal fazer o papel de princesa. Quer dizer, não para você, já que você faz papel de princesa na vida real e tudo o mais. Mas para alguém como eu, é o que eu quero dizer. Eu sei que a Lilly vai ficar com ele. Bom, só espero que eu não fique com o papel da amante do Alboin. Eu não ia querer representar uma amante. Além disso, acho que o meu pai não ia deixar.

Da Ling Su:

PAINTURGURL: Certo, está na cara que a Lilly vai ficar com o papel de Rosagunde, mas se eu ficar com o papel da amante, vou gritar! Atrizes de origem asiática sempre são relegadas a papéis em que são obrigadas a representar mulheres subservientes sexualmente. Ou, pior, só subservientes... tipo a empregada de Rosagunde. Eu me recuso a receber um papel estereotipado! Espero que ela não tenha achado que a minha representação de "Hollaback Girl", da Gwen Stefani, tenha sido muito estridente. Também quero saber se a sua avó vai precisar de ajuda com o cenário. Porque eu posso pintar uns castelos ótimos e tal.

Da Perin:

INDIGOGRLFAN: Você não achou que hoje foi divertido? Eu sei que não me saí muito bem. É que eu fiquei tão surpresa, sabe como é? Quer dizer, a sua avó pediu para eu ler a parte de Gustav, não de Rosagunde. Principalmente depois de eu ter cantado "They're Not Gonna Get Us", do T.A.T.U. Mas deve ter sido porque havia muito mais meninas do que meninos na audição. Você não acha que ela pensa que eu sou menino, acha???

Do Boris:

JOSHBELL2: Mia, você acha que a sua avó estaria disposta a incluir uma cena na peça dela em que Gustav pega um violino e faz uma serenata para Rosagunde? Porque eu realmente acho que isso daria uma certa profundidade emocional à produção, se eu for a pessoa escalada para o papel de Gustav. Além do mais, isso faria com que a peça ganhasse precisão histórica, já que a rabeca, predecessora do violino, data do ano 5000 a.C. Eu sei que "She Will Be Loved", do Maroon 5, não foi a escolha mais inspirada para a minha audição, mas a Tina disse que não achava que a sua avó ia gostar da outra única música que eu tinha preparado, que era "Cleaning Out My Closet", do Eminem.

Do Kenny:
E=MC2: Mia, estou preocupado com a sugestão que a sua avó fez quando eu estava voltando para minha cadeira depois da audição, quando ela disse que a pessoa que fizer o papel de Gustav, o ferreiro, tem de ter no mínimo a capacidade de deixar pêlos crescerem no rosto. Parecia que ela estava dizendo que eu não sou capaz disso, e a verdade é que eu TENHO pêlos faciais, só que são muito claros. Espero que a sua avó não demonstre preconceito em relação a pessoas loiras ao escolher seu elenco.

Da Shameeka:
BEYONCE_IS_ME: Todo mundo só fala das audições de hoje! Parece que a Lilly vai conseguir o papel principal (e qual é a novidade?). Eu bem que queria ter estado lá. É verdade que o Cara Que Detesta Quando Colocam Milho no Feijão estava lá????

Falando sério. Parece que todo mundo esqueceu que temos coisas mais graves com que nos preocupar além de quem vai ficar com o papel de Gustav e o de Rosagunde.
Tipo, por exemplo, o fato de que ainda estamos falidos.

Acho que isso não faz muita diferença para eles, já que eles não são os responsáveis.

Mas preciso dizer uma coisa em relação à escolha de peças de Grandmère: ela não poderia ter escolhido uma peça melhor para ilustrar de modo tão completo os problemas da realeza, já que, na hora de tomar decisões de governo, a gente está sempre sozinha. Como aconteceu com Rosagunde naquele quarto, há 1.500 anos, eu é que preciso tomar uma atitude.

Isso tudo é coisa demais para uma adolescente suportar. Preciso de alguém para me ajudar, alguém que me diga qual é a coisa certa a fazer. Será que eu devo simplesmente ser sincera com a Amber, confessar meu pecado e acabar com toda essa história?

Ou será que eu ainda tenho alguma chance de conseguir o dinheiro antes de ela descobrir?

É nessas horas que eu percebo como a minha rede de apoio familiar é, na verdade, absolutamente fraca. Quer dizer, não posso recorrer à minha mãe em relação a esse assunto. Ela era a responsável pela nossa TV a cabo ser cortada uma vez por mês, por se esquecer de pagar a conta — pelo menos antes de o sr. G vir morar com a gente.

E eu não posso recorrer ao meu pai. Se ele descobrir como eu acabei com o orçamento do meu conselho ESTUDANTIL, ele não vai ficar muito feliz de ter de entregar o orçamento do nosso PAÍS para mim. A última coisa de que eu preciso agora é uma série de sermões do meu pai para falar a respeito de planejamento eficiente de custos municipais.

Eu já contei a Grandmère, e você viu no que deu. A quem mais eu posso recorrer, a não ser o Michael, é claro?

E todo mundo sabe como ELE me ajudou muito nessa questão.

Falando do Michael, o único e-mail que recebi que não tinha nada a ver com a audição de *Trança!* foi o dele. E isso só porque ele não estuda mais na AEHS, então não sabia do que estava acontecendo:

SKINNERBX: Ei, Thermopolis! Como está tudo? Eu estava aqui pensando se você não quer vir aqui amanhã à noite para um festival de filmes de ficção científica. Eu tenho de assistir a um monte deles para a minha optativa de História da Ficção Científica Distópica no Cinema e, como a festa é no sábado à noite, achei melhor assistir quando eu tiver tempo. Quer ver comigo?

Teria sido inapropriado se eu dissesse o que eu QUERIA dizer, que era: Michael, você é o sangue que corre nas minhas veias, minha razão de viver, a única coisa que me mantém sã no mar da vida agitado por tempestades, e não há nada que eu gostaria mais de fazer do que ver um monte de filmes distópicos de ficção científica com você amanhã à noite.

Porque é cafona dizer esse tipo de coisa em um e-mail.

Mas mesmo assim eu pensei, em silêncio.

FTLOUIE: Eu adoraria.

SKINNERBX: Excelente. A gente pode pedir uma comida no Number One Noodle Son.

FTLOUIE: E eu posso fazer um patezinho.

SKINNERBX: Patezinho? Para quê?

FTLOUIE: Para a festa! As pessoas não servem patezinho em festas?

SKINNERBX: Ah, é. Mas eu pensei em comprar alguma coisa no sábado à tarde, ou algo assim.

Dava para ver que a minha tentativa de parecer animada com a festa do Michael não tinha dado em nada. Mas, mesmo assim, eu insisti, porque eu não podia deixar que ele percebesse, sabe como é, que eu NÃO estou animada para a festa.

FTLOUIE: Patezinho feito em casa é sempre melhor. Posso fazer e deixar de um dia para o outro na geladeira, e assim vai estar bem geladinho para a festa. Estou muito animada com isso.

SKINNERBX: Hm. Tudo bem. Você é quem sabe. A gente se vê amanhã, então.

FTLOUIE: Mal posso esperar!

Mas, na verdade, POSSO esperar sim... tanto a festa quanto o festival de filmes distópicos de ficção científica. Porque os filmes a que o Michael tem de assistir para o curso dele são o MAIOR tédio. Quer dizer, *Soylent Green*? Dá licença, mas é um saco.

Além do mais, muitos deles têm partes bem assustadoras, e filmes de terror causaram a maior confusão na minha cabeça. É sério. Eu acho que filmes de terror são responsáveis por metade, se não mais, das minhas neuroses.

AS VINTE PRINCIPAIS MANEIRAS COMO OS FILMES DE TERROR BAGUNÇARAM A MINHA CABEÇA

1) Não posso ver uma cadeira sendo afastada da mesa sem pensar em *Poltergeist* e sempre preciso ajeitar a cadeira embaixo da mesa. O mesmo vale para gavetas abertas.
2) Não consigo passar pelas chaminés listradas de branco e vermelho na avenida FDR sem pensar no coitado do Mel Gibson em *Teoria da conspiração*.
3) Não posso atravessar nenhuma ponte sem pensar em *A última profecia*. O mesmo vale para fábricas de produtos químicos.
4) Depois de assistir a *A bruxa de Blair*, não consigo mais
    a) entrar em bosques
    b) acampar
    c) entrar em sótãos escuros

Não que eu fosse fazer alguma dessas coisas, de qualquer jeito. Mas agora eu não vou fazer MESMO.

5) Durante muito tempo, eu não consegui olhar para a TV sem pensar que uma menina ia sair de dentro dela para me matar, igual acontece em *O chamado* e *O chamado 2*.
6) Cada vez que vejo um beco, fico achando que vai ter um cadáver lá. Mas isso provavelmente é por causa de tantos episódios de *Lei e Ordem*, não por causa de filmes.
7) Nem venha me falar a respeito de ferver panelas de água no fogão (o coelho Whitey de *Atração fatal*).
8) Cachorrinhos brancos = Precioso de *O silêncio dos inocentes*.
9) Qualquer construção com aparência supermoderna, sem janelas, no meio do nada, é o lugar onde recolhem os órgãos das pessoas em coma do filme *Coma*.
10) Plantações de milho = o filme *Sinais*, e nós todos vamos morrer.
11) Depois de *Titanic*, eu nunca, nunquinha vou fazer um cruzeiro.
12) Sempre que vejo um caminhão-tanque na estrada, sei que vou morrer, porque sempre que um aparece nos filmes, explode.
13) Se um caminhão carregando um contêiner aparece atrás de nós, eu logo acho que está tentando nos matar, igual acontece no filme *O encurralado*.

14) Não consigo passar pelo túnel Holland sem pensar que vai estourar, como aconteceu em *Daylight*.

15) Não sei se algum dia vou ser capaz de ter um filho, graças a *O bebê de Rosemary*. Com certeza nunca vou morar no prédio Dakota. Não sei como a Yoko Ono agüenta.

16) Também nunca vou adotar uma criança, graças a *O anjo malvado*.

17) Nunca vou tomar anestesia para nada, a não ser cirurgia imprescindível, por causa de *Ela acordou grávida*.

18) Depois de conversar longamente com diversos técnicos de elevador, eu sei que, a menos que alguém coloque um aparelho incendiário em cima da cabine, como em *Velocidade máxima*, é matematicamente impossível que todos os cabos de sustentação arrebentem ao mesmo tempo. Mesmo assim, vai saber.

19) Graças a *Tubarão*, eu nunca mais vou colocar o pé no mar.

20) A ligação SEMPRE vem de dentro de casa.

Está vendo? Eu fiquei LOUCA por causa dos filmes. A razão toda por que eu odeio festa, provavelmente, é porque eu fiquei muito traumatizada por *Club Dread*, de Broken Lizard, a que eu assisti com o Michael, achando que ia ser uma comédia, tipo *Supertiras*. Só que era um filme de terror, sobre jovens que eram mortos em um resort tropical, geralmente durante uma festa.

O Michael não percebe o ENORME sacrifício que eu estou fazendo só por concordar em assistir a sei lá o que que ele vai me obrigar a assistir amanhã à noite.

Aliás, provavelmente uma das principais razões por que eu ainda não transcendi o meu ego e alcancei a auto-atualização é por causa das cicatrizes psicológicas deixadas em mim pelos filmes. Fico aqui imaginando se o dr. Carl Jung sabia disso quando inventou a auto-atualização. Ou será que nem EXISTIAM filmes quando ele era vivo?

Do Gabinete de
Vossa Majestade Real

Princesa Amelia Mignonette Grimaldi Thermopolis Renaldo

Caro dr. Carl Jung,

Oi. Eu sei que o senhor está morto e tudo mais, mas eu estava aqui pensando... Quando o senhor estava inventando a coisa toda da auto-atualização, será que levou em conta a maneira como os filmes bagunçam com a cabeça das pessoas? Porque é muito difícil transcender o ego quando se pensa constantemente em coisas como caminhões-tanque explodindo na estrada.

E os adolescentes? Nós temos preocupações e inseguranças especiais, que os adultos simplesmente parecem não possuir. Quer dizer, eu nunca vi um único adulto preocupado com a possibilidade de um orador do último ano ter vontade de matar a gente.

E os namorados: não há uma única menção a namorados e nem mesmo a romance nos galhos da árvore junguiana da auto-atualização. Compreendo que, para colher os frutos da vida (saúde, alegria, contentamento), é necessário começar pelas raízes (compaixão, caridade, confiança).

Mas será que dá mesmo para confiar no namorado se, por exemplo, ele planeja dar uma festa para a qual vai convidar garotas de faculdade, que geralmente fumam e parecem fazer referências rotineiras a Nietzsche?

Não estou tentando criticá-lo nem nada do tipo. Eu só quero mesmo saber. Quer dizer, o senhor já assistiu a *Coma*? Foi assustador pra caramba, de verdade. E imagino que, se o senhor assistisse, poderia revisar algumas das suas exigências para transcender o ego. Tipo, por exemplo, a coisa toda da confiança. Quer dizer, eu sei que é bom confiar no médico da gente — até certo ponto.

Mas como é que a gente sabe MESMO que ele não vai colocar a gente em coma, de propósito, para retirar os seus órgãos e vender para algum fulano bem rico da Bolívia?

Não tem como saber. Então, percebe? Tem uma falha na sua teoria como um todo.

Então. O que é que eu faço agora?

Sempre sua amiga,
Mia Thermopolis

Sexta-feira, 5 de março, na limusine a caminho da escola

Se a Lilly comentar mais uma vez sobre como a interpretação dela de Rosagunde vai fazer o retrato de Erin Brokovich de Julia Roberts parecer teatro amador, a minha cabeça vai se desatarraxar do pescoço, atravessar o teto solar e cair no rio East.

Sexta-feira, 5 de março, sala de estudos

Acabaram de anunciar pelos alto-falantes que a lista do elenco de *Trança!* vai ser divulgada na frente da secretaria ao meio-dia.

Que sorte a minha. Dá para cortar a tensão que tem aqui com uma faca. E também não é só o nervosismo em relação a quem vai ficar com qual papel.

Mas o Clube de Teatro está louco da vida com o fato de alguém mais estar montando um musical para rivalizar com o dele. Estão dizendo que vão entrar em contato com os autores de *Hair* e contar o que Grandmère está fazendo — sabe como é, porque ela colocou um nome no musical dela que é bem parecido com o do deles.

Espero que façam isso.

Só que, se Grandmère for processada e suspender o espetáculo, vou ter de vender velas para levantar os cinco mil de que preciso.

Por outro lado, não há garantia de que uma versão musicada da história da minha ancestral Rosagunde vá conseguir arrecadar cinco mil com a venda de ingressos, para começar. Quer dizer, quem é que vai pagar alguma coisa para ver um espetáculo escrito pela minha avó? Uma vez ela fez um discurso em um evento beneficente para arrecadar fundos para a versão genoviana da Associação Protetora dos Animais sobre como a coisa mais doce que se pode fazer com um animal é imortalizá-lo para sempre tirando sua pele e transformá-la em um adorável tapetinho ou numa cobertura de divã.

Então, bom, você entende o que eu quero dizer com isso.

Sexta-feira, 5 de março, Educação Física

A Lana acabou de perguntar se eu já estava com os convites dela. Fez esta pergunta quando eu estava colocando a calcinha depois do meu banho pós-jogo de vôlei, que é mais ou menos a posição mais vulnerável em que uma pessoa pode se encontrar.

Eu disse que ainda não tinha tido oportunidade de pegá-los, mas que pegaria.

A Lana então olhou para a minha calcinha do Jimmy Neutron e falou assim: "Tanto faz, esquisitona", e saiu andando antes que eu tivesse a chance de explicar que uso calcinha do Jimmy Neutron porque o Jimmy me lembra um pouco o meu namorado.

A parte genial. Não o cabelo.

Mas acho que talvez não faça diferença. Eu duvido muito de que Lana fosse capaz de entender — apesar do fato de que ela COSTUMAVA usar o short de futebol do namorado por baixo da saia da escola.

Sexta-feira, 5 de março, Economia dos Estados Unidos

Procura = Quanto (quantidade) de um produto ou serviço é desejado pelos compradores.

Oferta = Quanto o mercado pode oferecer.

Equilíbrio = Quando oferta e a procura são iguais, diz-se que a economia está equilibrada. A quantidade de bens fornecidos é exatamente igual à quantidade de bens procurados.

Desequilíbrio = Isso ocorre quando o preço ou a quantidade não é igual à procura / oferta.

(Então, basicamente, o conselho estudantil da AEHS atualmente está em desequilíbrio, em razão de nossos fundos (zero) não serem iguais à procura pelo aluguel de uma noite do salão Alice Tully (US$ 5.728,00).)

Alfred Marshall, autor de *Os princípios da economia* (por volta de 1890): "A economia é, por um lado, o estudo da riqueza; por outro, e mais importante, é uma parte do estudo do homem."

Hm. Então isso meio que transforma a economia em uma ciência SOCIAL. Tipo a psicologia. Porque na verdade não tem a ver com números. Tem a ver com PESSOAS, e o que estão dispostas a gastar — ou fazer — para conseguir o que querem.

Tipo a Lana, por exemplo. Sabe como é, ela vai me dedurar para a Amber se eu não conseguir para ela os convites para a festa de Grandmère.

Esse foi um exemplo clássico de oferta (eu tinha a oferta) em contraposição à procura (ela procura que eu dê a ela o que deseja).

Tudo isso me leva a acreditar que é totalmente possível que a Lana Weinberger não seja nem um pouco auto-atualizada:

Ela simplesmente é boa em economia!

Sexta-feira, 5 de março, Inglês

Só falta um tempo para a lista ser divulgada! Ah, espero que o Boris consiga o papel de Gustav! Ele o quer demais!

Também espero que ele consiga, Tina! Espero que todo mundo consiga o papel que deseja.

Que papel VOCÊ quer, Mia?

Eu???? Nenhum!!! Eu nem tirei foto nem preenchi ficha, está lembrada? Eu sou horrível nesse tipo de coisa. Atuar e tal, quer dizer

Não se deprecie assim! A sua imitação da Ciara foi EXCELENTE, de verdade. E eu achei que você foi superbem como Rosagunde! Você não quer o papel nem um pouquinho?

Não, de verdade. Sou escritora, não atriz. Está lembrada??? Eu quero ESCREVER as coisas que as pessoas dizem no palco. Bom, não exatamente, porque ninguém ganha dinheiro escrevendo peças. Mas você entende o que eu quero dizer.

Ah. Certo. Faz sentido.

Bom, só posso dizer que, se eu não ficar com o papel de Rosagunde, vamos saber que é só por causa da palavra com N.

Nudismo???? Quando foi que você ficou sabendo que ia ter uma cena de nudismo?

Não, sua idiota. NEPOTISMO· Favoritismo demonstrado em relação a um integrante da família.

Mas isso não vai acontecer porque a Mia não fez audição a sério e nem QUER papel nenhum. Então vai dar tudo certo, Lilly! Caramba, espero que todo mundo consiga o papel que deseja — mesmo que não seja NENHUM papel!

Apoiada!

Sexta-feira, 5 de março, almoço

LISTA DO ELENCO PARA
O musical de primavera alternativo da Albert Einstein High School

Trança!

Coro .... Amber Cheeseman, Julio Juarez, Margaret Lee, Eric Patel, Lauren Pembroke, Robert Sherman, Ling Su Wong

Pai de Rosagunde .... Kenneth Showalter

Criada de Rosagunde ... Tina Hakim Baba

Rei da Itália .... Perin Thomas

Alboin .... Boris Pelkowski

Amante de Alboin .... Lilly Moscovitz

Gustav .... John Paul Reynolds-Abernathy IV

Rosagunde .... Amelia Thermopolis Renaldo

PRIMEIRO ENSAIO HOJE, ÀS 15h30
Hotel Plaza, Salão Nobre de Baile

Eu sei que eu só devo usar meu celular para emergências. Mas no minuto em que vi a lista do elenco, deu para ver que essa era uma emergência. Uma emergência ENORME. Porque Grandmère não tem idéia da MAGNITUDE do que ela fez.

Liguei para ela da fila rápida do almoço.

"Alô, este é o telefone de Clarisse, a Princesa Viúva da Genovia. No momento, ou estou fazendo compras ou algum tratamento de beleza, e não posso atender. Depois do sinal, por favor, deixe o seu nome e telefone e retornarei a ligação em breve."

Caramba, eu mandei ver. Pelo menos, na secretária eletrônica:

"Grandmère! O que você acha que está fazendo para me colocar no elenco do seu musical? Você sabe que eu nem queria fazer a audição, e que não tenho absolutamente nenhum talento para ser atriz!"

A Tina, na fila, ao meu lado, estava me dando cotoveladas, falando:

"Mas a sua versão de "Barbie Girl" estava muito boa!"

"Bom, tudo bem, talvez eu saiba cantar", gritei no telefone "mas a Lilly é muito melhor! É bom você retornar a minha ligação logo, para a gente resolver essa confusão, porque você está cometendo um erro ENORME." Ajuntei essa parte final por causa da Lilly que, apesar de ter encarado a coisa toda muito bem, ainda estava com os olhos um pouco vermelhos quando se juntou a nós na fila rápida, depois de ter sumido dentro do banheiro durante muito tempo, depois de ter visto a lista do elenco.

"Não se preocupe", eu disse para a Lilly depois de desligar. "Você está destinada para o papel de Rosagunde. Mesmo."

Mas a Lilly fingiu que não estava ligando. "Tanto faz. Até parece que eu já não tenho coisas demais para fazer. Não sei se eu ia ter tempo para decorar todas aquelas falas, aliás."

O que é ridículo, porque a Lilly tem praticamente memória fotográfica, e quase cem por cento de memória auditiva (o que faz com que brigar com ela seja superdifícil porque às vezes ela desenterra umas coisas que você disse, tipo, cinco anos antes e não se lembra de jamais ter dito. Mas ELA lembra. Perfeitamente).

Isso está totalmente errado! E se alguém merece o papel principal de *Trança!*, é ela!

"Pelo menos, com o papel de amante do Alboin," a Lilly disse, toda corajosa "eu só vou ter algumas falas: 'Por que você vai se casar com ela, que não quer saber de você, já que me pode ter, que o adoro tanto?', ou sei lá o quê. Então, vou ter muito tempo para me dedicar a coisas que importam MESMO. Tipo *A bundinha rosa do Fat Louie*."

E, tudo bem, eu fiquei supermal pela Lilly, porque ela merece total o papel de Rosagunde e tudo o mais.

MAS CONTINUO ODIANDO ESSE NOME!!!

Sexta-feira, 5 de março, mais tarde no almoço

Então, todo mundo está apavorado porque, no caminho de volta para a nossa mesa, depois de pegar a comida, eu dei uma parada no lugar onde o J.P. estava sentado sozinho e perguntei se ele queria ficar com a gente.

Não sei qual é o problema. Quer dizer, até parece que eu de repente tirei toda a roupa e comecei a dançar hula-hula na frente de todo mundo. Eu só disse para um cara que a gente conhece, com quem alguns de nós provavelmente vai passar bastante tempo no futuro próximo, para sentar com a gente se quisesse.

E ele agradeceu.

E, sem que eu percebesse, o John Paul Reynolds-Abernathy IV estava colocando a bandeja dele do lado da minha.

"Ah, oi, J.P.", a Tina disse. Ela lançou um olhar de aviso para o Boris, já que ele tinha demonstrado tanta objeção quando eu sugeri que a gente convidasse o J.P. para sentar com a gente, quando nós só nos referíamos a ele como o Cara Que Detesta Quando Colocam Milho no Feijão.

Mas o Boris, com muita sabedoria, evitou dizer qualquer coisa sobre não querer comer com uma pessoa que odeia milho.

"Obrigado", o J.P. disse, apertando-se no espaço que abrimos para ele na nossa mesa. Não que ele seja gordo. É que ele é... grande. Sabe, super alto e tudo o mais.

"Então, o que você achou do falafel?", o J.P. perguntou para a Lilly, que parecia atordoada por estar na companhia de um cara quem tínhamos meio que passado os dois anos anteriores fazendo piada.

Ela ficou ainda mais surpresa quando percebeu que os dois tinham exatamente as mesmas coisas na bandeja: falafel, salada e bebida achocolatada Yoo-hoo.

"Está bom", ela disse, olhando para ele meio que com uma cara engraçada. "Se você colocar bastante *tahine* por cima."

"Tudo fica bom", o J.P. respondeu, "quando a gente coloca bastante *tahini* por cima."

ISSO É TÃO VERDADE!!!!!!

Pode deixar a cargo do Boris dizer: "Até milho?", todo inocente.

A Tina lançou outro olhar de aviso para ele...

...Mas já era tarde demais. O estrago estava feito. O Boris, claramente, não conseguiu se segurar. Começou a dar risada atrás de um guardanapo, fingindo estar assoando o nariz.

"Bom", o J.P. respondeu, mordendo a isca de bom humor. "Isso eu não sei dizer. Talvez sim, mas talvez também ficasse bom se a gente colocasse por cima de um monte de borracha."

A Perin ficou alegre com essa afirmação.

"Eu sempre achei que borrachas seriam boas fritas", ela disse. "Quer dizer, às vezes, quando eu como marisco, é isso que me lembra. Borracha frita. Então aposto que ficam boas com *tahine* por cima, sim."

"Ah, claro que sim", o J.P. disse. "Pode fritar qualquer coisa que fica bom. Eu comeria um desses guardanapos se estivesse frito."

A Tina, a Lilly e eu trocamos olhares surpresos. Acontece que o J.P. é meio... engraçado.

Tipo, de um jeito bem-humorado, não estranho.

"A minha avó faz gafanhotos fritos às vezes", a Ling Su ofereceu. "São bem bons."

"Está vendo", o J.P. disse. "Eu bem que falei para vocês." Então ele olhou para mim e falou: "O que você tanto escreve aí, Mia? É alguma coisa para a próxima aula?"

"Não ligue para ela", a Lilly disse, com uma risada de desdém. "Ela só está escrevendo o diário dela. Como sempre."

"Isso aí é um diário?", o J.P. perguntou. "Eu sempre fiquei imaginando o que era." Então, quando eu lancei um olhar questionador para ele, ele falou: "Bom, toda vez que eu olho para você, está com o nariz enfiado nesse caderno".

O que só pode significar uma coisa: todo o tempo que ficamos olhando para o Cara Que Detesta Quando Colocam Milho no Feijão, ele também ficou olhando para a gente!

O mais esquisito ainda é que ele abriu a mochila e tirou um caderno tipo Mead de pauta larga com capa preta marmorizada coberta de *NÃO MEXA! PARTICULAR!* escrito várias vezes.

IGUALZINHO AO MEU!!!!!!!!!!!!!!!!!!!!

"Eu também sou fã do caderno de composição Mead", ele explicou. "Só que o meu não é um diário."

"O que você escreve nele, então?", a Lilly, sempre pronta para fazer perguntas indiscretas, quis saber.

O J.P. pareceu ficar um pouco acanhado.

"Ah, eu só faço uns textos autorais de vez em quando. Bom, quer dizer, não sei se são muito bons. Mas, sabe como é. Sei lá. Eu tento."

A Lilly perguntou a ele imediatamente se ele tinha alguma coisa que gostaria de usar como contribuição para a primeira edição de *A bundinha rosa do Fat Louie*. Ele virou algumas páginas e daí perguntou:

"Que tal isto aqui?" e leu em voz alta:

Filme Mudo
por
J.P. Reynolds-Abernathy IV

Somos enxergados o tempo todo
Pela máquina silenciosa de vigilância de Gupta.
Que tipo de mosca precisa de tantos olhos?
Em cada curva do corredor uma surpresa.
A segurança de Gupta não é muito segura
já que sabemos que só se baseia em medo.
Se as coisas fossem do meu jeito, eu não estaria aqui
Só que as minhas mensalidades já estão pagas até o final do ano

Uau. Quer dizer... UAU. Isso foi tipo... totalmente bom. Não entendi muito bem, mas acho que é sobre, tipo, as câmeras de segurança, e que a diretora Gupta acha que sabe tudo sobre nós, mas não sabe. Ou algo assim.

Na verdade, não sei a respeito do que é. Mas deve ser bom, porque até a Lilly pareceu ficar impressionada. Ela tentou fazer o J.P.

colocar o texto em *A bundinha rosa do Fat Louie*. Ela acha que isso pode derrubar toda a diretoria.

Meu Deus. Não é sempre que a gente conhece um menino que sabe escrever poesia. Ou que é capaz de ler qualquer coisa. Além das instruções de um Xbox, quer dizer.

Como é estranho pensar que o Cara Que Detesta Quando Colocam Milho no Feijão é escritor, como eu. E se durante todo o tempo que fiquei escrevendo contos sobre o J.P. ele ficou escrevendo contos sobre MIM? Tipo, e se ELE escreveu um conto chamado "Chega de carne!" sobre a vez que colocaram carne na lasanha vegetariana e eu por acaso comi um pouco e dei o maior ataque do mundo?

Meu Deus. Seria tipo... a maior chatice.

Sexta-feira, 5 de março, Superdotados e Talentosos

Grandmère retornou a minha ligação bem quando tocou o sinal para avisar o fim do horário de almoço.

"Amelia", ela disse, toda empertigada. "Você estava precisando de mim para alguma coisa?"

"Grandmère, que idéia foi essa de me colocar no elenco do seu musical?", eu quis saber. "Você sabe que eu não quero participar. Eu não preenchi a ficha da audição, está lembrada?"

"É só isso?", Grandmère parecia decepcionada. "Achei que você só podia usar o seu celular em casos de emergência. Acredito que isso não constitua uma emergência, Amelia."

"Bom, está errada", informei a ela. "Essa É uma emergência. Uma crise emergencial no nosso relacionamento, o seu e o meu."

Grandmère pareceu achar essa afirmação totalmente hilária.

"Amelia", ela disse. "Qual é a coisa sobre o que você mais tem reclamado desde que descobriu que era, na realidade, uma princesa?"

Eu tive de pensar para responder.

"De ter um guarda-costas me seguindo para todos os lados?", perguntei, em um sussurro, para o Lars não escutar e não ficar ofendido.

"O que mais?"

"Não poder ir a lugar nenhum sem os paparazzi me seguindo?"

"Pense mais uma vez."

"O fato de que eu tenho de passar as minhas férias de verão comparecendo a sessões do Parlamento em vez de ir para um acampamento igual aos meus amigos?"

"As aulas de princesa, Amelia", Grandmère diz, ao telefone. "Você as abomina e despreza. Bom, adivinha o quê?"

"O quê?"

"As aulas de princesa estão canceladas durante os ensaios para *Trança!*. O que você acha disso?"

Quase dava para ouvir a satisfação presunçosa na voz dela. Ela achou total que ia conseguir me ganhar com essa história.

Mal sabia ela que a minha lealdade para com os meus amigos é maior do que o meu ódio pelas aulas de princesa!

"Bela tentativa", informei a ela. "Mas eu prefiro ter de aprender a dizer 'Por favor, passe a manteiga' em cinqüenta mil línguas do que ver a Lilly ficar sem o papel que ela merece."

"A Lilly está desgostosa com o papel que recebeu?", Grandmère perguntou.

"Está sim! Ela é a melhor atriz entre todos nós, ela tinha de ficar com o papel principal! Mas você deu a ela o papel idiota da amante de Alboin, e ela só tem, tipo, duas falas!"

"Não existem papéis pequenos no teatro, Amelia", Grandmère disse. "Apenas atores pequenos."

O QUÊ? Eu não fazia idéia do que ela estava falando.

"Tanto faz, Grandmère", eu disse. "Se você quiser que o seu espetáculo dê certo, deve escalar a Lilly para o papel principal. Ela..."

"Por acaso eu mencionei", Grandmère interrompeu "como gostei de conhecer a sua amiga Amber Cheeseman?"

O meu sangue literalmente gelou, e eu fiquei paralisada na frente da sala de Superdotados e Talentosos, com o telefone colado na orelha.

"O-o quê?"

"Imagino o que a Amber diria", Grandmère prosseguiu, "se por acaso eu mencionasse a ela que você gastou todo o dinheiro da cerimônia de formatura dela em cestos para lixo reciclável."

Fiquei chocada demais para falar. Só fiquei lá parada, enquanto o Boris tentava passar por mim com o estojo do violino dele e falava:

"Hm, dá licença, Mia?"

"Grandmère", eu disse, mal conseguindo falar porque minha garganta tinha ficado totalmente seca. "Você não faria isso."

A resposta dela abalou todas as estruturas do meu corpo.

"Ah, faria sim."

GRANDMÈRE, eu queria gritar, VOCÊ NÃO PODE ANDAR POR AÍ AMEAÇANDO SUA ÚNICA NETA!!!!!!!!!!! QUAL É O SEU PROBLEMA??????

Mas é claro que não dava. Para gritar isso. Porque eu estava no meio da sala da Superdotados e Talentosos. Falando em um celular.

E mesmo que SEJA Superdotados e Talentosos, e todo mundo nesta aula seja mesmo esquisito de verdade, não dá para ficar gritando no celular ali.

"Achei que isso poderia mudar o seu ponto de vista sobre a situação", Grandmère ronronou. "É claro que eu não vou dizer nada para a sua amiguinha a respeito do estado do tesouro do conselho estudantil. Mas, em retribuição, você vai me ajudar a resolver minha atual crise de Estado ao ser a atriz principal de *Trança!*. O negócio, Amelia, é que, como descendente de Rosagunde, você adicionará muito mais autenticidade ao papel do que a sua amiga Lilly poderia trazer — além do mais, você é muito mais bonita do que a Lilly que, sob certo tipo de iluminação, sempre fica parecida com aqueles cachorros de cara amassada."

Um pug! E eu achando que só eu é que tinha reparado!

"A gente se vê no ensaio hoje à tarde, Amelia", Grandmère cantarolou. "Ah, e se você souber o que é bom para você, mocinha, não vai comentar sobre o nosso acordo com ninguém. NINGUÉM, nem com o seu pai. Entendeu?"

Daí, ela desligou.

!!!!!!!!!!!!!!!!!!!

Não dá para acreditar. Realmente não dá. Quer dizer, acho que eu sempre meio que soube, secretamente, lá no fundo. Mas ela nunca tinha feito nada assim tão ESPALHAFATOSO.

Mesmo assim, acho que finalmente eu vou ter de reconhecer, já que é mesmo verdade:

A minha avó é DIABÓLICA. Falando sério.

Afinal, que tipo de mulher usa CHANTAGEM para fazer com que a neta faça suas vontades?

Vou dizer que tipo: o tipo DIABÓLICO.

Ou, possivelmente, Grandmère é sociopata. Não me surpreenderia nem um pouco. Ela exibe todos os principais sintomas do distúrbio. Tirando talvez a mania de desrespeitar as leis constantemente.

Embora Grandmère possa até não desrespeitar leis *federais*, ela desrespeita as leis do decoro o tempo TODO.

Depois que eu terminei de falar com Grandmère, peguei a Lilly olhando para mim por cima do computador onde ela estava fazendo a diagramação da primeira edição de *A bundinha rosa do Fat Louie*.

"Algum problema, Mia?", ela quis saber.

"Sobre o negócio da Rosagunde", eu expliquei para ela. "Sinto muito, mas Grandmère está irredutível. Ela disse que eu tenho de fazer esse papel, se não ela vai contar para Você Sabe Quem a respeito de Você Sabe o Que e eu vou apanhar para valer."

Os olhos escuros da Lilly brilharam por trás dos óculos.

"Ah, ela disse, é mesmo?" Ela nem pareceu surpresa.

"Sinto muito, de verdade, Lilly", eu disse, de coração. "Você seria uma Rosagunde muito melhor do que eu."

"Tanto faz", a Lilly disse, virando o nariz. "Vou ficar bem com o meu papel. Mesmo."

Mas dava para ver que ela só estava mostrando ser corajosa. Por dentro, ela estava mesmo muito magoada.

E eu não a culpo. Nada disso faz sentido. Se Grandmère quer que o espetáculo dela seja um sucesso, por que não quer a melhor atriz que pode encontrar? Por que insiste em que o papel principal seja interpretado por MIM, basicamente a pior atriz da escola inteira — tirando talvez a Amber Cheeseman?

Ah, sei lá. Quem é que entende por que Grandmère faz metade das coisas que faz? Imagino que deve ter algum tipo de razão por trás disso tudo.

Mas nós, meros seres humanos, jamais entenderemos qual é. Esse é um privilégio reservado apenas aos outros alienígenas vindo da nave-mãe que trouxe a minha avó para cá, do planeta diabólico em que ela nasceu.

Sexta-feira, 5 de março, Ciências da Terra

O Kenny acabou de perguntar se eu posso passar a limpo a nossa ficha sobre massa molecular porque ontem à noite, enquanto estava completando as questões, ele sujou o papel com molho chinês tipo Siechuan.

Não sei o que deu em mim. Talvez fosse maldade residual que sobrou da minha conversa com Grandmère. Quer dizer, vai ver que um pouco da maldade DELA passou para mim, ou algo assim. Não sei que outra explicação pode ter.

De todo modo, seja lá o que tenha sido, eu resolvi aplicar a teoria econômica à situação. Eu simplesmente pensei: *por que não?* A coisa toda da auto-atualização não deu certo para mim. Por que não dar uma chance ao velho Alfred Marshall? Parece que todo mundo anda dando. Tipo a Lana.

E ELA sempre consegue o que ELA quer. Assim como GRAND-MÈRE sempre consegue o que quer.

Então eu disse ao Kenny que só passaria a limpo se ele fizesse o dever de casa de hoje também.

Ele olhou para mim de um jeito meio estranho, mas disse que faria. Acho que ele olhou para mim de um jeito meio estranho porque ele faz nosso dever de casa TODOS os dias.

Mesmo assim. Não acredito que eu demorei tanto tempo para entender como a sociedade funciona. Durante todo esse tempo, eu fiquei pensando que eu precisava da transcendência junguiana para encontrar a serenidade e o contentamento.

Mas Grandmère — e a Lana Weinberger, ninguém menos — me mostrou como a minha idéia estava errada.

Não tem nada a ver com formar uma base de raízes tais como confiança e compaixão para colher os frutos da alegria e do amor.

Não. Tudo tem a ver com as leis da oferta e da procura. Se você *procura* alguma coisa e é capaz de fornecer o incentivo adequado para fazer com que as pessoas entreguem essa coisa, elas a *ofertarão*.

E o equilíbrio continua estável.

É meio surpreendente. Eu não fazia idéia que Grandmère era um gênio da economia assim.

Nem que a LANA pudesse ME ensinar alguma coisa.

Isso meio que coloca tudo sob uma nova luz.

E realmente estou falando de *tudo*.

DEVER DE CASA

Educação Física: SHORT DE GINÁSTICA!!! SHORT DE GINÁSTICA!!!! SHORT DE GINÁSTICA!!!!!
Economia dos Estados Unidos: Ler o capítulo 9 para segunda-feira
Inglês: Páginas 155-175, *O Pioneers!*
Francês: Vocabulaire 3ème étape

Superdotados e Talentosos: Encontrar aquele sutiã com enchimento de água que a Lilly comprou para mim aquela vez, de brincadeira. Usar na festa.

Geometria: Capítulo 18

Ciências da Terra: Quem se importa? O Kenny vai fazer! HA-HA-HA-HA

Sexta-feira, 5 de março, Salão Nobre de Baile do Hotel Plaza

Para o primeiro ensaio de *Trança!*, fizemos o que Grandmère chamou de "leitura". A gente deveria ler o roteiro juntos, em grupo, cada ator dizendo as suas falas em voz alta, da maneira como se estivesse no palco.

Posso dizer uma coisa? Esse tipo de leitura é muito chato.

Eu estava com o meu diário enfiado atrás do roteiro para que ninguém pudesse ver que eu estava escrevendo em vez de acompanhar. Apesar de ter sido meio complicado ficar tirando o roteiro de trás do diário cada vez que eu recebia uma deixa.

Uma deixa é a fala anterior à sua. Ultimamente, ando descobrindo um monte de coisas teatrais.

Tipo que, Grandmère, embora possa ter escrito os diálogos de *Trança!*, não escreveu as músicas. As músicas foram compostas por um cara chamado Phil. O Phil é o mesmo cara que estava tocando piano para nos acompanhar na audição de ontem. Acontece que Grandmère pagou uma tonelada de dinheiro ao Phil para escrever as melodias que acompanham as letras dela em todas as canções de *Trança!*.

Ela diz que pegou o nome dele no quadro de empregos da Faculdade Hunter.

Mas parece que o Phil não teve muito tempo para aproveitar o monte de dinheiro que ganhou. Basicamente, ele passou a noite em claro para compor as melodias de *Trança!*, e também parece que ele ainda não conseguiu recuperar o sono perdido. Parecia que estava tendo muita dificuldade mesmo de ficar acordado durante a leitura do roteiro.

E não foi o único. O *Señor* Eduardo não abriu os olhos NEM UMA VEZ depois da primeira fala da peça (proferida por Rosagunde: "Oh, lá, que alegria é viver neste vilarejo dorminhoco e pacífico à beira-mar." DEIXA: PRIMEIRA CANÇÃO).

É bem possível que o *Señor* Eduardo esteja morto.

Bom, isso não seria assim tão ruim. Todo mundo podia ficar falando assim: "Ele morreu fazendo aquilo que mais amava", como fizeram naquele filme horroroso para a TV em que a menina caiu da árvore e quebrou o pescoço no dia em que ganhou um cavalo novo.

Ah, não, espere. Ele acabou de roncar. Então, no final das contas, não está morto.

Droga, minha fala:

"Oh, Gustav, não ouse dizer que és um camponês! As ferraduras que fazes para nossos cavalos dão força a suas passadas, e as espadas que forjas para nosso povo dão coragem à sua luta contra a tirania!"

Daí era a vez do J.P. dizer a fala dele. Sabe, o J.P. não é mau ator. E não posso deixar de notar que ele está com o caderno DELE enfiado na frente do roteiro DELE!

Sabe o que ia ser esquisito? Se ele estivesse escrevendo sobre MIM ao mesmo tempo em que eu estou escrevendo sobre ELE. Tipo, e se o J.P. for a minha versão masculina? A gente tem muita coisa em comum — tirando, sabe como é, o fato de ele não ser da realeza.

Bom, mas o negócio é que eu estava conversando um pouco com ele antes de o ensaio começar (porque eu percebi que todo mundo o estava ignorando — bom, o Boris e Tina estavam ocupados se agarrando, como fazem bem mais agora que o Boris não usa mais o aparelho dele, e a Lilly estava repassando seus comentários editoriais a respeito da tese do Kenny sobre estrelas anãs, e a Perin estava tentando convencer Grandmère de que ela é menina, não menino, e a Ling Su estava tentando manter a Amber Cheeseman longe de mim, coisa que prometeu fazer em sua condição de integrante do coro) e o J.P. me disse que não tem interesse em atuar — que a única razão por que ele participava de todas as audições que o clube de teatro da AEHS fazia era porque a mãe e o pai dele são loucos por teatro, e sempre quiseram ter um filho que trabalhasse com isso.

"Mas eu preferia ganhar a vida escrevendo, sabe", o J.P. disse. "Não que, sabe como é, exista muito emprego por aí para um poeta. Mas, quer dizer, eu prefiro ser escritor a ator. Porque os atores, se a gente pensar bem, só interpretam coisa que outra pessoa escreveu. Eles não têm PODER. O verdadeiro poder está nas palavras que dizem. Que outra pessoa escreveu. É nisso que eu estou interessado. Quero ser o poder *por trás* das Julias Roberts e do Judes Law do mundo."

!!!!!!!!!!!!!!!!!!!!!!!!

Que coisa mais louca!!!! Porque uma vez eu disse quase exatamente a mesma coisa!!!! Acho.

Além do mais, entendo o que é isso, essa pressão de fazer alguma coisa só para agradar aos pais. Assunto em pauta: aulas de princesa. Ah, e não repetir em geometria, apesar de isso não me trazer nenhuma vantagem no futuro.

O único problema é que, apesar de ele ter se inscrito em todos os espetáculos que a AEHS montou, o J.P. nunca conseguiu nenhum papel. Ele acha que é porque o clube de teatro é a maior panelinha.

"Quer dizer, acho que se eu quisesse MESMO um papel em um dos espetáculos deles", ele me disse, "eu poderia ter tentando me enturmar com o grupo deles — sabe como é, sentar na mesa deles no almoço, ficar com eles na frente da escola, pegar café na Ho's Deli para eles, colocar um piercing no nariz, começar a fumar cigarros de cravo e tudo o mais. Mas a verdade é que eu não suporto atores. Eles são tão absortos! Eu simplesmente canso de ficar assistindo à encenação deles, sabe como é? Porque é sempre assim quando a gente conversa com eles. Parece que estão sempre fazendo um monólogo só para você."

"Bom", eu disse, pensando em todas as histórias que eu tinha lido a respeito dos atores adolescentes na revista *US Weekly*. "Talvez seja porque eles são inseguros. A maior parte dos adolescentes é, sabe? Inseguros, quer dizer."

Eu não comentei que, entre todos os adolescentes com que o J.P. já falou na vida, eu sou provavelmente a MAIS insegura de todos. Não que eu não tenha bons motivos para ser insegura. Quer dizer, quantos outros adolescentes você conhece que não têm a mínima noção de como se divertir em uma festa e que têm uma avó que os chantageia?

"Talvez", o J.P. respondeu. "Ou talvez eu seja crítico demais. A verdade é que eu não me considero do tipo que entra para uma panelinha. Eu sou mais do tipo solitário. Caso você não tenha notado."

O J.P. sorriu para mim depois de dizer isso, tipo um sorrisinho acanhado. Deu meio para ver do que a Tina e a Lilly estavam falando, sobre ele ser fofo. Ele É meio fofo. Tipo um urso de pelúcia bem grande.

E ele tem razão sobre os atores. Quer dizer, a julgar pelo que eu vi deles em programas de entrevistas. Eles nunca param de falar sobre si mesmos!

Mas tudo bem, acho que o entrevistador pergunta sobre isso. Mas mesmo assim.

Oops, é minha vez de novo.

"Criada, traga-me a grapa mais forte das despensas! Ensinarei a este bruto o que significa zombar da linhagem dos Renaldo."

Ai, meu Deus. Ainda faltam duas horas para eu ver o Michael. Nunca precisei tanto cheirar o pescoço dele quanto agora. Claro que eu não posso dizer a ele o que está me incomodando — a coisa toda de eu não ser uma menina festeira —, mas pelo menos posso encontrar algum conforto por estar com ele na cozinha dos pais dele fazendo um patezinho, ouvindo a voz profunda dele enquanto me fala sobre a teoria do caos ou algo assim.

POR FAVOR, FAÇA COM QUE ISSO ACABE.

Oops, é minha vez de novo:

"Em nome do meu pai, eu te envio, lorde Alboin, para o inferno, onde é o teu lugar!"

Oba! Alegria e felicitações! Alboin está morto! Cantar a última canção e então fazer uma roda para o final! Oba! Agora podemos ir para casa! Vamos poder sair com o namorado!

Não, espere. Grandmère tem mais um recado a dar:

"Eu gostaria de agradecê-los por aceitarem juntar-se a mim na viagem extraordinária que estamos prestes a fazer juntos. Ensaiar e montar *Trança!* vai ser um dos projetos criativos mais satisfatórios que qualquer um de vocês já realizou. E imagino que a recompensa será muito maior do que jamais sonhamos em colher..."

Que legal da parte dela olhar bem para mim ao dizer essa frase. Por que ela não pega logo e diz: "E a Amber Cheeseman não vai matar você por ter gastado o dinheiro da formatura dela."

"Mas, antes que possamos chegar perto de conquistar essa recompensa, vamos precisar trabalhar, e muito", ela prosseguiu. "Os ensaios serão diários e avançarão muito, noite adentro. Vocês precisarão informar a seus pais que não os esperem para o jantar na semana que vem. E terão, é claro, memorizado todas as suas falas até segunda-feira."

A afirmação dela fez com que todo mundo começasse a cochichar. Rommel, incomodado com a dor psicológica óbvia no salão, começou a lamber suas partes pudendas de maneira compulsiva, como faz em momentos de estresse.

"Acho que não consigo decorar todas essas palavras em italiano até lá, vossa alteza", a Perin disse, toda nervosa.

"Bobagem", Grandmère disse. "*Nessun dolore, nessun guadagno.*"

Mas como ninguém nem sabia o que aquilo queria dizer, todo mundo continuou tendo chilique.

Menos o J.P., aparentemente. Ele disse com sua voz calma e profunda de cuidado com *Meu guarda-costas*:

"Ei, pessoal, vamos lá. Acho que a gente consegue. Até que vai ser divertido."

Demorou um ou dois segundos para a gente conseguir absorver isto. Mas quando finalmente absorvemos, foi a Lilly, surpreendentenente, que disse: "Sabe, o J.P. tem razão. Eu também acho que a gente consegue."

O que fez o Boris soltar um:

"Dê licença, mas por acaso não era você mesma que estava reclamando, agorinha há pouco, que tem a primeira edição da revista literária da escola para terminar neste fim de semana?"

A Lilly preferiu ignorar. O J.P. ficou com cara de quem estava meio confuso.

"Bom, não sei nada sobre terminar revistas", ele disse. "Mas aposto que, se a gente se reunir amanhã de manhã e talvez no domingo também, e fizermos mais algumas leituras, a gente vai conseguir decorar a maior parte das falas até segunda."

"Excelente idéia", Grandmère disse, batendo palmas tão alto que fez o *Señor* Eduardo abrir os olhos, todo sonolento. "Assim vamos ter tempo suficiente para trabalhar com a coreógrafa e a instrutora vocal."

"Coreógrafa?", O Boris parecia horrorizado. "Instrutora vocal? De quanto tempo exatamente estamos falando aqui?"

"Do tempo", Grandmère disse bem firme, "de que precisarmos. Agora, vão todos para casa descansar! Sugiro que façam um jantar bem nutritivo para que amanhã tenham forças para o ensaio. Um bife malpassado, com uma saladinha e uma batata assada com muita manteiga e sal é uma refeição adequada para um tespiense que deseja conservar as forças. Espero vê-los todos aqui amanhã de manhã, às dez. E tenham um bom café-da-manhã — com ovos e bacon, e muito café! Não quero ver nenhum dos meus atores desmaiando de exaustão na minha frente! E saibam que a leitura foi boa, pessoal! Excelente! Demonstraram muita emoção boa e sincera. Vamos aplaudir a nós mesmos!"

Lentamente, um por um, começamos a bater palmas — só porque, se não começássemos, era óbvio que Grandmère nunca nos deixaria sair dali.

Infelizmente, nossos aplausos acordaram o maestro adormecido. Nosso diretor. Ou sei lá o que que ele era.

"Muito obrigado!" O *Señor* Eduardo agora estava acordado o bastante para achar que estávamos batendo palmas para alguma coisa que ele tivesse feito. "Obrigado a todos! Mas eu não teria conseguido se não fossem vocês. Vocês são todos muito gentis."

"Bom", o J.P. acenou para mim. "A gente se vê amanhã de manhã, Mia. Não se esqueça de comer o seu bife! E o bacon!"

"Ela é vegetariana", o Boris, que ainda parecia meio hostil porque ia ter de diminuir muito os ensaios de violino dele, observou.

O J.P. piscou.

"Eu sei", ele disse. "Foi uma piada. Quer dizer, depois de ela ter tido aquele ataque por causa da carne na lasanha vegetariana daquela vez, a ESCOLA inteira sabe que ela é vegetariana."

"Ah é?", o Boris disse. "O que você pode dizer, Sr. Cara Que Detesta Quando Colocam..."

Eu tive de tapar a boca do Boris com a mão antes de ele terminar.

"Boa noite, J.P.", eu disse. "A gente se vê amanhã!" Daí, depois que ele tinha ido embora, eu soltei o Boris, e precisei limpar a mão com um guardanapo.

"Caramba, Boris", eu disse. "Como você baba!"

"Eu tenho um problema de superprodução de saliva", ele me informou.

"AGORA é que você me diz."

"Uau, Mia", a Lilly disse quando estávamos saindo. "Você exagerou, hein? Aliás, qual é o seu problema? Você *gosta* daquele tal de J.P. ou o quê?"

"Não", eu respondi, ofendida. Caramba. Quer dizer, só faz um ano e meio que eu namoro o irmão dela. A esta altura ela devia SABER de quem eu gosto. "Mas vocês pelo menos podiam ser legais com ele."

"A Mia só está se sentindo culpada", o Boris observou. "Porque ela o matou no conto dela."

"Não, não estou", explodi.

Mas, como sempre, era a maior mentira. Eu me sinto culpada *sim* por ter matado o J.P. no meu conto.

E juro que nunca mais mato nenhum personagem baseado em pessoas reais nas minhas obras de ficção.

Menos quando eu escrever um livro sobre Grandmère, é claro.

Sexta-feira, 5 de março, 22h, na sala dos Moscovitz

Quer saber uma coisa sobre esses filmes a que o Michael está me fazendo assistir? São a maior depressão! A ficção científica distópica simplesmente não é a minha. Quer dizer, até a PALAVRA "distópica" acaba comigo. Porque distopia é o OPOSTO de utopia, que significa uma sociedade idílica ou totalmente pacífica. Como a sociedade utópica que tentaram construir em New Harmony, em Indiana, aonde a minha mãe me fez ir naquela vez que estávamos tentando fugir de Mamaw e Papaw durante uma vista a Versalhes (o que fica em Indiana).

Em New Harmony, todo mundo se juntou para planejar, tipo, uma cidade perfeita com um monte de construções bonitas e ruas bonitas e escolas bonitas e tal. Eu sei que parece repulsivo. Mas não é. New Harmony na verdade é bem bacana.

Uma sociedade distópica, por outro lado, não é NADA bacana. Não há construções, nem ruas, nem escolas bonitas. É bem como o bairro Lower East Side, de Manhattan, era antes de o pessoal rico da internet se mudar para lá e abrir todos aqueles bares que servem *tapas* e aqueles prédios de apartamento em que só o condomínio custa três mil dólares por mês. Sabe como é, um lugar em que só parece ter posto de gasolina e clubes de strip-tease, com um ou outro traficante de crack na esquina só para garantir.

E esse é o tipo de cidade em que moram os heróis em praticamente todos os filmes de ficção científica distópicos a que assistimos hoje.

A última esperança da Terra? Sociedade distópica atacada por uma praga massiva que matou a maior parte da população e transformou todo mundo (menos o Charlton Heston) em zumbi.

Fuga nas estrelas? Sociedade utópica que se revela distópica quando se descobre que, para alimentar a população com os recursos limitados que sobraram depois do holocausto nuclear, o governo é obrigado a desintegrar os cidadãos no dia em que completam 13 anos.

2001: Uma odisséia no espaço é o próximo, mas é sério: acho que eu não agüento mais.

A única coisa que faz isso aqui ser suportável é que eu posso ficar aninhada com o Michael no sofá.

E que a gente fica se beijando durante as partes mais lentas.

E que, durante as partes assustadoras, eu posso enterrar a minha cabeça no peito dele e ele me abraça bem forte e eu cheiro o pescoço dele.

E, embora tudo isso seja mais do que satisfatório sob circunstâncias normais, há o pequeno detalhe de que, sempre que as coisas entre o Michael e eu começam a ficar quentes DE VERDADE — tipo, a ponto de ele apertar o pause no controle remoto —, a gente escuta a Lilly no fim do corredor gritando: "Que Deus te amaldiçoe, Alboin, por ser o cão indecente que eu sempre soube que tu eras!"

Vou dizer uma coisa: é bem difícil deixar-se levar no abraço do seu amado quando a gente ouve alguém berrando "Tu escolherias esta vadia genoviana comum para casar se podes ter a mim, Alboin? Bah!"

E pode ser exatamente por isso que o Michael acabou de ir até a cozinha pegar um pouco mais de pipoca para a gente. Parece que *2001: Uma odisséia no espaço* vai ser a nossa única esperança de abafar as falas da Lilly em tom nada delicado enquanto ela ensaia com o Lars.

Mas — tendo em vista como eu ando me esforçando para parar de mentir tanto — eu provavelmente deveria reconhecer que não é só o ensaio estridente da Lilly que está me impedindo de dar toda a minha atenção ao Michael, no que diz respeito aos nossos beijos. A verdade é que essa coisa de festa está pesando sobre os meus ombros igual àquela jibóia albina que a Britney levou para a premiação da MTV uma vez.

Isso está me matando por dentro. Está mesmo. Quer dizer, eu fiz o patezinho — de cebola francesa, sabe como é, usando sopa de pacotinho — e tudo o mais, para ele ficar achando que eu estou ansiosa para que amanhã à noite chegue logo e tudo o mais.

Mas não estou nem um pouco com vontade de que isso aconteça.

Mas pelo menos eu tenho um plano. Graças à Lana. Sobre o que eu vou fazer durante a festa. Quer dizer, a coisa de dançar. E eu já escolhi a roupa. Bom, mais ou menos. Acho que talvez eu tenha cortado a minha saia um pouco curta DEMAIS.

Apesar de que, para a Lana, algo assim não exista.

Aaaaah, o Michael voltou, com mais pipoca. Hora do beijo!

Sexta-feira, 6 de março, meia-noite

Foi por pouco: quando cheguei em casa depois de voltar da casa dos Moscovitz hoje à noite, a minha mãe estava acordada, à minha espera (bom, não exatamente ME esperando. Ela estava assistindo a *Cirurgia extrema* em três partes no Discovery Health sobre um cara com uma marca de nascença gigante no rosto que nem oito médicos conseguiram remover por inteiro. E ele nem podia colocar uma máscara naquele lado do rosto, igual ao cara em *O fantasma da ópera*, porque a marca de nascença dele era em relevo e muito grande para qualquer máscara poder se encaixar. E a Christine só falaria assim: "Estou vendo todas as suas cicatrizes, mesmo com a máscara, cara." Além do mais, ele provavelmente não teria uma gruta subterrânea para onde levá-la. Mas tanto faz).

Apesar de eu tentar entrar de fininho, a minha mãe me pegou, e precisamos ter a conversa que eu realmente estava torcendo para evitar:

Minha mãe (tirando o
som da TV):   Mia, que história é essa que eu ouvi de a sua avó montar algum tipo de espetáculo a respeito da sua antepassada Rosagunde e colocar você no papel principal?

Eu: Hm. É. É mais ou menos isso.

Minha mãe: Essa é a coisa mais ridícula que eu já ouvi. Será que ela não percebe que você mal está passando em geometria? Você não tem tempo para estrelar peça nenhuma. Você precisa se concentrar nos seus estudos. Você já tem atividades extracurriculares suficientes, com esse negócio de ser presidente estudantil e ainda as aulas de princesa. E agora isso? Quem ela acha que está enganando?

Eu: Musical.

Minha mãe: O quê?

Eu: É um musical, não uma peça.

Minha mãe: Eu não ligo para o que seja. Vou ligar para o seu pai amanhã e falar para ele mandar que ela desista dessa idéia.

Eu (apavorada, porque, se ela fizer isso, Grandmère vai total contar tudo para a Amber Cheeseman sobre o dinheiro, e eu vou levar uma cotovelada no pescoço. Mas também não posso dizer isso para a minha mãe, então vou ter de mentir. De novo): Não! Não ligue! Por favor, mãe... É que eu...hm... eu estou adorando, de verdade.

Minha mãe: Está adorando o quê?

Eu: A peça. Quer dizer, o musical. Eu quero mesmo participar. O teatro é a minha vida. Por favor, não me faça desistir.

Minha mãe: Mia. Você está passando bem?

Eu: Estou ótima! Não ligue para o papai, certo? Ele anda superocupado com o Parlamento e tudo o mais. Não vamos incomodar. Eu estou adorando a peça de Grandmère, de verdade. É divertida e é uma boa oportunidade para que eu, hm, expanda os meus horizontes.

Minha mãe: Bom... Não sei, não...

Eu: Por favor, mãe. Juro que as minhas notas não vão cair.

Minha mãe: Bom, tudo bem. Mas se você trouxer para casa um único C em uma prova, vou ligar para a Genovia.

Eu: Ah, obrigada, mãe! Não se preocupe, isso não vai acontecer.

Daí eu tive de ir para o meu quarto e respirar dentro de um saco de papel, porque achei que estava ficando com falta de ar.

Sábado, 6 de março, Salão Nobre de Baile do Hotel Plaza

Certo, então atuar pode ser um pouquinho mais difícil do que eu achei que era. Quer dizer, aquela coisa que eu escrevi agora há pouco, sobre como tanta gente quer ser ator porque é muito fácil e ainda pode ganhar muito dinheiro...

Isso pode até ser verdade. Mas acontece que não é assim tão fácil. Tem um monte de coisa de que é preciso lembrar.

Tipo a marcação. Isto é, tipo, quando você se movimenta pelo placo enquanto vai dizendo as suas falas. Eu sempre achei que os atores iam inventando o que fazer no decorrer da peça.

Mas acontece que o diretor diz exatamente onde devem ir, e até em que palavra e em que fala fazê-lo. E na velocidade certa. E na direção exata.

Pelo menos é assim quando quem dirige a peça é Grandmère.

Não que ela seja a diretora, é claro. Pelo menos é o que ela fica repetindo para nós. O *Señor* Eduardo, escorado em um canto com um cobertor que o cobre até o queixo, está REALMENTE dirigindo essa peça. Quer dizer, musical.

Mas como ele mal consegue ficar acordado o suficiente para dizer "E... em cena!", Grandmère foi muito generosa em assumir as rédeas.

Não estou dizendo que esse não tenha sido o plano dela desde o começo. Mas é certo que ela não vai admitir, mesmo que seja.

Bom, mas além de todas as falas, a gente tem de se lembrar da marcação.

Mas marcação não é coreografia. Coreografia é a dança que se faz enquanto se canta.

Para isso, Grandmère contratou uma coreógrafa profissional. O nome dela é Feather. A Feather (que significa "pena", em inglês) aparentemente é muito famosa por ter feito a coreografia de vários espetáculos da Broadway. Ela também deve estar precisando muito de dinheiro, para ter concordado em fazer a coreografia de uma chatice igual a *Trança!*, mas sei lá.

A Feather não tem nada a ver com os coreógrafos de filmes de dança a que eu assisti, tipo *No ritmo dos seus sonhos* ou *Sob a luz da fama*. Ela não usa nenhuma maquiagem, diz que o collant dela é feito de cânhamo e fica dizendo que é para a gente encontrar o nosso centro e achar o nosso *qi*.

Quando a Feather diz coisas assim, Grandmère parece ficar incomodada. Mas eu sei que ela não quer gritar com a Feather, já que ia ser bem difícil encontrar outra coreógrafa tão em cima da hora se ela pedir demissão com um ataque de se achar injustiçada, como parece acontecer com freqüência com dançarinos.

Mas a Feather não é tão ruim quanto a instrutora vocal, a madame Puissant (que significa "senhora potente", em francês), que normalmente trabalha com cantores de ópera no Met e que obrigou a gente a ficar lá fazendo exercícios vocais, ou vocalises, como ela chamou, que incluíam ficar cantando as palavras Mi, Mai, Ma, Mo, Muuuu-uuuu-uuuu-uuuu uma vez atrás da outra, em tom cada vez mais alto, até que a gente conseguisse "sentir o formigamento na ponta do nariz".

A madame Puissant com certeza não se importa com o estado do nosso *qi*, porque reparou que a Lilly não estava usando esmalte e quase a mandou para casa porque "uma diva nunca vai a lugar nenhum com unhas por fazer".

Reparei que Grandmère parece aprovar MUITÍSSIMO a atitude de madame Puissant. Pelo menos ela não a interrompe nem um pouco, da maneira como faz com Feather.

E se tudo isso não bastasse, também tivemos de agüentar a tirada de medidas para as fantasias e, pelo menos no meu caso, a tirada de medidas para a peruca também. Porque, é claro, a personagem de Rosagunde tem de ter uma trança enorme de comprida, já que esse é, afinal de contas, o título da peça.

Quer dizer, musical.

Só estou dizendo que todo mundo estava preocupado em decorar as FALAS a tempo, mas acontece que montar uma peça — quer dizer, musical — dá MUITO mais trabalho do que simplesmente decorar o texto. É preciso saber a marcação e a coreografia também. Isso sem falar em todas as músicas e como não tropeçar na trança, que, como ainda não temos a trança, significa não tropeçar em uma daquelas cordas de veludo que usam para colocar na frente do Palm Court para impedir que as pessoas entrem antes de abrir para o chá da tarde, e que Grandmère enrolou na minha cabeça.

Acho que não é surpresa o fato de eu estar com um pouco de dor de cabeça. Apesar de não ser pior do que a dor que eu sinto quando me enfiam em uma tiara.

Neste momento, o J.P. e eu temos um intervalo porque a Feather está passando a coreografia com o coro na canção "Genovia!", que todo mundo menos eu canta. Acontece que o Kenny, além de não ser capaz nem de cantar nem de atuar, também não consegue dançar, então está demorando muito.

Mas tudo bem, porque estou usando esse tempo para planejar a minha estratégia para a festa e conversar com o J.P., que na verdade sabe MUITA coisa sobre teatro. Isso é porque o pai dele é um produtor famoso. O J.P. circula por palcos desde pequeno e por isso já conheceu toneladas de celebridades.

"John Travolta, Antonio Banderas, Bruce Willis, Renée Zellweger, Julia Roberts... quase todo mundo que existe para conhecer", foi como o J.P. respondeu quando eu perguntei de quem ele estava falando quando disse "celebridades".

Uau. Aposto que a Tina ia trocar de lugar com ele em um piscar de olhos, mesmo que, sabe como é, ela tivesse de virar menino para isso.

Perguntei ao J.P. se havia alguma celebridade que ele NÃO tinha conhecido e que queria conhecer, e ele disse que só tinha uma: David Mamet, roteirista famoso.

"Você sabe", ele disse. "O sucesso a qualquer preço. Perversão sexual. Oleanna."

"Ah, claro", eu respondi, como se soubesse do que ele estava falando.

Eu falei que era bem impressionante — quer dizer, o fato de ele ter conhecido praticamente quase todo mundo em Hollywood.

"É", ele respondeu. "Mas, sabe como é, na verdade, as celebridades são só pessoas, como você e eu. Bom, quer dizer, pelo menos como eu. Você... bom, você é uma celebridade. Muita gente deve dizer isso para você. Sabe, gente que acha que você... sei lá. Que você é de tal jeito. Mas, na verdade, não é. É só a percepção que o público tem de você. Deve ser mesmo muito difícil."

Será que alguém já proferiu palavras mais verdadeiras? Quer dizer, veja só com o que eu tenho de lidar neste momento: essa percepção de que eu não sou uma menina festeira. Quando com toda a certeza eu sou SIM. Quer dizer, hoje à noite eu vou a uma festa, certo?

E, tudo bem, eu estou morrendo de medo e tive de pedir conselho para a menina mais maldosa da escola inteira.

Mas isso não significa que eu não seja uma menina que gosta de festa.

Bom, mas além de ter conhecido todas as celebridades do mundo, menos o David Mamet, o J.P. já viu todas as peças que foram encenadas, incluindo — e eu não acreditei — *A Bela e a Fera*.

E ouça só esta: também é uma das preferidas dele.

Não dá para acreditar que, durante todo esse tempo, eu só o enxerguei como o Cara Que Detesta Quando Colocam Milho no Feijão — sabe como é, um esquisitão no refeitório —, e no fundo ele é um cara superlegal e divertido que escreve poemas sobre a diretora Gupta e gosta de *A Bela e a Fera* e gostaria de conhecer o David Mamet (seja lá quem ele for).

Mas acho que isso é apenas um reflexo do sistema educacional de hoje, com tanta gente e tão impessoal, que faz com que seja difícil os adolescentes escaparem das nossas noções preconcebidas que temos em relação aos outros e possamos conhecer a pessoa de verdade que existe por baixo do rótulo que recebem, seja Princesa CDF,

Nerd do Teatro, Esportista, Líder de Torcida ou Cara que Odeia Quando Colocam Milho no Feijão.

Oops. O ensaio do coro terminou. Grandmère está chamando os atores principais agora.

O que significa o J.P. e eu. Com certeza, nós temos muitas cenas juntos. Principalmente tendo em vista que, até ter lido *Trança!*, eu não sabia que a minha antepassada Rosagunde TINHA um namorado.

Sábado, 6 de março, 18h, na limusine, saindo do Plaza, a caminho de casa

Ai, meu Deus, estou tããããão cansada... mal consigo ficar de olhos abertos. Atuar é SUPERDIFÍCIL. Quem poderia saber? Quer dizer, aquele pessoal de *Degrassi* faz parecer superfácil. Mas eles vão para a escola e tudo o mais enquanto estão filmando o programa. Como é que eles CONSEGUEM?

Claro, eles não precisam cantar, a não ser nos episódios quando tem alguma audição para banda ou algo assim. Acontece que cantar é mais difícil ainda do que ATUAR. E eu achando que era o que ia me dar menos trabalho, por causa do meu treinamento intensivo para o caso de eu precisar cantar no karaokê para conseguir dinheiro para comer, igual à Britney em *Crossroads*.

Bom, só vou dizer que tenho respeito renovado pela Kelis porque, para conseguir a versão perfeita de "Milkshake" no CD dela, ela teve de ensaiar cinco mil vezes. A madame Puissant me fez ensaiar "A canção de Rosagunde" PELO MENOS esse número de vezes.

E quando a minha voz começou a ficar esganiçada e eu não consegui mais alcançar as notas altas, ela me fez segurar por baixo o piano de meia cauda em que o Phil estava tocando para acompanhar e LEVANTAR!

"Cante com o diafragma, princesa", era o que a madame Puissant não parava de berrar. "Não respire com o peito. Com o DIAFRAGMA!

Não quero voz de peito! CANTE COM O DIAFRAGMA! LEVANTE!! LEVANTE!!!!"

Fiquei feliz por ter passado esmalte transparente nas unhas outro dia (para eu sentir menos tentação de roê-las). Pelo menos ela não podia gritar comigo por causa DISSO.

E a coreografia? Esqueça. Algumas pessoas desprezam as líderes de torcida (certo, eu me incluo nessa, tirando a Shameeka — até agora), mas isso é DIFÍCIL!!! Lembrar todos aqueles passos??? Ai, meu Deus! É tipo: "Leve o meu *qi* embora logo, Feather! Não consigo mais dar esse passo de trocar os pés!"

Mas a Feather não demonstrou o mínimo de compaixão para comigo — e menos ainda para com o Kenny, que não conseguiria dar um passo de dança nem que a vida dele dependesse disso.

E adivinha só? A gente tem de estar lá de novo amanhã, às dez, para fazer tudo aquilo outra vez.

Quando estávamos saindo, o Boris disse assim:

"Eu nunca tive de me esforçar tanto por cem pontos extras."

O que é totalmente um ponto de vista válido. Mas, como a Ling Su comentou com ele, é melhor do que vender velas de porta em porta.

E depois disso eu tive de fazer com que ela ficasse quieta, porque a Amber Cheeseman estava ali perto!

Só que, é claro, o J.P. escutou quando eu estava mandando a Ling Su ficar quieta e falou assim:

"O quê? Qual é o segredo? Do que é que vocês estão falando? Pode me contar, juro que eu levo para o túmulo."

O negócio é que, quando a gente passa tantas horas juntos, do jeito que a gente passou desde que os ensaios começaram, a gente meio que... fica amigo. Quer dizer, não dá para evitar. É que a gente fica na companhia uns dos outros MUITO mesmo. Até a Lilly, que tem tendências anti-sociais bem explícitas, gritou, quando estávamos vestindo o casaco:

"Ei, pessoal, eu quase esqueci! Tem festa hoje à noite na minha casa! Vocês têm de ir, os meus pais foram viajar!"

O que eu achei meio uma ousadia dela — na verdade, a festa é do Michael, não dela, e não sei se ele vai ficar muito animado de ver um monte de garotos de escola lá (tirando eu, é claro).

Mas, sabe como é. Esse é um exemplo de como a gente ficou amigo.

E também é por isso que eu me senti obrigada a contar a verdade para o J.P. — que o conselho estudantil tinha ficado meio sem dinheiro para pagar a cerimônia de formatura do último ano, e que era por isso que a gente estava montando *Trança!*, para começo de conversa.

O J.P. pareceu surpreso ao saber disso — mas não, como eu logo achei, por ficar chocado ao saber que eu tinha estourado o orçamento.

"É mesmo?", ele disse. "E eu aqui achando que isso era só uma artimanha da sua avó para convencer o meu pai a retirar a proposta que ele fez na ilha da falsa Genovia."

!!!!!!!!!!!!!!!!!!!!!!!!!!!!!!

Eu só fiquei olhando para ele com a boca aberta, até que ele começou a rir e disse:

"Mia, não se preocupe. Eu não vou contar. Nem sobre o dinheiro da formatura NEM sobre o planinho da sua avó."

Mas daí eu fiquei toda curiosa e ele falou assim:

"Aliás, por que o seu pai quer comprar a ilha da falsa Genovia, J.P.?"

"Porque ele pode", o J.P. disse sem nenhum ar de estar fazendo piada o que, para ele, era algo inédito. Parece que ele quase nunca se aborrece nem se preocupa com nada — tirando milho, é claro.

Deu para perceber na hora que o John Paul Reynolds-Abernathy III era um assunto delicado para o John Paul Reynolds-Abernathy IV. Então eu deixei para lá. Esse é o tipo de coisa que a gente aprende quando está sendo treinada para ser princesa. Como deixar para lá assuntos que de repente se tornam desagradáveis.

"Bom, a gente se vê amanhã", eu disse para o J.P.

"Você vai à festa da Lilly?", ele quis saber.

"Ah", eu respondi. "Vou sim."

"Talvez então a gente se veja lá", J.P. disse.

O que é um amor. Sabe como é, o J.P. se sentir tão à vontade conosco que até tem vontade de ir à festa da Lilly. Apesar de ele não saber que a festa é do Michael, não da Lilly.

Bom, mas nesse momento eu tenho coisas mais importantes com que me preocupar do que o J.P. e a Lilly e Grandmère e os planos diabólicos dela para dominar as ilhas falsas.

Porque eu tenho um plano meu para colocar em ação...

Domingo, 7 de março, 1h da manhã, no loft

Estou morrendo de vergonha. É sério. Estou HUMILHADA. Acho que eu nunca me senti tão envergonhada em toda a minha vida.

E eu sei que já disse isso, mas, desta vez, estou falando sério.

Durante um tempo, eu achei de verdade que estava tudo dando certo. O meu plano para mostrar para o Michael que eu sou uma menina festeira, quer dizer.

Não entendo exatamente o que deu errado. Estava TUDO planejado. Eu fiz EXATAMENTE o que a Lana disse para fazer. Assim que eu cheguei ao apartamento da Lilly e do Michael, tirei a roupa do ensaio e vesti a da festa:

- Meia-calça preta
- Minha saia preta de veludo (transformada em míni — as pontas estavam meio tortas porque o Fat Louie ficava querendo brincar com a tesoura que eu estava usando, mas tudo bem, ficou legal)
- Minhas botas pretas estilo militar Doctor Marteens
- Um collant preto que sobrou daquele Dia das Bruxas em que eu me vesti de gata, e a nossa vizinha, Ronnie, disse que eu parecia uma coelhinha da Playboy sem peito, então eu nunca mais usei
- Uma boina preta que a minha mãe costumava usar quando desempenhava atos de desobediência civil com as amigas dela do grupo Garotas Guerrilheiras

- E o sutiã com enchimento de água. Que eu nem enchi tanto assim, porque, sabe como é, eu estava com medo de que vazasse.

Além disso, passei batom vermelho e penteei o cabelo de um jeito todo sexual, igual ao da Lindsay Lohan quando ela sai de alguma casa noturna de Nova York como a Butter depois de quase esbarrar com o ex dela, o Wilmer.

Mas em vez de ficar tipo "você está a maior gostosa" a respeito do meu novo visual, o Michael — que ficou atendendo à porta quando os primeiros convidados dele foram chegando, só ergueu as sobrancelhas para mim, como se estivesse meio preocupado com alguma coisa.

E o Lars até chegou a erguer os olhos do celular Sidekick dele quando eu cheguei e começou a dizer algo, mas daí parece que ele pensou melhor, já que voltou a se apoiar na parede e procurar coisas na internet.

E daí a Lilly, que estava ocupada preparando a câmera dela para filmar as festividades para um quadro que ela está preparando para *Lilly Tell Is Like It Is* sobre a dinâmica moderna entre homens e mulheres no cenário urbano, falou assim:

"O que você quer ser? Uma mímica?"

Mas em vez de ficar brava com ela, eu joguei os cabelos para o lado, do jeito que a Lana faz, e falei:

"Mas como você é engraçada!"

Porque eu estava tentando agir de maneira madura na frente dos amigos do Michael que estavam entrando bem naquela hora.

E acho que deu certo, porque o Trevor e o Felix ficaram tipo:

"Mia?", como se não tivessem me reconhecido. Até o Paul ficou todo:

"Belos palitos", que eu acho que foi um elogio para as minhas pernas, que parecem bem compridas quando eu uso saia curta.

Até o Doo Pak falou: "Ah, princesa Mia, você está muito bonita sem o seu macacão."

E o J.P. — que apareceu um pouco mais tarde, na mesma hora que a Tina e o Boris — disse:

"Sua beleza deixaria até mesmo o mais lindo pôr do sol no Mediterrâneo envergonhado, minha senhora", que é uma das falas dele da peça, mas não faz mal, foi bem legal.

E ele acompanhou a frase com a mesma reverência cheia de cortesia da peça também. Quer dizer, do musical.

O Michael foi o único que não disse nada. Mas achei que era porque ele estava ocupado demais colocando a música e fazendo todo mundo se sentir à vontade. Ele também não ficou muito feliz por a Lilly ter convidado o Boris e todo o pessoal sem pedir para ele primeiro.

Então, eu tentei ajudar. Sabe, a fazer com que as coisas dessem certo. Fui até algumas garotas do alojamento dele que tinham chegado — nenhuma delas estava usando boina nem roupa especialmente sensual. A menos que você considere sandália com meia algo sensual — e falei assim:

"Oi, eu sou a namorada do Michael, a Mia. Querem um patezinho?"

Eu não comentei que tinha feito o patezinho pessoalmente, porque não achei que uma garota que gosta de festa de verdade faria seu próprio patezinho. Fazer patezinho foi um erro de cálculo péssimo da minha parte, mas nada impossível de ser remediado, porque eu não precisava *contar* para as pessoas que eu tinha feito o patezinho.

As garotas da faculdade disseram que não queriam patezinho, mesmo quando eu assegurei que tinha feito com maionese de baixas calorias e creme azedo. Porque eu sei que as garotas de faculdade estão sempre cuidando do peso, para evitar ganhar os sete quilos que todas ganham tradicionalmente no primeiro ano de faculdade. Eu não DISSE isso para elas, é claro.

Mas eu não deixaria que a recusa delas me colocasse para baixo. Quer dizer, aquilo só tinha sido uma desculpa para começar uma conversa com elas.

Só que parecia que elas não estavam muito a fim de conversar comigo. E o Boris e a Tina estavam se agarrando no sofá, e a Lilly estava mostrando para o J.P. como a câmera funcionava. Então, eu não tinha ninguém com quem conversar.

Então eu meio que saí de fininho para a cozinha e peguei uma cerveja. Achei que era isso que uma menina festeira faria. Porque a Lana tinha dito que sim. Tirei a tampa com o abridor que estava lá, e como vi que todo mundo estava bebendo cerveja direto da garrafa, fiz a mesma coisa.

E quase vomitei. Porque o gosto da cerveja era ainda pior do que eu me lembrava. Tipo pior do que o cheiro daquele gambá que o Papaw atropelou.

Mas, como ninguém mais estava fazendo careta a cada vez que dava um gole na cerveja, tentei me controlar, e me contentei em dar golinhos bem pequenos. Isso fez com que a coisa fosse um pouco mais tolerável. Talvez seja isso que os bebedores de cerveja façam para agüentar. Tomando uma quantidade bem pequena de cada vez. Continuei tomando golinhos até que reparei na câmera da Lilly e do J.P., que estava apontada bem para mim. E nessa hora eu escondi a garrafa nas costas.

O J.P. abaixou a câmera. Ele disse:

"Desculpa", e pareceu todo sem graça.

Mas não tão sem graça quanto eu me senti quando a Lilly, que estava do lado dele, falou assim:

"Mia. O que você está fazendo?"

"Nada", eu respondi para ela com voz aborrecida. Porque é assim que eu imaginei que uma menina festeira se sentiria se a amiga dela perguntasse o que ela estava fazendo. A menos que ela seja uma daquelas meninas festeiras daqueles vídeos de *Girls Gone Wild*, mas neste caso ela levantaria a blusa para a câmera.

Mas eu resolvi que não era esse tipo de menina festeira.

"Você está bebendo?", a Lilly parecia meio chocada. Bom, talvez mais surpresa do que chocada, para falar a verdade. "*Cerveja?*"

"Só estou tentando me divertir", respondi. Eu estava bem ciente do olhar do J.P. sobre mim, e estava mal com isso. Por que aquilo me deixou tão pouco à vontade, não faço idéia. Simplesmente deixou. "Até parece que eu não bebo o tempo todo quando estou na Genovia."

"Claro", a Lilly disse. "Brindes de champanhe com dignitários estrangeiros. Vinho no jantar. Não *cerveja*."

"Tanto faz", eu disse de novo. E me afastei dela...

...e fui esbarrar direto no Michael, que ficou tipo:

"Ei, oi. Achei você."

E daí ele olhou para a cerveja na minha mão e falou assim:

"O que você está fazendo?"

"Ah, você sabe", eu respondi, jogando o cabelo de novo, toda como quem não quer nada, com ar de festeira. "Só estou me divertindo."

"Desde quando você bebe cerveja?", o Michael quis saber.

"Caramba, Michael", eu disse, rindo. "Sei lá."

"Ela disse a mesma coisa para mim", a Lilly informou ao irmão, tirando a câmera da mão do J.P. e enfiando a lente na nossa cara.

"Lilly", o Michael disse. "Pare de filmar. Mia..."

Mas antes que ele pudesse dizer o que queria, a "seleção de festa" do computador (ele tinha ligado os alto-falantes da sala do apartamento dos pais ao disco rígido dele) começou a tocar a primeira música mais ou menos lenta da festa — "Speed of Sound", do Coldplay —, então eu falei assim:

"Ah, eu adoro esta música", e comecei a dançar, como a Lana tinha dito para fazer.

A verdade é que eu não sou assim a maior fã do Coldplay, porque eu não acho nada bom o cantor deixar a mulher dele, a Gwyneth Paltrow, colocar o nome de Apple (que quer dizer maçã, em inglês) na filha deles. O que vai acontecer com essa pobre criança quando ela chegar ao ensino médio? Todo mundo vai fazer piada com ela.

Mas acho que a cerveja, por mais fedida que fosse, funcionou. Porque eu não estava me sentindo nem de longe tão acanhada quanto eu tinha me sentido antes de começar a dar os meus golinhos. Na verdade, eu estava me sentindo até bem. Apesar de eu ser a única pessoa na sala inteira que estava dançando.

Mas achei que tudo bem porque, muitas vezes, quando uma pessoa começa a dançar, as outras se juntam a ela. Só ficam esperando que alguém quebre o gelo.

Mas eu não pude deixar de notar que, enquanto eu estava ali dançando, ninguém se juntou a mim. Principalmente o Michael. Ele só ficou lá me olhando. Assim como o Lars. Assim como a Lilly, só que ela estava fazendo isso através da lente da câmera. O Boris e a Tina, no sofá, pararam de se beijar e, em vez disso, ficaram olhando para mim. As garotas de faculdade também ficaram olhando para mim. Uma delas se inclinou para cochichar alguma coisa para a amiga, e a amiga deu uma risadinha.

Achei que só estavam com inveja porque eu tinha de fato me esforçado para colocar uma roupa legal para a festa, com a minha boina e tudo, e estava lá dançando.

E foi quando o J.P. veio totalmente me salvar. Ele também começou a dançar.

Ele não estava exatamente dançando *comigo*, já que não estava encostando em mim nem nada. Mas ele meio que veio até onde eu estava e começou a movimentar os pés, sabe como é, do jeito que os caras altos dançam, como se não quisessem chamar muita atenção para si mesmos, mas com vontade de se juntar à diversão.

Eu fiquei tão animada por alguém finalmente resolver dançar que meio que comecei a ondular o corpo (a Feather tinha ensinado a gente a fazer isso, mexendo os ombros) para mais perto dele, e sorri para ele, para agradecer. E ele retribuiu o sorriso.

O negócio é que, depois disso, acho — tecnicamente falando —, a gente meio que *começou* a dançar juntos. Acho que, tecnicamente, o que estava acontecendo era que eu estava dançando com outro cara. Na frente do meu namorado. Em uma festa que era *do* meu namorado.

O que, parece — tecnicamente falando —, é uma atitude muito errada da parte de uma namorada.

Mas, na hora, eu não percebi. Na hora, eu só fiquei pensando que estava me sentindo muito idiota de ninguém dançar comigo, e como eu fiquei feliz pelo J.P. — diferentemente dos meus outros supostos amigos — não ter me deixado lá fazendo papel de boba, dançando sozinha, na frente de todo mundo... especialmente do Michael.

Que nem me disse que eu estava bonita. Nem que tinha gostado da minha boina.

O J.P. tinha dito que eu estava mais bonita do que o mais lindo pôr-do-sol no Mediterrâneo. O J.P. tinha tomado a iniciativa de dançar comigo.

Enquanto o Michael só ficou lá parado.

Vai saber quanto tempo o J.P. e eu teríamos ficado dançando — enquanto o Michael ficava lá parado — se a porta da frente não tivesse aberto e os drs. Moscovitz não tivessem entrado?

E, tudo bem, o Michael tinha pedido permissão para dar a festa, então eles não ficaram nem um pouco bravos.

Mas mesmo assim! Eles entraram bem quando eu estava dançando COM OUTRO CARA! Foi superenvergonhante!!! Quer dizer, eles são os PAIS do Michael!!!!

Isso me deu quase tanta vergonha quanto quando eles entraram e eu e o Michael estávamos nos beijando, sabe como é, no sofá, durante as férias de inverno (bom, tudo bem, a gente estava MAIS do que se beijando. Tinha mais ação por baixo da camiseta e por cima do sutiã rolando. O que, reconheço, é uma atitude bem arriscada para uma menina que não quer fazer sexo antes da noite da formatura do último ano do ensino médio. Mas tanto faz. A verdade é que eu fiquei tão envolvida na coisa toda do beijo que nem notei o que as mãos do Michael estavam fazendo, até que já era tarde demais. Porque daí eu já estava GOSTANDO. Então, de certo modo, eu fiquei tipo GRAÇAS A DEUS que o dr. e a dra. Moscovitz chegaram naquela hora. Ou então, quem pode dizer para ONDE as mãos do Michael iriam depois dali?).

Mesmo assim, dessa vez eu fiquei com MAIS VERGONHA do que DAQUELA, acredite ou não. Porque, quer dizer... estava dançando! Com outro cara!

E eu nem sei se eles viram, porque falaram assim:

"Desculpem, não liguem para nós", e saíram apressados pelo corredor, para o quarto deles, antes que qualquer um de nós pudesse dar um oi.

Mesmo assim. Cada vez que eu penso no que eles PODEM ter visto, eu fico toda quente e gelada — da maneira como o Alec Guinness disse que sempre se sentia quando se via na cena de *Guerra nas estrelas: Uma nova esperança*, quando Obi Wan fala que está sentindo um grande desequilíbrio na Força, como se milhões de vozes estivessem berrando, aterrorizadas, e de repente fossem silenciadas.

Pior ainda, assim que os drs. Moscovitz desapareceram para o quarto deles — eu totalmente parei de dançar quando os vi; na verdade, fiquei paralisada —, a Lilly chegou para mim e cochichou:

"Você estava tentando fazer uma dança sensual ou o quê? Porque parecia que alguém tinha colocado um cubo de gelo dentro da sua camisa e você estava tentando se livrar dele."

Dança sensual! A Lilly achou que eu estava fazendo uma dança sensual! Com o J.P.! Na frente do Michael!

Depois disso, é claro, ficou impossível manter o meu joguinho de menina festeira. Eu peguei e sentei direto no sofá.

E o Michael nem chegou perto para me perguntar se eu tinha perdido a cabeça nem desafiou o J.P. para um duelo nem nada. Em vez disso, ele foi atrás dos pais, acho que para ver se eles tinham voltado antes porque havia alguma coisa errada ou se a conferência simplesmente tinha acabado mais cedo ou o quê.

Fiquei lá sentada uns dois minutos, escutando todo mundo ao meu redor dando risada e se divertindo, e sentindo a palma das minhas mãos suando frio. Eu estava rodeada de gente — rodeada! —, mas juro que nunca me senti mais sozinha na vida. Dança sensual! Eu estava fazendo uma dança sensual! Com outro menino!

Até a Lilly tinha parado de me filmar, porque achou a visão do Doo Pak experimentando Doritos com molho de raiz-forte pela primeira vez muito mais interessante do que o meu vexame completo.

O J.P. foi o único que falou alguma coisa para mim depois daquilo — além da Tina, no sofá na frente do meu, que se inclinou e disse:

"A sua dança foi bem legal, Mia", como se eu tivesse feito um tipo de performance ou algo assim.

"Ei", o J.P. disse, aproximando-se do lugar onde eu estava sentada. "Acho que você esqueceu isto."

Olhei para o que ele segurava. A minha cerveja, com um terço da garrafa bebido! A substância responsável por eu ter achado que era boa idéia fazer uma dança sensual com outro menino, para começo de conversa!

"Leve embora daqui!", eu murmurei e enfiei a cabeça nos joelhos.

"Ah", o J.P. disse. "Desculpe. Hmm... tudo bem com você?"

"Não", eu respondi para as minhas coxas.

"Posso fazer alguma coisa para ajudar?, ele perguntou.

"Você pode criar uma brecha no espaço-tempo contínuo para que ninguém se lembre de como eu acabei de me fazer de idiota?"

"Hm. Acho que não. Como foi que você se fez de idiota?"

O que foi uma graça da parte dele, fingir que não tinha notado e tudo o mais. Mas, falando sério, isso só fez piorar as coisas.

E foi por isso que fiz a única coisa que julguei razoável: juntei as minhas coisas — e o meu guarda-costas — e fui embora antes que alguém pudesse me ver chorando.

O que eu fiz durante todo o trajeto até em casa.

E agora eu só posso torcer para que o J.P. tenha dito uma mentira e que possa sim criar uma brecha no espaço-tempo contínuo para fazer com que todo mundo que estava naquela festa se esqueça de que eu também estava.

Principalmente o Michael.

Que a esta altura já deve estar mais do que um pouco ciente de que eu sou, no pior sentido da palavra, uma festeira.

Ai, meu Deus.

Acho que preciso de uma aspirina.

Domingo, 7 de março, 9h, no loft

Nenhum recado do Michael. Nenhum e-mail. Nenhuma ligação.

É oficial: ele tem nojo de me conhecer.

E eu não o culpo nem um pouquinho. Eu iria me jogar no rio East de tanta vergonha se não tivesse aquele ensaio para ir.

Acabei de ligar para o Zabar e, usando o cartão de crédito da minha mãe (hm, sem ela saber, porque ainda está dormindo, e o sr. G levou o Rocky para comprar suco de laranja), pedi bagels com pasta de salmão para serem entregues no apartamento dos Moscovitz, como forma de pedir desculpa.

Ninguém pode ficar bravo depois de um bagel completo do Zabar. Certo?

Dança sensual! Aonde é que eu estava com a CABEÇA?????

Domingo, 7 de março, 17h, Salão Nobre de Baile do Hotel Plaza

A gente nem precisava ter se preocupado em decorar nossas falas até segunda. Eu já sei todas de trás pra frente, de tantas vezes que já repetimos a peça.

E os meus pés estão me matando, depois de tanta dança (nada sensual). A Feather diz que nós todos precisamos arrumar uma coisa chamada sapato de jazz. Ela vai trazer um monte deles para nós amanhã.

Só que, até amanhã, os meus pés vão ter caído.

Além do mais, a minha garganta está começando a doer de tanta cantoria. A madame Puissant mandou a gente tomar canecas quentes de chazinho com vitamina C.

Phil, o pianista, parece que vai cair a qualquer momento. Até Grandmère parece estar desabando. Só o *Señor* Eduardo, que fica cochilando na cadeira dele, parece descansado. Bom, o *Señor* Eduardo e o Rommel.

Ah, meu Deus, ela está fazendo todo mundo cantar "Genovia, Minha Genovia" mais uma vez. Eu DETESTO essa música, mesmo. Pelo menos eu não faço parte desse número. Mesmo assim... Será que ela não percebe que está passando dos limites? Meu Deus, por acaso não existem leis a respeito de trabalho infantil forçado?

Ah, sei lá. Pelo menos isso está mantendo a minha mente afastada da humilhação de ontem à noite. Mais ou menos. Quer dizer, a Lilly continua tocando no assunto sempre que pode — "Ah, Mia, valeu pelos bagels", e "Ei, Mia, por que você não inclui aquela dança sensual na cena em que você mata o Alboin" e "Cadê a sua boina?".

O que, é claro, fez com que todo mundo que não estava lá perguntasse: "Do que é que ela está falando?", e a Lilly só ficou sorrindo com cara de sabichona.

E daí tem a coisa do Michael. A Lilly diz que ele nem estava lá para RECEBER os bagels que eu mandei hoje de manhã. Ele voltou para o quarto do alojamento da faculdade ontem à noite, depois que a festa acabou, porque os pais dele estavam em casa e não precisavam mais dele para cuidar da Lilly.

Eu mandei para ele, tipo, três torpedos pedindo desculpa por ser tão esquisita.

A única coisa que recebi em resposta foi o seguinte:

A GENTE TEM Q CONVERSAR

O que só pode significar uma coisa, é claro. Ele...

Ah, espere. O J.P. acabou de me entregar um bilhete, para a gente não levar bronca por ficar cochichando, como aconteceu antes quando ele se inclinou para o meu lado para dizer que a minha bota militar estava desamarrada.

J.P.: Ei, você não está brava comigo, está?

Eu: Por que eu estaria brava com você?

J.P.:   Por dançar com você.

Eu: Por que eu estaria brava por você DANÇAR comigo?

J.P.:   Bom, se por acaso isso causou problemas entre o seu namorado e você, ou algo assim.

Estava parecendo, cada vez mais, que isso era totalmente verdade. Mas a culpa não era de ninguém além de mim... e com toda a certeza não era culpa do J.P.

Eu: Não, foi SUPERLEGAL da sua parte. Ajudou a fazer com que eu não parecesse a maior esquisitona do universo. Eu sou a maior IDIOTA. Não acredito que bebi aquela cerveja. É que eu estava supernervosa, sabe como é? Por não ser uma menina muito festeira.

J.P.:   Bom, parecia que você estava se divertindo muito, se isso serve de consolo. Não como hoje. Hoje parece que você... bom, é por isso que achei que você podia estar brava comigo. Ou por causa de ontem à noite, ou talvez por causa daquela coisa que eu disse outro dia, sobre saber que você era vegetariana por causa do ataque que deu naquela vez no refeitório.

Eu: Não. Por que isso ia me deixar brava? É verdade. Eu tive MESMO um ataque quando descobri que tinham colocado carne na lasanha. Quer dizer, *supostamente* era uma lasanha vegetariana.

J.P.: Eu sei. Eles estragam TUDO naquele refeitório. Você já viu o que fazem com o feijão?

Eu: Você está falando de colocarem milho nele de vem em quando?

J.P.: É, exatamente. Isso está simplesmente errado. Não se deve colocar milho no feijão. Não é natural. Você não acha?

Eu: Bom, nunca pensei nisso antes. Quer dizer, eu gosto de milho.

J.P.: Bom, eu não gosto. Nunca gostei. Desde que... sei lá. Tanto faz.

Eu: Desde que o quê?

J.P.: Não, não é nada. Mesmo. Deixe para lá.

Mas, claro, agora eu TINHA de saber.

Eu: Não, mesmo. Tudo bem. Pode me contar. Não vou dizer nenhuma palavra para ninguém. Juro.

J.P.: Bom, é que... lembra quando eu disse para você que a celebridade que eu mais queria conhecer era o David Mamet?

Eu: Lembro...

J.P.: Bom, os meus pais o conheceram, de verdade. Eles foram à casa dele para um jantar há uns quatro anos. E eu fiquei tão animado quando descobri que fiquei todo.. como a gente fica quando tem 12 anos, sabe como é, e acha que o mundo gira em torno de você. Daí eu falei: "Você contou de mim para ele, pai? Você contou que eu sou o maior fã dele?"

Eu: Sei. E o que o seu pai disse?

J.P.: Ele disse: "Sim, meu filho, o seu nome foi mesmo citado." Acontece que o meu pai tinha falado de mim para ele, sim. Ele contou a respeito da primeira vez que me deram milho para comer, quando eu era bebê.

Eu: E aí?

J.P.: E falou como ficaram surpresos de, na manhã seguinte, encontrarem os milhos inteiros na minha fralda.

!!!!!!!!!!!!!!!!!!

Na verdade, isso aconteceu na primeira — e única vez — que demos milho para o Rocky. Então eu sei EXATAMENTE como é nojento.

Eu: EEEEEEEEEEEEEEECA! Oops, quer dizer. Sinto muito. Deve ter sido mesmo a maior vergonha. Quer dizer, para você.

Eles contarem para o seu ídolo uma coisa dessas sobre você. Mesmo que você só FOSSE um bebê quando aconteceu.

J.P.: Vergonha? Eu quis morrer! Desde então, nunca mais consegui olhar para um milho!

Eu: Bom, então isso explica tudo.

J.P.: Explica o quê?

Eu: Nada. A sua aversão a milho, quer dizer.

J.P.: É. Pais. Eles acabam com a gente, não é mesmo?

Eu: Nem me diga.

J.P.: Não dá para viver com eles. Não temos dinheiro para viver sem eles. Falando nisso, o que você acha deste poema:

Eles pagam a sua comida
E a sua morada e a sua escola.
Tudo o que pedem em troca
É que você siga as regras deles.

Você não tem controle
O seu destino não é seu
Pelo menos até os dezoito anos
Quando finalmente pode sair de casa

Eu: Uau! É ótimo! Você deveria mandar para a revista da Lilly.

J.P.:   Obrigado. Talvez eu mande... com o poema da diretora Gupta. Você vai publicar alguma coisa? Na revista da Lilly, quer dizer?

Eu: Não.

Porque, é claro, a única coisa que escrevi ultimamente (fora as anotações do meu diário) foi "Chega de milho!". E eu já disse para a Lilly que ela não pode publicar. E agora estou feliz por ter feito isso, porque realmente não acho que o J.P. vai achar engraçado, levando em conta a história que ele acabou de me contar sobre POR QUE ele detesta milho. Estou falando do meu conto sobre ele.

Ai, meu Deus. Grandmère está me chamando para a cena do estrangulamento.

Eu queria que alguém ME estrangulasse. Porque daí o Michael não ia PRECISAR CONVERSAR. Porque eu simplesmente estaria morta.

Domingo, 7 de março, 21h, no loft

Não dá para acreditar. Por que tudo tem de ir de mal a pior? Para começar, eu não consegui falar com o Michael. Ele não atende o celular e não está on-line, e o Doo Pak diz que ele não está no quarto e que não faz idéia de onde o "Mike" possa estar.

Só que eu tenho uma idéia, sim: o mais longe de mim possível.

E como eu sou mesmo a maior azarada, entre os dois irmãos Moscovitz, a parte com a qual eu *menos* quero falar é aquela que não pára de mandar mensagens instantâneas. Acabei de receber isto da Lilly, em resposta ao meu lembrete de que não quero que ela coloque "Chega de milho!" na revista dela.

WOMYNRULE: Hm, desculpa, vai ficar. É o melhor texto que tenho. Aliás, você vai usar a sua boina na festa?

FTLOUIE: Será que você pode calar a boca a respeito daquela boina idiota? E que festa? Do que é que você está falando? E, Lilly, você não pode publicar o meu texto sem a minha permissão. E estou retirando a minha permissão para que você o publique.

WOMYNRULE: A FESTA DE AIDE DE FERME QUE A SUA AVÓ VAI DAR. E você não pode. Porque, uma vez que um texto é enviado para a redação de A *bundinha rosa do Fat Louie*, torna-se propriedade de A *bundinha rosa do Fat Louie*.

FtLouie: Certo, a) pare de chamar a revista por esse nome; e b) A SUA REVISTA NÃO TEM REDAÇÃO FÍSICA. A REDAÇÃO FICA NO SEU QUARTO. E o Aide de Ferme é um evento beneficente, não uma festa.

WomynRule: Eu falei redação no sentido figurado. Agora, falando sério... se você não for usar a sua boina, posso usar?

Que horror. Coitado do J.P.!

Qual é o PROBLEMA dos irmãos Moscovitz? Quer dizer, dá para entender por que o Michael me odeia, mas por que a Lilly está agindo dessa maneira em relação ao meu conto?

Se eu não estivesse tão exausta, ia mandar a limusine voltar e me levar primeiro para a casa da Lilly, para ver se eu conseguia enfiar algum bom senso nela, e depois até o alojamento do Michael, para eu poder pedir desculpa pessoalmente.

Mas estou cansada demais para fazer algo além de tomar um banho e ir para a cama.

Sinceramente, não sei como a Paris Hilton consegue — participa de programas de TV, cuida da linha de jóias e maquiagem dela E ainda faz festa toda noite, até de madrugada? Não é para menos que ela perdeu o cachorro aquela vez e achou que ele tinha sido seqüestrado...

Mas as chances de que algum dia eu vá perder o Fat Louie estão perto do zero, porque ele é pesado demais para eu ficar carregando por aí em uma almofadinha, do jeito que a Paris carrega a Tinkerbell. Além do mais, se algum dia eu tentasse algo assim, ele arranharia a minha cara toda.

Segunda-feira, 8 de março, sala de estudos

Então, hoje de manhã eu "peguei emprestado" o cartão de crédito da minha mãe de novo e mandei um cookie gigante para o Michael. Só que, desta vez, eu me assegurei de mandar para o endereço do alojamento dele. Pedi para escreverem "Desculpa" com cobertura por cima de um cookie com pedacinhos de chocolate de trinta centímetros de diâmetro.

Percebo que enviar um cookie — mesmo que seja de trinta centímetros de diâmetro com a palavra "Desculpa" escrita por cima — é uma maneira terrível de expressar o remorso por ter feito uma dança sensual com outro menino na frente do namorado.

Mas não tenho como dar ao Michael o que ele realmente quer, que é um passeio no ônibus espacial.

Depois que encomendei o cookie, saí do meu quarto e achei o Rocky agarrado no pêlo do Fat Louie, berrando:

"Ato! Ato! Ato!"

O coitado do Fat Louie estava com cara de quem acabou de engolir uma meia.

Mas o que ele realmente tinha engolido era sua vontade de transformar o meu irmãozinho em tirinhas. O Fat Louie é um gato tão bom que estava DEIXANDO o Rocky puxar o pêlo dele.

Mas isso não significa que ele não estava com um olhar de pânico na cara laranja enorme. Dava para ver que, com mais dez segundos, ele teria explodido.

Fui salvar o Rocky, é claro, e falei assim:

"Mãe! Mas será que você não consegue cuidar do seu filho durante UM ÚNICO MINUTINHO?"

Mas é claro que a minha mãe ainda nem tinha tomado o café dela, então não tinha capacidade para controlar o filho, menos ainda ver algo que estava acontecendo, a não ser que isso incluísse a Diane Sawyer na tela de TV na frente dela.

Ela não faz idéia de como teve sorte de eu ter aparecido quando apareci. Se o Fat Louie TIVESSE perdido o controle e atacasse o Rocky, ele poderia ter ficado com febre causada pelos arranhões de gato e morrer. Estou falando do Rocky. A febre causada por arranhões de gato é uma doença superséria e pouco divulgada. Pode causar anorexia, se a gente não tomar cuidado.

Não que, no caso do Rocky, alguém fosse notar, já que ele tem mais ou menos o tamanho de uma criança média de quatro anos, apesar de ele ainda não ter completado nem um ano.

Na verdade, se o Rocky fosse laranja, como o Fat Louie, ele ia ser igualzinho a um Umpa Lumpa.

Sinceramente não sei como eu algum dia vou conseguir alcançar a auto-atualização com o meu irmãozinho, os meus amigos, os meus pais, o negócio de princesa, a minha avó e esse negócio de dança sensual.

Segunda-feira, 8 de março, Educação Física

A Lana chegou para mim quando eu estava no chuveiro, agorinha há pouco, e me perguntou onde estavam as entradas para o evento beneficente Aide de Ferme dela. Eu estava tão cansada — e os meus antebraços estão tão doloridos de estrangular o Boris, sem falar em bater naquela bola de vôlei idiota, apesar de eu só ter acertado uma vez... durante o resto do tempo, eu só desviei quando vi que estava vindo na minha direção — que falei:

"Não precisa ficar esquentadinha. Eu já passei o nome de todo mundo para a organizadora de festa da minha avó, certo? Você e a Trish vão entrar. Só precisa aparecer por lá."

Sabe, está ficando cada vez mais claro para mim que as pessoas falam coisas sobre as atrizes que não são verdade. Tipo, vivem dizendo que algumas estão sempre de "mau humor". Quer dizer, como a Cameron Diaz e tal. Se ela estiver sob a METADE do estresse que eu estou, não é surpresa o fato de ela ter ataques e chutar os fotógrafos e quebrar a câmera deles e tal.

Isso só serve para mostrar que o que uma pessoa considera "má-educação" pode ser na verdade o reflexo da total frustração sobre ser empurrada até os limites da sua resistência mental e física.

É só isso que eu tenho a dizer.

Segunda-feira, 8 de março, Economia

Elasticidade.

Elasticidade é o grau a que uma curva de procura ou de oferta reage a uma mudança no preço.

A elasticidade varia entre os produtos de acordo com a necessidade real que o consumidor tem em relação àquele produto.

Estou achando que eu perdi muita elasticidade aos olhos do Michael depois de toda aquela coisa de dança sensual.

Ou talvez tenha sido a boina.

Segunda-feira, 8 de março, Inglês

Todo mundo está cansado demais para conversar ou até mesmo para passar bilhetinhos.

Além do mais, aparentemente, nenhum de nós leu *O Pioneers!* no fim de semana.

A srta. Martinez disse que está muito decepcionada conosco.

Entre na fila, srta. M. Entre na fila.

Segunda-feira, 8 de março, almoço

O J.P. veio sentar conosco de novo. Ele é o único na mesa (que está na peça — quer dizer, musical — pelo menos) que não está catatônico de exaustão. Ele até escreveu um poema novo. É assim:

> *Eu sempre quis*
> *Estar em uma peça*
> *Mas a emoção de passar as falas*
> *Diminui a cada dia que passa*
>
> *Agora que estou aqui,*
> *Só quero voltar*
> *Estou cansado de marcação*
> *Cansado de ensaiar*
>
> *Alguém, por favor, ajude,*
> *Ouça as nossas súplicas*
> *Tire a gente desta desvirtude*
> *Que é o musical* Trança!

Que engraçado. Eu poderia rir se o meu diafragma não estivesse doendo tanto de levantar aquele piano idiota.

Ainda não tive notícias do Michael. Eu sei que ele tem uma prova de História da Ficção Científica Distópica neste momento.

Então isso explica por que ele não me ligou para agradecer pelo cookie.

Não é porque ele nunca mais vai querer saber de mim nem ouvir falar de mim, por causa da dança sensual.

Provavelmente.

Segunda-feira, 8 de março, Superdotados e Talentosos

Certo, ela enlouqueceu de vez.

Falando sério. Qual é o PROBLEMA dela? Ela espera que todos nós a ajudemos a publicar a revista literária idiota dela — rigorosamente: ela acabou de entrar com 3.700 páginas que nós aparentemente temos de juntar e grampear — mas mesmo assim se recusa a tirar "Chega de milho!".

"Lilly", eu disse. "POR FAVOR. A gente conhece o J.P. agora. A gente ficou AMIGO dele. Você não pode publicar essa história. Só vai deixá-lo magoado! Quer dizer, eu faço ele se MATAR no fim."

"O J.P. é poeta", a Lilly respondeu.

"E DAÍ, O QUE ISSO TEM A VER COM QUALQUER COISA?"

"Os poetas se matam o tempo todo. É um fato estatístico. Entre os escritores, os poetas são os que têm a menor expectativa de vida. Eles têm mais probabilidade de se matar do que os escritores de prosa ou de não-ficção. O J.P. provavelmente vai concordar com a maneira como você terminou "Chega de milho!", já que é a maneira como ele vai morrer mesmo, algum dia."

"Lilly!"

Mas ela não se abala.

Eu me recusei a ajudar a juntar e grampear com bases éticas, então ela conseguiu que o Boris fizesse isso no meu lugar.

Dá para ver que ele não está com a mínima vontade. Ele simplesmente está cansado demais para ensaiar com o violino dele.

Sabe, estou começando a me perguntar se vender velas não teria sido mais simples do que tudo isso.

Segunda-feira, 8 de março, Ciências da Terra

O Kenny não estava cansado demais ontem à noite para fazer a nossa ficha do laboratório.

Mas ESTAVA cansado demais para não derramar molho de tomate em cima do papel todo.

Eu copiei tudo de graça. Eu desisti do Alfred Marshall oficialmente. Ele pode dar certo para Grandmère e a Lana, mas não fez porcaria nenhuma por mim.

Ainda não tive nenhuma notícia do Michael. E a aula de História da Ficção Científica Distópica no Cinema dele já deve ter terminado.

Acho que é oficial.

Ele me odeia.

DEVER DE CASA

Educação Física: LAVAR O SHORT DE GINÁSTICA!!! NÃO ACREDITO QUE EU ESQUECI!
Economia dos Estados Unidos: Sei lá. Estou cansada demais para me preocupar
Inglês: s/l (sei lá)
Francês: s/l
Superdotados e Talentosos: Até parece
Geometria: s/l
Ciências da Terra: s/l (depois o Kenny me diz)

Segunda-feira, 8 de março, na limusine, indo do Plaza para casa

Não dá para acreditar.
    Mesmo. É demais. Depois de tudo aquilo...
    Certo. Eu preciso me controlar. PRECISO. ME. CONTROLAR.
    A coisa começou de um jeito bem inocente. Todo mundo só estava lá deitado no chão do salão de baile, exausto da leitura final.
    Daí alguém — acho que foi a Tina — falou assim:
    "Hm, vossa alteza? Os meus pais querem saber onde eles podem comprar os ingressos para este espetáculo, porque eles não querem perder."
    "O nome dos pais de todos vocês já foi colocado na lista de convidados", Grandmère disse, do lugar onde estava sentada, fumando um cigarrinho pós-ensaio (parece que ela está se permitindo fumar depois dos ensaios, além de depois das refeições), "para quarta-feira."
    "Quarta-feira?", a Tina perguntou com uma inflexão esquisita na voz.
    "Precisamente", Grandmère disse, exalando um fio de fumaça azul. O *Señor* Eduardo deu uma tossidinha no meio do sono, já que um pouco da fumaça foi na direção dele.
    "Mas quarta-feira à noite não é o evento beneficente Aide de Ferme?", outra pessoa, acho que foi o Boris, perguntou.
    "Precisamente", Grandmère disse, de novo.

E foi aí que a coisa finalmente ficou clara.

A Lilly foi a primeira a se manifestar.

"O QUÊ?", ela exclamou. "Você vai fazer a gente encenar esta peça na frente de toda aquela gente que vai estar na sua FESTA?"

"É um musical", Grandmère respondeu, toda sombria. "Não uma peça."

"Quando eu perguntei na semana passada, você disse que a peça seria encenada dali a uma semana!", a Lilly gritou. "E era quinta-feira!"

Grandmère deu um trago no cigarro.

"Ah, que coisa", ela disse, sem parecer nem um pouco preocupada. "Eu me enganei por um dia, não foi mesmo?"

"Eu *não* vou", o Boris disse, levantando-se e ficando bem alto, "ser estrangulado com o cabelo de uma menina qualquer na frente do Joshua Bell."

"E *eu* não vou", a Lilly declarou, "interpretar a amante de alguém na frente da Benazir Bhutto, não importa quanto tempo ela tenha dado apoio ao Taliban."

"Eu não quero fazer papel de criada na frente de celebridades", a Tina disse, toda ressentida.

Grandmère, com muita calma, apagou o cigarro em um prato que alguém tinha deixado em cima do piano. Vi o Phil olhando para o cigarro apagado todo nervoso, sentado ali ao teclado. Obviamente, ele estava tão nervoso quanto eu com a possibilidade de contrair câncer de pulmão como fumante passivo.

"Então, é assim que vocês me agradecem", Grandmère disse com sua voz rouca por causa de tantos cigarros Gitane, ecoando por todo o salão vazio, "por pegar a vidinha comum e tediosa de vocês e enchê-la de glamour e arte?"

"Hm. A minha vida já contém arte. Não sei se a senhora está ciente do fato, vossa ilustríssima majestade, mas eu sou violinista de concerto e...", Boris disse.

"Eu tentei", a voz de Grandmère soou, quando ela o ignorou, "fazer algo para preencher seus dias monótonos de escravidão escolar. Tentei dar-lhes algo significativo, algo que almejar. E é assim que vocês retribuem. Reclamando por não desejarem compartilhar o que nos esforçamos tanto para criar juntos com os outros. Que tipo de ATORES vocês são????"

Todo mundo ficou olhando pasmo para ela. Porque, é claro, nenhum de nós se considerava qualquer tipo de ator.

"Por acaso vocês não foram", Grandmère quis saber, "colocados nesta terra com a obrigação divina de compartilhar seus talentos com os outros? Vocês têm a coragem de NEGAR o plano de Deus ao PRIVAR o mundo do direito de vê-los representando sua arte? É ISSO que estão tentando me dizer? Que vão DESAFIAR Deus?"

Só a Lilly teve coragem de responder.

"Hm", ela disse. "Vossa Alteza, acho que eu não estou negando Deus — isso se ele de fato existir —, ao dizer que não estou muito a fim de me fazer de idiota na frente de um monte de líderes mundiais e estrelas de cinema."

"Tarde demais!", Grandmère exclamou. "Você já fez isso! Porque só uma idiota tem vergonha de alguma coisa. De onde você acha que o mundo veio, aliás? Um verdadeiro artista nunca se envergonha de seu trabalho. NUNCA."

"Beleza", a Lilly disse. "Eu não tenho vergonha. Mas..."

"Este espetáculo", Grandmère prosseguiu, "ao qual todos vocês deram o sangue, é importante demais para não ser compartilhado com o maior número de pessoas possível. E qual evento poderia ser mais adequado para esta primeira e única apresentação do que um evento beneficente que tem como objetivo arrecadar fundos para os cultivadores de azeitona pobres da Genovia? Vocês não percebem, pessoal? *Trança!* tem uma mensagem — uma mensagem de esperança — que é vital para as pessoas — especialmente para os agricultores da Genovia. Nessa época sombria, nosso espetáculo mostra que as pessoas más no final nunca vencem, e que até mesmo os mais fracos entre nós têm seu papel no esforço de derrotá-las. Será que se negássemos essa mensagem aos outros não estaríamos, em essência, permitindo que as pessoas más vencessem?"

"Ai, caramba", ouvi a Lilly resmungar bem baixinho.

Mas todo o restante do pessoal pareceu ficar bastante inspirado.

Até todo mundo se dar conta de que quarta-feira à noite é depois de amanhã.

E alguns de nós — tudo bem, o Kenny — ainda nem sabem a coreografia.

E é por isso que Grandmère mandou a gente se preparar para ensaiar a noite toda amanhã, se for necessário.

Bom, mas o discurso de Grandmère foi MESMO bem inspirador. A gente realmente NÃO PODE deixar as pessoas maldosas vencerem.

Mesmo se as pessoas maldosas por acaso forem... bom, nós mesmos.

E é por isso que eu acabei de falar para o Hans me levar para o Eagle Hall, onde o Michael mora na Universidade de Colúmbia. Vou fazer com que ele me perdoe, mesmo que eu precise me esparramar no chão como o Rommel faz quando percebe que é hora de tomar banho.

Segunda-feira, 8 de março, na limusine, voltando do alojamento do Michael

Uau. Uau, uau, uau, uau, uau, uau, uau, uau, uau, uau, uau.

Essa é a única coisa que eu posso pensar em dizer.

E também: como eu sou burra.

Falando sério. Quer dizer. Todas as indicações estavam lá, e eu simplesmente não juntei uma com a outra.

Certo, talvez, se eu escrever tudo de maneira lúcida, vou conseguir processar.

Então, eu entrei no Eagle Hall, onde o Michael mora, e chamei o quarto dele pelo interfone, da recepção. Para variar, ele estava mesmo em casa — graças a Deus. Ele pareceu meio surpreso quando ouviu a minha voz no aparelho, mas disse que ia descer logo, porque os seguranças do campus vigiam as portas do alojamento e não deixam ninguém passar pela recepção, a não ser que a pessoa esteja acompanhada por um residente. Nem mesmo que seja uma princesa com seu guarda-costas. O residente precisa descer e dar autorização, os visitantes têm de deixar a identidade com o segurança e tudo o mais.

Achei que era bom sinal o fato de o Michael se mostrar disposto a descer para autorizar a minha entrada.

Até eu o ver.

Daí percebi que não tinha absolutamente nada de bom naquilo.

Porque o Michael parecia triste DE VERDADE por causa de alguma coisa. Quer dizer, triste MESMO.

E eu comecei a ter um pressentimento muito ruim.

Porque, sabe como é, eu sei que ele está em prova nesta semana e tudo o mais. E isso já seria suficiente para deixar qualquer pessoa deprimida.

Mas o Michael não estava com cara de quem estava deprimido por causa de provas.

Ele estava mais com cara de deprimido porque tinha acabado de descobrir que a namorada dele era uma louca completa e agora ia ter de terminar tudo com ela.

Mas eu achei que talvez eu só estivesse... sabe como é. Fazendo uma projeção ou algo assim.

Mesmo assim, durante todo o trajeto até o quarto dele, no elevador, eu fiquei ensaiando na cabeça o que eu ia dizer. Sabe como é, como eu agiria quando ele mencionasse a Dança Sensual. E a cerveja. Eu estava pensando que não ia ser muito difícil convencê-lo de que eu estava sofrendo de desequilíbrio hormonal temporário na hora, porque a esta altura eu já devia estar acostumada a atuar, já que faz uma semana que eu não faço nada além disso.

Além do mais, sabe como é, por eu ser a maior mentirosa do mundo.

Mas o negócio do J.P. ia ser mais difícil de explicar. Porque eu não sabia bem se eu mesma entendia.

Daí, quando chegamos ao andar do Michael, o Lars discretamente se sentou na sala de TV, onde estava passando um jogo, e o Michael e eu fomos para o quarto dele, que por sorte estava vazio, porque o colega de quarto dele, o Doo Pak, estava em uma reunião da Associação dos Alunos Coreanos.

"Então", eu disse, tentando parecer natural, depois de me sentar na cama bem arrumadinha do Michael. Só que eu não estava me sentindo nem um pouco à vontade. Aliás, parecia que o sangue das minhas veias tinha congelado. Se alguém tivesse cortado o meu braço fora naquele momento, tenho bastante certeza de que ele teria se despedaçado em mil fragmentos em vez de sangrar, como se eu fosse um daqueles caras congelados da prisão criogênica de *O demolidor* (mais um filme de ficção científica distópica).

Porque, de repente, eu tive a certeza de que o Michael ia terminar comigo por ter agido como uma louca imatura na festa dele.

E, antes que eu me desse conta, eu me ouvi falando:

"Olha, sinto muito por aquela dança sensual idiota. Sinto muito, muito mesmo. E não tem nada rolando entre mim e o J.P. É sério. Mas é que eu estava HISTÉRICA. Quer dizer, com todas aquelas garotas de faculdade superinteligentes lá..."

O Michel, que tinha se sentado na cadeira da escrivaninha, na minha frente, ficou olhando para mim com cara de quem não estava entendendo nada.

"Dança sensual?"

"É", eu respondi. "Aquela que eu fiz com o J.P."

O Michael ergueu as sobrancelhas.

"Era *isso* que você estava fazendo? Uma dança sensual?"

"Era", deu para sentir as minhas bochechas ficando vermelhas. Mas preciso dizer uma coisa: quando a Buffy fez aquela dança sensual no Bronze para deixar o Angel com ciúme naquele episódio de *Buffy*, *a caça-vampiros*, tenho bastante certeza de que o Angel saiu de lá e matou um monte de vampiros só para trabalhar sua frustração sexual. Pode deixar que o MEU namorado nem reconhece uma dança sensual quando vê uma na frente.

Tentei não pensar na insinuação que ele fez, para o bem do futuro do nosso relacionamento. Isso sem falar nas minhas capacidades de fazer uma dança sensual.

"A culpa não é só minha", eu insisti. "Bom, quer dizer, a parte da dança sensual é. Mas você me convida para essa festa já sabendo que eu vou ser a pessoa mais nova e menos inteligente lá. Como você ACHA que eu ia me sentir? Eu me senti totalmente acuada!"

"Mia", o Michael disse, um tanto seco. "Você não era, nem de longe, a pessoa menos inteligente lá. E você é princesa. E *você* se sentiu acuada?"

"Bom", eu respondi. "Posso ser princesa, mas mesmo assim eu me sinto acuada. Principalmente por garotas mais velhas. Garotas de faculdade. Que sabem... coisas de faculdade. E sinto muito por ter dado uma de boba. Mas será que o que eu fiz foi mesmo assim tão imperdoável? Quer dizer, eu só tomei UMA cerveja e fiz uma dança sensual com outro cara. E, tecnicamente, eu nem estava dançando com ele, só estava meio que na frente dele. E, tudo bem, talvez não tenha sido assim tão sensual, em última instância. E agora eu vejo que aquela boina foi um erro. A coisa toda foi completamente imatura, eu sei. Mas..." dava para sentir as lágrimas se acumulando nos meus olhos. "Mas você podia ter me ligado, em vez de me dar o tratamento de silêncio durante dois dias."

"Tratamento de silêncio?", o Michael repetiu. "Do que é que você está falando? Eu não dei nenhum tratamento de silêncio para você, Mia."

"Dê licença", eu disse, fazendo força para não me desmanchar em lágrimas. "Eu deixei, tipo, uns cinqüenta recados para você, e ainda mandei bagels e um cookie gigante, e a única coisa que recebi de você foi um texto enigmático, A GENTE TEM Q CONVERSAR..."

"Dê um tempo, Mia", o Michael disse. Agora ele parecia meio aborrecido. "Eu ando um pouco preocupado..."

"Eu sei bem que o seu curso de História da Ficção Científica Distópica no Cinema é muito intenso e tudo o mais", eu interrompi. "E sei que eu agi como uma boba na sua festa. Mas você pelo menos podia..."

"Não é com dever de casa que eu estou preocupado, Mia", o Michael disse, interrompendo a minha interrupção. "E é verdade, você agiu *mesmo* como uma boba na minha festa. Mas o problema também não é esse. A verdade é que eu ando tentando dar conta de um drama familiar. Os meus pais... vão se separar."

Hm. O QUÊ??????

Fiquei olhando pasma para ele. Achei que eu não tinha ouvido direito.

"Como assim?", perguntei.

"É." O Michael se levantou, ficou de costas para mim e passou a mão pelo cheio cabelo escuro. "Os meus pais vão acabar com tudo. Eles me contaram na noite da festa." Ele se virou para mim e eu vi que, apesar de ele estar tentando esconder, ele estava preocupado. Preocupado de verdade.

E não porque a namorada dele não é uma menina festeira. Nem porque gosta DEMAIS de fazer festa. Não tem absolutamente nada a ver com nenhuma dessas coisas.

"Eu poderia ter dito para você naquele dia", ele falou. "Se você não tivesse ido embora. Mas, quando eu saí do quarto deles, você não estava mais lá."

Fiquei olhando para ele horrorizada, percebendo a verdadeira magnitude da minha estupidez naquela noite. Eu tinha fugido da festa dele, com vergonha de ter sido pega pelos pais do Michael, fazendo uma dança sensual com outro cara, e achando que ele também tinha sentido a mesma coisa por causa disso... Por que outro motivo ele poderia ter saído da sala e me deixado sozinha daquele jeito?

Mas agora eu percebi que ele teve uma boa razão para desaparecer do jeito que desapareceu. Ele estava conversando com os pais. Que não estavam dizendo para ele terminar com a namorada vagabunda dele, que fica fazendo danças sensuais.

Em vez disso, estavam dizendo para ele que *eles* iam se separar.

"Eles não tinham ido para conferência nenhuma no fim de semana", o Michael disse. "Eles mentiram para mim. Eles foram a uma sessão-maratona com um conselheiro matrimonial. Foi o último recurso que eles encontraram para ver se conseguiam resolver as coisas. E não deu certo."

Fiquei olhando para ele. Parecia que alguém tinha me dado um chute no peito. Eu mal conseguia respirar.

"A Ruth e o Morty", eu me ouvi falando baixinho. "Vão se separar?"

"A Ruth e o Morty", ele confirmou. "Vão se separar."

Pensei em uma coisa que a Lilly tinha dito no dia que batemos a cabeça na limusine. "Acho que a Ruth e o Morty têm mais coisas com que se preocupar", foi o que ela disse.

Lancei um olhar assustado para o Michael.

"A Lilly sabe?"

"Meus pais estão esperando o momento certo para contar para ela", o Michael disse. "Eles nem queriam contar para *mim*, só que... eu percebi que tinha alguma coisa errada. Mas, bom, parece que eles acham que, por causa dessa revista em que a Lilly está trabalhando, e a peça de que vocês estão participando..."

"Musical", eu disse.

"...ela parece estressada agora, então acharam melhor falar depois. Eu não concordo exatamente com a decisão deles, mas eles me pediram para deixar que façam do jeito deles. Então, por favor, não diga nada a ela."

"Acho que ela sabe", eu respondi. "Na limusine, outro dia... ela fez um comentário."

"Eu não me surpreenderia", o Michael disse. "Ela deve ter desconfiado, pelo menos. Quer dizer, ela passou o ano todo em casa com os dois brigando, enquanto eu fiquei aqui no alojamento, meio afastado de tudo."

"Ai, meu Deus", eu disse, sentindo uma pontada de pena da Lilly. De repente, compreendi por que ela estava meio esquisita com aquele negócio da revista literária. Quer dizer, se ela sabia que os pais estavam se separando, isso totalmente explicaria as variações de humor e a esquisitice generalizada dela.

Pena que eu não tinha desculpa para a MINHA esquisitice.

"Michael", eu disse, "eu não fazia a mínima idéia. Eu achei... Eu achei que você estava bravo comigo por eu ter me comportado como uma maluca completa naquela noite. Achei que você estava com nojo de mim. Ou decepcionado comigo. Por eu não ser uma menina festeira."

"Mia", o Michael disse, sacudindo a cabeça... quase como se ELE também não estivesse acreditando que tudo aquilo estava acontecendo. "Eu *estava* chateado com você. Eu não *quero* uma menina festeira. Eu só quero..."

Mas, antes que ele pudesse dizer qualquer outra coisa, a porta do quarto abriu e o Doo Pak entrou, com aquela cara alegre dele de sempre... principalmente depois de me ver.

"Ahh, oi, princesa!", ele exclamou. "Achei mesmo que você estava aqui, porque vi o sr. Lars na sala de TV! Como vai nesta noite? Obrigado pelo cookie gigante de "Desculpa". Estava muito delicioso. O Mike e eu passamos o dia inteiro comendo."

Eu ia dizer:

"De nada." Eu ia dizer: "Estou ótima, Doo Pak. E você?"

Mas não era isso que eu QUERIA dizer. O que eu QUERIA dizer era:

"Saia daqui, Doo Pak! Saia daqui! Michael, termine de dizer o que você estava dizendo. O que é que você *quer*? O QUE É QUE VOCÊ QUER???"

Porque, sabe como é, parecia que o assunto era levemente importante — principalmente levando em conta a parte do "Eu *estava* chateado com você" que precedeu a última sentença.

Mas daí o telefone tocou, Doo Pak atendeu e disse:

"Ah, olá, sra. Moscovitz! Sim, o Mike está aqui. Quer falar com ele? Tome, Mike."

E apesar de o Michael estar fazendo gestos por baixo do queixo para sinalizar "eu não estou aqui" para o Doo Pak, já era tarde demais. Ele teve de pegar o telefone e falar assim:

"Hm, mãe? É, oi. Agora eu não posso falar, posso ligar para você mais tarde?"

Mas eu ouvi a mãe dele falando sem parar.

E o Michael, sempre um filho prestativo, ficou ouvindo. Enquanto eu ficava lá sentada pensando: "O dr. e a dra. Moscovitz vão se separar? NÃO PODE ser. Não é possível. Isso simplesmente não é NATURAL para eles. É como... bom, é como se o Michael e eu fôssemos nos separar."

E, aliás, pode ser que seja exatamente isso que a gente esteja fazendo. Porque, sabe como é, ele não chegou a dizer que me perdoava. Pela coisa do J.P. Ele reconheceu que tinha ficado chateado comigo, mas não disse que CONTINUAVA chateado.

Ai, meu Deus. Será que o casal Moscovitz não é o único que está se separando neste momento?

Só que não tinha jeito de eu descobrir. Pelo menos não naquele momento, porque o Michael estava com o telefone colado no rosto e dizia:

"Mãe. Mãe, eu sei. Não se preocupe."

E daí eu entendi que aquilo que estava acontecendo com ele — e conosco — era muito mais grave do que algo que pudesse ser solucionado com um cookie de "Desculpa".

Eu também compreendi que eu não podia fazer absolutamente mais nada.

E foi por isso que eu me levantei e fui embora.

Afinal, o que mais eu podia fazer?

Do Gabinete de
Vossa Majestade Real

Princesa Amelia Mignonette
Grimaldi Thermopolis Renaldo

Caro dr. Carl Jung,

Estou ciente de que o senhor continua morto. No entanto, as coisas repentinamente pioraram muito.

E agora eu não estou tão preocupada em transcender o meu ego e alcançar a auto-atualização.

Em vez disso, estou preocupada com os meus amigos.

Não que eu não tenha os meus próprios problemas, é claro, mas agora que eu fiquei sabendo que os pais do meu namorado vão se separar, dr. Jung, e isso pode acabar com um jovem no seu melhor momento, como o Michael. Além de essa coisa obviamente estar fazendo com que ele fique muito magoado, também pode fazer com que ele internalize questões de abandono que, temo, podem acabar repercutindo na MINHA relação com ele. Quer dizer, e se, com o exemplo dos pais, o Michael aprender que a maneira de lidar com um conflito é sair do relacionamento?

Isso é algo que pode acontecer, totalmente. Eu sei porque eu vi uma vez naquele programa de relacionamentos da TV, o *Dr. Phil*.

E a verdade é que existe um conflito no nosso relacionamento NESTE MOMENTO, por causa de uma dança sensual em situação inoportuna da minha parte.

Será que tem COMO as coisas piorarem?

POR FAVOR, ENVIE AJUDA.

Sua amiga,
Mia Thermopolis

Segunda-feira, 8 de março, meia-noite, no loft

Sabe o que tudo está me lembrando? "Chega de milho!" É sério. A parte em que o personagem sem nome está vagando pelas ruas de Manhattan, rodeado por pessoas e, em última instância, sentindo-se solitário ao extremo. Tão solitário que percebe não ter escolha além de se jogar na frente do metrô da linha F.

Mas isso, se você pensar bem, é uma coisa muito egoísta de se fazer, porque o condutor do trem vai ficar traumatizado pelo resto da vida por causa disso.

Mesmo assim, parece que a minha vida começou a imitar a minha ARTE!!! É sério!!! A minha história de ficção está se tornando verdade, só que não para o J.P.

Para MIM.

O negócio é que, quando entrei na limusine, mandei um e-mail bem comprido para o Michael com o celular Sidekick do Lars, dizendo como eu o amo e como sinto muito, tanto por causa da coisa com os pais dele tanto por eu ser tão imatura e só pensar em mim. E pela dança sensual.

Eu achava que ia chegar em casa e encontrar um e-mail bem comprido dele também, dizendo que me perdoava por ter agido daquele jeito tão esquisito na festa dele.

Mas ele não respondeu.

Nada.

Não dá para acreditar. Quer dizer, o que eu faço AGORA? Eu já mandei um cookie de "Desculpa" para ele. Não tenho a mínima idéia sobre o que mais fazer. Se eu achasse que podia ajudar, eu compraria uma passagem para ele andar no ônibus espacial. Mas não acho que ajudaria.

Além do mais, não tenho dinheiro para uma viagem no ônibus espacial. Não tenho dinheiro nem para comprar um ônibus espacial de BRINQUEDO.

E como se isso já não bastasse, as palavras de despedida do Michael para mim ficam ecoando na minha cabeça: "Eu não quero uma menina festeira. Eu só quero..."

Eu só quero... O QUÊ?

Provavelmente, eu nunca vou saber. Mas não posso deixar de me preocupar com o fato de que, seja lá o que o Michael quer, eu não sou essa coisa.

E, neste momento, não posso dizer que o culpo.

Terça-feira, 9 de março, na limusine a caminho da escola

Então, a Lilly ficou toda:

"Ai meu Deus, o que aconteceu com VOCÊ?", quando entrou no carro.

E eu falei, tipo: "Como assim?"

E ela falou, tipo:

"Você parece péssima. O que foi, você não dormiu na noite passada ou o quê? A sua avó vai matar você. Hoje à noite, temos o ensaio com o figurino."

Então, obviamente, ela não sabe que eu sei sobre os pais dela. É possível que o Michael esteja errado, e a própria Lilly não esteja sabendo de nada. Não de verdade.

A menos que ela seja mesmo tão boa atriz quanto acha que é.

O que significa que eu não posso dizer para ela por que estou parecendo péssima. Quer dizer, a Lilly só me mataria LEVEMENTE se soubesse que eu sei que os pais dela vão se separar antes de ELA saber que os pais dela vão se separar. Além do mais, o Michael pediu para eu não comentar nada.

Acho que posso dizer que acho que o Michael e eu vamos terminar por causa da minha dança sensual com o J.P.

Mas será que isso não é um pouco mais do que ela seria capaz de suportar? Quer dizer, e se ela SOUBER sobre os pais dela? Será que é justo da minha parte achar que ela vai ter como encarar a separação deles JUNTO com a minha? Isso se for mesmo o que está acontecendo comigo e com o Michael?

Não. Não é.

Então, em vez de dizer a verdade, eu só falei assim:

"Não sei. Acho que estou ficando resfriada."

"Que droga", a Lilly disse. Daí ela me contou como já tinha conseguido montar quase vinte revistas, que já estavam grampeadinhas. Só faltam mais novecentas e oitenta. Porque, é claro, a Lilly acha que todo mundo na escola inteira vai querer comprar um exemplar.

Eu nem me dei o trabalho de contradizê-la. Para começo de conversa, eu me sinto totalmente vazia por dentro, então não estou nem aí.

E, por outro, ela foi totalmente má comigo quando pedi, MAIS UMA VEZ, para não publicar "Chega de milho!". Ela ficou toda:

"Onde é que nós estaríamos hoje se Woodward e Bernstein tivessem pedido para o jornal *Post* não publicar a reportagem deles sobre Watergate? Hein? Onde é que nós estaríamos?"

Mas revelar o escândalo de Watergate é COMPLETAMENTE diferente de "Chega de milho!". Uma coisa serviu para derrubar um presidente eleito. A outra só vai magoar os sentimentos de alguém. O que é mais importante?

Tanto faz. A Lilly só falou assim:

"O seu texto é a CHAMADA DE CAPA. Está logo ali, embaixo de *A bundinha rosa do Fat Louie*. 'Um conto da princesa da AEHS, Mia Thermopolis.' Não posso TIRAR agora, sem ter de refazer a CAPA, sem falar no sumário. Eu teria de diagramar a capa de novo, daí imprimir, depois tirar mil cópias. TUDO DE NOVO. NÃO vou fazer isto. Simplesmente NÃO vou fazer."

Eu disse a ela que ia ajudar a tirar as cópias. Mas ela só balançou a cabeça.

Não dá para acreditar que ela está disposta a magoar um amigo só porque é preguiçosa demais para agüentar uma máquina de xerox mais um pouco. E ainda mais depois de tudo o que eu já fiz por ela. Como proteger o estado mental frágil dela de saber da separação dos pais, e provavelmente do Michael e eu.

Caramba.

Terça-feira, 9 de março, sala de estudos

Ainda não consigo acreditar. Quer dizer, é como se a Wilma e o Fred Flintstone fossem se separar. Ou o Homer e a Marge Simpson. Ou a Lana Weinberger e o Josh Richter.

Bom, só que eu não fiquei nem um pouco mal quando ELES se separaram.

CASAIS QUE DEIXARIAM A GENTE TOTALMENTE DEPRIMIDA SE FOSSEM SE SEPARAR:

Sarah Michelle Gellar e Freddie Prinze Jr.
Kelly Ripa e Mark Consuelos
Scooby Doo e Salsicha
Melissa Etheridge e Tammy Lynn Michaels
Bruce Springsteen e Patti Scialfa
Russell e Kimora Lee Simmons
Ben Affleck e Matt Damon
Danny DeVito e Rhea Perlman
Will e Jada Pinkett Smith
Rainha Elizabeth e príncipe Philip
Kevin Bacon e Kyra Sedgwick
Gwen Stefani e Gavin Rossdale
Ellen DeGeneres e Portia de Rossi
Hermione e Ron

Jay-Z e Beyoncé
Téa Leoni e David Duchovny
Sandy e Kirsten Cohen
Tina Hakim Baba e Boris Pelkowski
Minha mãe e o sr. G

Não acredito que os Moscovitz vão se separar. Quer dizer, eles são PSIQUIATRAS JUNGUIANOS. Se eles não conseguem fazer um relacionamento dar certo, que tipo de esperança o restante de nós pode ter?

Do Gabinete de
Vossa Majestade Real

Princesa Amelia Mignonette
Grimaldi Thermopolis Renaldo

Caro dr. Carl Jung,

Bom, agora eu entendi. Entendi completamente.

Demorou um pouco. Reconheço. Mas eu finalmente absorvi a verdade.

É engraçado como, durante todo esse tempo, eu achei que a transcendência me deixaria feliz. Sabe, que por meio do conhecimento derradeiro de mim mesma eu conquistaria a felicidade total no fim. Caramba, como o senhor me enganou. Agora deve estar morrendo de rir aí no céu ou no lugar onde está. Porque o senhor sempre soube, não é mesmo? O senhor sabia a verdade.

E a verdade é que não existe árvore junguiana de autoatualização. Não *existe* transcendência do ego. O fato de os drs. Moscovitz estarem se separando só comprova isso.

A verdade é que a gente está sozinha.

E daí a gente morre.

Não se preocupe. Agora eu entendi.

Esta é a última carta que escreverei para o senhor. Adeus para sempre.

Sua ex-amiga,
Mia Thermopolis

Terça-feira, 9 de março, Economia dos Estados Unidos

Utilidade marginal = a satisfação adicional, ou quantidade de utilidade, conquistada por cada unidade extra de consumo. A utilidade marginal diminui com cada crescimento adicional no consumo de um bem.

Em outras palavras, quanto menos se tem de uma coisa, mais se quer ter.

Fenômeno com o qual eu estou muito familiarizada.

Terça-feira, 9 de março, Inglês

Mia, tudo bem com você? Está com cara de quem está ficando doente.

Ah, eu estou ótima, Tina. Ótima.

É?

Certo, é mentira. O Michael está chateado com a minha dança sensual com o J.P. Mas ele está MAIS chateado com uma coisa que não tem nada a ver comigo. Uma coisa que eu não posso contar para você. Mas ele mal está falando comigo. Eu já mandei um cookie de "Desculpa" para ele. Não sei mais o que fazer.

Talvez você não deva fazer mais nada. Os meninos não são iguais às meninas, sabe, Mia? Eles não gostam de falar sobre sentimentos. Provavelmente a melhor coisa que você pode fazer é deixar o Michael em paz. Seja o que for, ele vai falar com você assim que tiver resolvido tudo. Tipo o Boris e o Bartók dele.

Você acha mesmo? É muito difícil só ficar aqui sentada sem fazer nada! E quem é que não gosta de FALAR sobre sentimentos????

Eu sei. Mas os meninos são assim. Eles são tipo esquisitos por natureza.

Do que é que vocês duas estão falando?

Nada.

Nada.

Ah, sei. Nada, de novo. Tanto faz. Olha. Almoço. Vocês me ajudam a montar as revistas?

Claro.

NÃO!!!! O J.P. VAI VER O CONTO SOBRE ELE!!!! Agora ele senta com a gente no almoço!

É, que história é essa, aliás? Isso é tipo algo permanente ou algo tipo só até que o espetáculo passe?

Acho que é do tipo alguém está a fim da Mia.

O QUÊ????

Você acha?

NÃO ESTÁ NADA!!!!

Não sei, Mia. Tem a coisa da dança sensual. E eu vejo que ele fica olhando muito para você quando você não está prestando atenção.

Hm, e como é que você sabe que ele não está olhando para MIM, Tina?

Hm... bom, PODERIA ser você que ele olha, Lilly. Mas eu achei mesmo...

Você QUER que ele esteja olhando para você, Lilly?

EU NÃO DISSE ISSO. Só perguntei como é que a Tina pode ter tanta certeza de que NÃO sou eu. Quer dizer, você e eu ficamos juntas muito tempo. Ele podia estar a fim de MIM, não da Mia.

Ai, meu Deus. Você gosta do J.P.

NÃO GOSTO!

Gosta, gosta sim. Gosta total.

AI, MEU DEUS, SERÁ QUE DÁ PARA VOCÊ SER MAIS IMATURA???
NÃO VOU MAIS PARTICIPAR DESTA CONVERSA.

Ai, meu Deus. Ela gosta dele sim. Total.

Eu sei! Ela não podia ter sido mais óbvia.

É uma surpresa. O J.P. não parece ser do tipo dela.

Porque ele é bonito, fala inglês e vem de uma família rica?

Certo. Mas ele É do tipo criativo. E é alto. E dança muito bem.

Uau. Então não entendo. Se ela gosta dele, por que ela vai publicar uma história minha que só vai servir para deixá-lo magoado?

Não sei. Eu adoro a Lilly, mas não posso dizer que entendo as coisas que ela faz.

É. Posso dizer o mesmo a respeito de TODOS os Moscovitz.

Ah, Mia. O que você vai fazer a respeito do Michael?

Fazer? Nada. Quer dizer, o que eu POSSO fazer?

Uau. Você está mesmo aceitando muito bem essa atual desavença. Quer dizer, tirando o fato de que você está com cara de quem está com ânsia de vômito.

Eu ESTOU vomitando, Tina. Por dentro.

Terça-feira, 9 de março, almoço

Hoje, no almoço, o J.P. ficou todo:

"Tudo bem com você, Mia?"

E eu fiquei, tipo:

"Tudo. Por quê?"

E ele ficou, tipo:

"Porque você está toda pálida."

E eu fiquei, tipo:

"Eu estou PÁLIDA? Do que é que você está falando?"

E ele ficou, tipo:

"Não sei. Só que você não parece estar bem."

Isso não parece que alguém com uma paixão ardente e oculta por mim, diria.

Então a Tina deve estar errada. No fim, o J.P. deve mesmo estar interessado pela Lilly.

Seria legal se eles começassem a sair. Porque daí a Lilly ia ter algo para se sentir feliz, sabe, quando ela descobrir a verdade a respeito dos pais dela. E sobre o Michael e eu.

Além do mais, talvez assim a Lilly tenha menos tempo para ficar fazendo análise psicológica comigo na mesa do almoço, como começou a fazer agora mesmo.

Lilly: Qual é o problema, PDG? Por que você não terminou de comer o seu bolo de chocolate recheado de creme?

Eu: Porque não estou a fim de comer um bolo de chocolate recheado de creme.

Lilly: Desde quando você pode não estar a fim de comer um bolo de chocolate recheado de creme?

Eu: Desde hoje, certo?

O restante da mesa: Uuuuuuu.

Eu: Sinto muito. Não quis falar assim.

Lilly: Está vendo? Todo mundo sabe que tem alguma coisa errada. Fale logo.

Eu: NÃO TEM NADA DE ERRADO. EU SÓ ESTOU CANSADA, CERTO?

J.P.:   Ei, alguém quer ver as minhas bolhas? Por causa dos sapatos de jazz novos? São bem legais. Dêem uma olhada.

    Será a minha imaginação ou o J.P. estava simplesmente tentando distrair a Lilly para ela não implicar mais comigo?
    Meu Deus, COMO ele é legal.
    Eu PRECISO tirar aquele conto da revista da Lilly. Mas como? COMO????

Terça-feira, 9 de março, Superdotados e Talentosos

Bom. AQUILO não deu certo.

E, tudo bem, talvez eu devesse ter deixado para lá a coisa toda de ela gostar dele.

Mas, mesmo assim. Ela não tinha nada que contar para a sra. Hill que eu estava tentando sabotar a revista dela e pegar tudo e ir grampear sozinha na sala dos professores.

Tenho o sangue de muitas gerações de mulheres fortes e independentes correndo pelas minhas veias. Como é que elas lidariam com essa situação? Além de estrangular a Lilly, quer dizer.

Terça-feira, 9 de março, na escada do terceiro andar

O Kenny pegou o passe para ir ao banheiro e, alguns minutos depois, eu peguei o passe também, e nós dois cabulamos Ciências da Terra e encontramos a Tina, que cabulou geometria, e o Boris, que cabulou inglês, e a Ling Su, que cabulou artes, e nos encontramos aqui para repassar a coreografia que a gente ainda não conseguiu aprender muito bem.

Eu fiquei mal por cabular, e admito que estudar é importante.

Mas também é importante não se fazer de boba na frente do Bono.

Terça-feira, 9 de março, Salão Nobre de Baile do Hotel Plaza

Quando entramos no salão nobre de baile hoje à tarde, havia uma orquestra completa lá.

Também tinha um monte de técnicos de som e iluminação correndo de um lado para o outro, falando:

"Um dois, teste. Um, dois, um, dois, teste."

Também tinha um palco.

Isso mesmo. Um palco de verdade tinha aparecido em uma ponta do salão.

Parecia que o Ty do *Extreme Makeover: Reconstrução Total* tinha entrado ali à noite e construído um palco gigantesco, completo com um cenário rotativo com muros de castelo, uma cena de praia, lojas de vilarejo e a forja de um ferreiro.

Era incrível.

E o mesmo vale para o mau humor de Grandmère quando nós chegamos.

"Vocês estão atrasados!", ela berrou.

"Hm, é, desculpe, Grandmère", eu disse. "Houve um acidente com uma daquelas carruagens puxadas por cavalo na Quinta Avenida."

"Que tipo de profissionais vocês são?" Grandmère, aparentemente preferindo me ignorar, gritou. "Se este aqui fosse um verdadeiro espetáculo da Broadway, vocês todos estariam demitidos! Não há desculpa para atrasos!"

"Hm", o J.P. disse. "O cavalo caiu em um bueiro. Precisou de dez motoristas de táxi para tirá-lo dali, mas ele vai ficar bem."

Essa informação fez com que Grandmère se transformasse completamente. Ou melhor, a culpa foi da pessoa que FORNECEU a informação.

"Ah, John Paul", ela disse. "Eu não o vi aí. Venha até aqui, querido, e conheça a responsável pelo figurino. Ela vai ajustar a sua roupa de ferreiro."

!!!!!

Caramba!!! Se o J.P. gosta de mim ou da Lilly não faz a menor diferença. De todo modo, está bem claro de quem é que GRANDMÈRE gosta.

Então nós todos vestimos as nossas roupas e começamos a ensaiar com elas. Para impedir que a nossa voz ficasse abafada com todos os violinos e a seção de metais e tudo o mais, tivemos de colocar uns microfoninhos, como se este espetáculo fosse profissional, ou qualquer coisa assim. Foi bem esquisito cantar em um microfone — um DE VERDADE, e não uma escova de cabelo, que é o que eu geralmente uso. A voz fica ALTA de verdade.

Estou até meio feliz de ter treinado levantar aquele piano com a madame Puissant tantas vezes. Porque pelo menos agora eu consigo alcançar aquelas notas altas.

Mas todo o ensaio na escada não ajudou muito o Kenny com a parte da dança. Ele é um caso perdido. Parece que os pés dele não estão conectados às pernas, ou algo assim, e não obedecem aos comandos do cérebro. Grandmère agora está fazendo com que ele fique bem atrás nas cenas do coro.

Neste momento, ela está nos passando as "notas de elenco". É o que ela faz depois de cada passagem. Ela toma notas durante a apresentação e, em vez de parar para corrigir alguém, ela lê as anotações para cada um de nós no final. Neste momento, ela está instruindo a Lilly a não levantar a cauda do vestido comprido dela com as DUAS mãos quando ela sobe a escada do palácio para cumprimentar Alboin. Uma lady, Grandmère diz, levantaria o vestido com UMA das mãos.

"Mas eu não sou uma lady", a Lilly está dizendo. "Sou uma prostituta, está lembrada?"

"Uma amante", Grandmère diz, "não é uma prostituta, mocinha. Por acaso Camila Parker Bowles era prostituta? E madame Chiang Kai-Shek? Evita Perón? Não. Algumas das mulheres de mais destaque no mundo começaram sendo amantes de algum homem. Isso não significa que algum dia elas tenham se prostituído. E faça a gentileza de não discutir comigo. Você vai usar apenas UMA DAS MÃOS para erguer o seu vestido."

Agora ela está passando para o J.P. É claro que tudo o que ELE faz é perfeito.

Mas eu realmente não sei como ela acha que agradar o filho do John Paul Reynolds-Abernathy vai fazer com que ele desista de comprar a ilha da falsa Genovia.

Mas, bom, eu já parei de tentar entender as coisas que Grandmère faz. Quer dizer, essa mulher obviamente é um enigma embalado em um mistério. Bem quando eu acho que começo a entendê-la, ela aparece com algum plano louco novo.

Então, a esta altura eu já devia pensar assim: "Por que me importar?" Ela nunca vai me dizer qual é a motivação real por trás da maior parte das ações dela — tipo por que ela insiste tanto que *eu* faça o papel de Rosagunde e não alguém que de fato possa ser boa nisso, como a Lilly.

E ela nunca vai confessar por que essa coisa toda de ser legal com o J.P. vai ajudá-la com a ilha dela. A gente só tem de ficar sentado quietinho enquanto ela fala:

— Eu realmente gostei daquela mesura que você fez durante o número final, John Paul. Mas posso dar uma sugestão? Acho que seria adorável se, depois da mesura, você tomasse a Amelia nos braços e a beijasse, com o corpo dela inclinado para trás — pronto, Feather, mostre a ele o que eu quero dizer...

ESPERE. O QUÊ?

Terça-feira, 9 de março, na limusine, indo para casa do Plaza

AI, MEU DEUS!!!!!!!!!!! O J.P. VAI TER DE ME BEIJAR!!!!!!!!!!!! NA PEÇA!!!!!!!!!!

QUER DIZER, MUSICAL!!!!!!!!!!!!!!

Não consigo nem acreditar. Quer dizer, o beijo nem está no roteiro. Grandmère com toda a certeza só incluiu isso porque... nem sei por quê. Não ACRESCENTA nada ao enredo. É só um beijo idiota no fim, entre Rosagunde e Gustav.

Duvido até de que seja historicamente preciso.

Mas, bom, o fato de todas as pessoas do vilarejo e o rei da Itália se reunirem depois de Rosagunde matar Alboin e cantarem sobre como estão felizes por ele estar morto, provavelmente também não é historicamente preciso.

Mesmo assim. Grandmère SABE que o meu coração pertence a outro homem — mesmo que neste momento pode ser que estejamos atravessando uma fase estranha.

Mesmo assim. O que ela tem na cabeça para me pedir para beijar outro menino?

"Pelo amor de Deus, Amelia", ela disse, quando eu fui até ela — DISCRETAMENTE, porque é claro que eu não queria que o J.P. soubesse que eu não estava apoiando cem por cento a coisa toda do beijo. Não quero trair o meu namorado beijando outro cara — principalmente um cara com quem ele me viu fazendo uma dança sensual há menos de uma semana —, mas também não quero magoar o J.P — e perguntei se ela tinha perdido a cabeça.

"As pessoas esperam um beijo entre os protagonistas no final de um musical", Grandmère explodiu. "É uma crueldade deixar o público decepcionado."

"Mas, Grandmère..."

"E, por favor, não tente me dizer que você acha que beijar o John Paul seja uma grande traição do seu amor por Aquele Garoto." ("Aquele Garoto" é como Grandmère chama o Michael.) "Isso se chama ATUAR, Amelia. Você acha que o *Sir* Lawrence Olivier se importou quando a mulher dele, a Vivien Leigh, teve de beijar o Clark Gable em ...*E o vento levou*? Com certeza não. Ele compreendeu que aquilo era ATUAÇÃO."

"Mas..."

"Ah, Amelia, por favor! Não tenho tempo para isso! Tenho um milhão de coisas para fazer antes da apresentação amanhã, programas para repassar, quituteiras com quem conversar. Realmente não estou disposta a ficar aqui discutindo com você a respeito disso. Vocês dois vão se beijar e ponto final. A menos que você deseje que eu tenha uma conversinha com uma certa integrante do coro..."

Lancei um olhar de pânico na direção da Amber Cheeseman. Não tenho saída. E Grandmère sabe disso.

E deve ser por isso que ela estava com um sorrisinho maligno no rosto quando saiu batendo os pés para acordar o *Señor* Eduardo e mandá-lo para casa.

Mas como se tudo isso já não fosse bem ruim, quando eu saí do hotel, agora mesmo, e comecei a andar na direção da limusine, o J.P. saiu das sombras e disse o meu nome.

"Ah", eu respondi, toda confusa. Quer dizer, ele estava esperando por mim? Bom, obviamente. Só que... Por quê? "Qual é o problema? Precisa de carona? A gente pode levar você, se quiser."

Mas o J.P. falou assim:

"Não, não preciso de carona. Quero conversar com você sobre o beijo."

!!!!!!!!!!!!!

Certo. ISSO não me deixou assim tão histérica.

Mas eu não podia demonstrar nada, porque a Lilly estava na limusine esperando por mim, e ela totalmente viu a gente ali no tapete vermelho, abaixou a janela e falou assim:

"Andem logo, vocês dois, eu preciso chegar em casa e montar revistas!"

Caramba, às vezes ela consegue mesmo ser irritante.

"Olhe, Mia", o J.P. disse, ignorando a Lilly completamente, o que era absolutamente adequado. "Sei que você anda tendo problemas com o seu namorado, e que eles têm um pouco a ver comigo. Não, não tente negar. A Tina já me contou. Eu estava mesmo preocupado com você, porque parecia tão deprimida o dia inteiro, então eu forcei até ela me contar. A gente não precisa se beijar. Quando estivermos lá, no meio da apresentação, podemos fazer o que bem entendermos, de todo modo. Quer dizer, a sua avó não vai poder fazer nada para nos impedir. Então, eu só queria dizer que, se você, sabe como é, não quiser, a gente não precisa. Eu não vou ficar ofendido nem nada. Eu compreendo totalmente."

AI, MEU DEUS!

Essa não é a coisa mais fofa que já se ouviu em toda a vida?????

Quer dizer, é tão maduro e atencioso e tão nada a ver comigo da parte dele!

Acho que foi por isso que eu fiz o que fiz em seguida:

Que foi ficar na ponta dos pés e dar um beijo na bochecha do Cara Que Detesta Quando Colocam Milho no Feijão.

"Obrigada, J.P.", eu disse.

O J.P. pareceu extremamente surpreso.

"Por quê?", ele perguntou com a voz um pouco esganiçada. "Eu só disse que você não precisa me beijar se não quiser."

"Eu sei", eu respondi, apertando a mão dele. "Foi por isso que eu dei um beijo em você."

Daí eu pulei para dentro do carro.

Onde a Lilly imediatamente me cobriu de perguntas. Já que a gente ia deixá-la em casa a caminho do loft.

Lilly: Que negócio foi aquele?

Eu: Ele disse que eu não precisava dar um beijo nele.

Lilly: Então, por que você fez isso? Por que você deu um beijo nele, quer dizer?

Eu: Porque eu achei que ele foi fofo.

Lilly: Ai, meu Deus. Você gosta dele.

Eu: Só como amigo.

Lilly: E desde quando você dá beijos nos seus amigos? Você nunca deu um beijo no Boris.

Eu: Eca. Você ouviu aquela vez que ele falou que tinha problemas de secreção excessiva de saliva, ou sei lá o quê? Não sei como a Tina agüenta.

Lilly: O que está rolando entre vocês, Mia? Você e o J.P.?

Eu: Nada. Eu já disse. Somos só amigos.

E o negócio é que, apesar de eu saber que não devia entrar neste assunto, porque a Lilly está prestes a receber a pior notícia da vida dela, na forma da separação dos pais — quer dizer, quando alguém finalmente contar para ela e tal —, eu totalmente toquei no assunto. Porque estava muito brava.

Eu: A questão é: o que está rolando entre VOCÊ e o J.P.?

Lilly: EU? Não fui *eu* que beijei o J.P. Nem fiz uma dança sensual com ele. Eu só gosto dele como amigo, como você AFIRMA gostar.

Eu: Então por que você não tira o conto que eu escrevi sobre ele da sua revista? Quer dizer, você sabe que isso só vai servir para magoá-lo. Se você gosta mesmo dele como amigo, por que deseja magoá-lo?

Lilly· Não vou ser *eu* que vou magoá-lo. Vai ser *você*. Não fui *eu* quem escreveu aquele conto.

Meu Deus. Por que ela tem de esfregar isso na minha cara?

Quarta-feira, 10 de março, meia-noite, no loft

Nenhum e-mail do Michael.

Nenhuma mensagem também.

Sei que ele tem muita coisa na cabeça neste momento e não pode, tipo, concentrar-se totalmente em mim e nas MINHAS necessidades. Eu não estava achando que ia chegar em casa e encontrar um buquê de rosas enorme com um cartãozinho dizendo: "Eu te amo."

Mas um telefonema para garantir que a gente continua sendo, de fato, um casal, teria sido bem legal.

É. Só que não aconteceu. Cheguei em casa e todo mundo já estava dormindo. De novo.

Ser atriz, dedicada à sua arte, não é brincadeira. Quer dizer, agora eu sei como a Meryl Streep deve se sentir, chegando em casa tardíssimo da noite depois de ensaiar qualquer um dos filmes vencedores de Oscars que esteja estrelando. Nunca mais vou achar que a carreira de atriz é fácil.

Mas, bom, vou aceitar o conselho da Tina e dar espaço para o Michael. Do mesmo jeito que ela faz com o Boris quando ele precisa aprender alguma peça nova de Bartók.

E não posso dizer que condeno o Michael por não me ligar nem me mandar e-mail, porque eu obviamente não sou a pessoa mais *estável* que ele conhece. Não sei onde eu estava com a cabeça, com a idéia de provar que eu sou uma menina festeira, se não sou. Basicamente, eu só estava tentando manipular o Michael, e isso nunca é boa idéia. Quer dizer, a menos que você seja Grandmère ou a Lana, que são mestras na arte da manipulação — especialmente a manipulação das leis de oferta e procura.

Mas isso não significa que seja certo.

É sério. Só porque você É CAPAZ de fazer alguma coisa bem, isso não quer dizer que DEVE fazer.

Tipo o meu conto, por exemplo. Quer dizer, com certeza eu escrevo bem.

Mas será que isso me dá o direito de escrever um conto baseado em uma pessoa que existe de verdade, que possivelmente vai ler essa história e ficar incomodada por causa dela?

Não. Só porque você TEM o poder, isso não significa que você deva USÁ-LO. Ou, pelo menos, que deva ABUSAR dele.

E é exatamente o que Grandmère e a Lana fazem com a coisa da economia. Se você tiver sorte o bastante para TER um talento — como o meu para a escrita —, você tem a obrigação moral de usar o seu talento para o BEM.

Foi o que aconteceu com a coisa do Michael. Sabe, quando eu fiz a dança sensual? Foi aí que as coisas deram para trás. Porque eu estava tentando manipular as pessoas. O que é mau, não bom.

Eu sou uma aproveitadora da economia maligna. Eu...

ALGUÉM ESTÁ ME MANDANDO UMA MENSAGEM INS-TANTÂNEA!!!!!!!!!!

TOMARA QUE SEJA O MICHAEL
TOMARA QUE SEJA O MICHAEL
TOMARA QUE SEJA O MICHAEL
TOMARA QUE

Ah. É a Lilly.

WOMYNRULE: Sabe, foi mesmo muita presunção da sua parte dar um beijo nele, daquele jeito, se você não gosta dele desse jeito. E se ele ficar com a impressão errada? Você já fez uma dança sensual com ele, e agora você sai por aí dando beijo nele? Para alguém que se preocupa tanto em magoá-lo, parece mesmo que você não pensou muito sobre o assunto.

!!!!!

FTLOUIE: Ah é? Bom, para alguém que afirma não gostar dele como nada mais além de um amigo, você parece mesmo muito preocupada com a possibilidade de ele gostar de mim.

WOMYNRULE: Só porque eu PENSEI que você namorava o meu irmão. Mas parece que um cara só não basta para você. Você quer ficar com TODOS os caras.

FTLOUIE: O QUÊ??? Do que é que você está falando? EU NÃO GOSTO DO J.P.

WOMYNRULE: Claro que não gosta. Aposto que, se eu olhasse para as suas narinas neste exato momento, elas estariam abanando.

FTLOUIE: AI, MEU DEUS, não estou MENTINDO. Lilly, eu amo o seu irmão, e APENAS o seu irmão. Você SABE disso. Qual é o seu PROBLEMA?

WOMYNRULE: Log off

Uau. Ainda bem que os pais dela não vão contar sobre a separação deles para ela por enquanto. Se ela age assim ANTES de saber, não quero nem pensar no que ela vai fazer DEPOIS de saber.

A menos que ela JÁ saiba, como o Michael desconfia, e só esteja FINGINDO que não sabe. Isso explicaria muito sobre a atitude que ela está tendo agora.

Mas, independentemente disso, pelo menos eu sei o que tenho de fazer agora. A minha missão, finalmente, está clara. Uma sensação de calma se instalou em mim.

Ah, espera. É só o Fat Louie dormindo em cima dos meus pés.

Mesmo assim. Tenho um plano.

Sobre como eu vou impedir que o J.P. leia "Chega de milho!", quer dizer. Não sei o que eu vou fazer a respeito da confusão do resto da minha vida.

Mas eu sei o que eu vou fazer a respeito de *A bundinha rosa do Fat Louie*.

E, de verdade, acho que o Carl Jung E o Alfred Marshall iriam aprovar a minha solução.

Do Gabinete de
Vossa Majestade Real

Princesa Amelia Mignonette
Grimaldi Thermopolis Renaldo

Caro dr. Carl Jung,

Oi. Peço desculpas pela minha última carta. Eu estava meio... sabe como é... lelé da cuca.

Bom, o senhor conhece essas coisas, quer dizer, o senhor dedicou toda a carreira para estudar pessoas malucas como eu.

Bom, mas eu só queria dizer que não precisa se preocupar. As coisas estão melhores agora. Acho que eu finalmente entendi tudo. Sabe, a coisa toda da transcendência. Não tem a ver com o que acontece DENTRO da gente. O que a gente LIBERA é o que importa.

Bom, sabe como é, não que a pessoa deva se *liberar* e fazer sexo. Mas estou falando do que a gente solta no universo. Tem a ver com ser gentil com os outros, e dizer a verdade em vez de mentir o tempo todo, e usar as suas capacidades para o bem e não para o mal. Tipo, se o seu namorado vai dar uma festa, você deve tentar ir lá e se divertir, em vez de criar planos mirabolantes para tentar fazer com que ele ache que você é uma festeira.

E se a sua amiga vai publicar um conto em uma revista que pode magoar alguém, você deve impedi-la.

Certo?

Bom, é sério. Vou dedicar o resto da minha vida a dizer a verdade e a fazer boas ações. É sério mesmo. Porque agora eu sei que essa é a única maneira por meio da qual eu posso alcançar a auto-atualização, e que pessoas como a minha avó e a Lana Weinberger, que recorrem a mentiras e chantagens e se aproveitam da lei da oferta e da procura, nunca encontrarão a iluminação espiritual.

Bom, tendo em vista como agora eu me comprometi a percorrer o caminho da verdade e tudo o mais, será que existe alguma possibilidade de que uma parte do meu processo de auto-atualização, quando ocorrer depois de eu desempenhar todas as minhas boas ações, possa ser o meu namorado me perdoar por eu ser tão louca? Porque é sério: eu estou sentindo muito a falta dele.

Espero que isso não seja pedir demais. Eu sinceramente não quero ser egoísta. É só que, sabe como é, eu amo o Michael e tudo o mais.

Cheia de esperança,
Sua amiga,
Mia Thermopolis

Quarta-feira, 10 de março, sala de estudos

Então, parece que a Lilly não vai mais falar comigo. Ela não estava esperando na frente do prédio dela hoje de manhã para pegar uma carona conosco para a escola. E quando eu entrei e pedi para chamarem pelo interfone, ninguém respondeu.

Mas eu sei que ela não está doente em casa porque acabei de vê-la na frente da Ho's Deli, comprando um café com leite de soja.

Quando eu acenei, ela só deu as costas para mim.

Então, agora os DOIS Moscovitz estão me ignorando.

Esse não é um jeito muito bom de dar início ao meu primeiro dia no caminho da virtude.

Quarta-feira, 10 de março, Educação Física

Certo, eu sei que cabular a aula de ginástica provavelmente não é o caminho mais direto para alcançar a transcendência do ego.

Mas foi por uma causa totalmente boa!

Até o Lars concorda. O que é conveniente, porque eu vou precisar da ajuda dele para carregar as coisas. Quer dizer, eu não tenho força na parte superior do corpo para carregar 3.700 folhas de papel.

Pelo menos, não de uma vez só.

Quarta-feira, 10 de março, Economia

Certo. Acho que eu ainda tenho muito chão a percorrer no caminho da virtude. Quer dizer, eu ACHEI mesmo que estava fazendo a coisa certa.

No começo.

Eu totalmente me lembrei da combinação do armário da Lilly, da vez que ela ficou gripada e eu tive de levar os livros para ela em casa.

E, quando eu abri a porta do armário dela, a pilha de mil cópias de *A bundinha rosa do Fat Louie*, número I, 1ª edição, estava bem ali, esperando para ser vendida no almoço de hoje.

Foi muito fácil pegar.

Bom, tudo bem, não tão fácil ASSIM, porque é pesado. Mas o Lars e eu dividimos a pilha e eu saí enlouquecida, procurando um lugar para esconder tudo — algum lugar onde a Lilly jamais encontraria, porque dá para saber que ela vai procurar, quando vi o banheiro masculino.

Bom, fala sério! Como é que ela poderia entrar ali para procurar?

Então o Lars e eu entramos cambaleando lá dentro, carregando aquele monte de papel, e eu mal tive tempo de registrar o fato de que nos banheiros masculinos da AEHS não tem espelho em cima das pias, e também não tem porta nos reservados (que é uma coisa completamente sexista, se quer saber a minha opinião, por que por acaso os meninos não precisam de privacidade nem de olhar como está o cabelo deles também?), e logo percebi que nós não estávamos sozinhos ali.

Porque o John Paul Reynolds-Abernathy IV estava lá, parado na frente de uma pia, enxugando as mãos com uma toalha de papel!!!!!

"Mia?", O J.P. ficou olhando do Lars para mim e vice-versa. "Hm. Oi. O que é isso aí?"

Tanto o Lars quanto eu ficamos paralisados. Eu falei:

"Hm. Nada."

Mas o J.P. não acreditou em mim. É óbvio.

"O que é esse monte de papel?", ele perguntou, apontando com a cabeça para as pilhas enormes que estavam fazendo com que a gente quase perdesse o equilíbrio. Daí eu me lembrei de que eu supostamente deveria percorrer o caminho da verdade, e tudo o mais.

"Hm", eu respondi, tentando desesperadamente pensar em algum tipo de desculpa para dar a ele.

Mas daí eu me lembrei de que eu supostamente deveria percorrer o caminho da verdade, e tudo o mais, e que eu tinha prometido para a memória do dr. Carl Jung que não ia mais mentir.

Então, eu não tive escolha além de dizer:

"Bom, a verdade é que estas são cópias do meu conto para *A bundinha rosa do Fat Louie*, que eu roubei do armário da Lilly e estou tentando esconder no banheiro masculino, porque não quero que ninguém leia."

O J.P. ergueu as sobrancelhas.

"Por quê? Você não acha que o seu conto é bom?"

Eu fiquei MESMO com vontade de responder que não.

Mas como eu jurei que só diria a verdade daqui para a frente, fui obrigada a dizer:

"Não exatamente. A verdade é que eu escrevi um conto, hm, sobre você. Mas muito antes de a gente se conhecer! E a coisa é realmente idiota e me dá muita vergonha, então eu não quero que você leia."

As sobrancelhas do J.P. subiram ainda MAIS.

Mas ele não parecia bravo. Parecia... na verdade, parecia que ele estava meio que lisonjeado.

"Você escreveu um conto sobre mim, é?" ele se escorou em uma das pias. "Mas não quer que eu leia. Bom, dá para entender o seu dilema. Mesmo assim, não acho que esconder os exemplares, mesmo no banheiro masculino, vai dar certo. Ela vai pedir para alguém procurar aqui, você não acha? Quer dizer, este seria o primeiro lugar em que *eu* procuraria, se eu fosse a Lilly."

O negócio é que, depois que ele disse isso, eu vi que ele tinha razão. Esconder os exemplares no banheiro masculino não ia impedir que Lilly os encontrasse.

"O que mais eu posso fazer com tudo isso?", eu choraminguei. "Quer dizer, onde a gente pode colocar para ela não encontrar?"

Parece que o J.P. refletiu sobre o assunto por um instante. Então ele aprumou o corpo e disse:

"Siga-me", e passou por nós, retornando ao corredor.

Olhei para o Lars. Ele deu de ombros. Então nós seguimos o J.P. pelo corredor, onde vimos que ele estava apontando...

...para um dos cestos de lixo reciclável. Um daqueles que eu tinha encomendado, que dizia PAPEL, VIDRO E BALA por cima.

Meus ombros desabaram de decepção.

"Ela vai olhar aí direto", eu choraminguei. "Quer dizer, até está escrito PAPEL por cima."

"Não", o J.P. disse, "se a gente colocar tudo no esmagador."

E foi aí que ele jogou a toalha de papel que tinha usado para enxugar as mãos na parte das latas do cesto de lixo...

...que imediatamente ganhou vida e deu início à sua ação esmagadora, transformando a toalha de papel em frangalhos.

"*Voilà*", o J.P. disse. "O seu problema está resolvido. Para sempre."

Mas quando o mecanismo interno de esmagamento do cesto de lixo finalmente se aquietou, eu olhei para a pilha de revistas nos meus braços.

E compreendi que não conseguiria fazer aquilo. Simplesmente seria impossível. Por mais que eu detestasse aquela capa horrorosa, e o conto que eu tinha escrito por baixo dela, eu sabia que não seria capaz de destruir algo a que a Lilly tinha se dedicado tanto.

"Princesa?", o Lars trocou de braço o peso das revistas e fez um gesto com a cabeça para o relógio do corredor. "O sinal já vai tocar."

"Eu...", fiquei olhando da capa rosa brilhante da revista para o rosto de J.P. e vice-versa. "Eu não vou conseguir fazer isso, J.P., sinto muito. Mas eu simplesmente sou incapaz. Ela ficaria tão magoada... e ela está passando por um período muito difícil agora. Mesmo que ela não saiba disso."

O J.P. assentiu com a cabeça.

"Ei", ele disse. "Eu compreendo."

"Não", eu respondi. "Acho que não compreende. A minha história sobre você é realmente idiota. E todo mundo vai ler. E saber que é sobre você. O que, reconheço, vai fazer com que EU pareça idiota, não você. Mas as pessoas podem... sabe como é. Rir. Quando lerem. E eu realmente não quero que você fique magoado, mas também não quero magoar a Lilly."

"Eu não me importaria muito comigo", o J.P. disse. "Eu sou uma pessoa solitária, está lembrada? Eu não ligo para o que os outros pensam sobre mim. Com exceção de algumas poucas pessoas especiais."

"Então...", eu fiz um sinal para a pilha de revistas nos meus braços. "Se eu colocar isto aqui de volta onde eu encontrei, e a Lilly vender durante o almoço, você não vai se importar?"

"Nem um pouco", o J.P. respondeu.

E ele ajudou o Lars e eu a colocarmos tudo de volta no armário da Lilly.

Daí o sinal tocou e todo mundo começou a sair das salas para o corredor e a ir em direção aos armários, e então a gente teve de se despedir, ou então chegaríamos atrasados na próxima aula.

A parte mais triste de tudo é que a Lilly não faz idéia do sacrifício que o J.P. vai fazer em nome dela. Ele gosta dela, TOTAL. É completamente ÓBVIO.

Quarta-feira, 10 de março, Inglês

Ei, você está nervosa com hoje à noite? Com a nossa grande estréia? Eu sei que eu estou!

Para dizer a verdade, eu ainda não tive oportunidade de pensar bem sobre isso.

É mesmo? Ai, meu Deus — você ainda não teve notícias do Michael?

Não.

Provavelmente porque ele vai fazer uma surpresa para você com um buquê enorme de rosas depois da apresentação hoje à noite!

Eu gostaria de viver na Tinalândia.

Quarta-feira, 10 de março, almoço

Entrei no refeitório e lá estava ela. No balcãozinho que ela montou, embaixo de um monte de cartazes que ela tinha preparado, anunciando a venda hoje da primeira edição da primeira revista literária da escola.

Eu sabia como eu tinha de me comportar, sabe como é. Ser simpática. Por conta de a vida doméstica da Lilly ser insatisfatória. Ou porque vai ficar assim, de todo modo, se ela ainda não estiver sabendo.

Então eu cheguei para ela e falei assim:

"Um exemplar, por favor."

E a Lilly respondeu, toda séria:

"São cinco dólares."

Eu não consegui me segurar. Falei, tipo:

"CINCO DÓLARES??? ESTÁ DE BRINCADEIRA????"

E a Lilly falou: "Bom, não é nada barato lançar uma revista, sabe como é. E foi você mesma que disse que a gente precisava recuperar o dinheiro que desperdiçamos com os cestos de lixo."

Eu entreguei meus cinco dólares. Mas fiquei em dúvida se ia valer a pena.

Não valeu. Além do meu conto, e da tese anã do Kenny, tinha alguns mangás, o poema do J.P. e...

...todos os cinco contos que Lilly tinha escrito para o concurso da revista *Sixteen*. Cinco. Ela colocou CINCO contos que ela mesma escreveu na revista dela!

Mal dava para acreditar. Quer dizer, eu sei que a Lilly tem a si mesma em alta conta, mas...

Foi bem aí que a diretora Gupta chegou. Ela NUNCA entra no refeitório. Segundo os boatos, uma vez ela pisou em uma batatinha que alguém tinha derrubado e ficou com tanto nojo que nunca mais colocou os pés no refeitório.

Mas hoje ela atravessou o refeitório e, sem se importar com qualquer batatinha que pudesse estar em seu caminho, foi direto para o balcãozinho da Lilly!

"Oh-oh", a Ling Su, do meu lado, disse. "Parece que alguém se danou."

"Talvez a Gupta seja contra a ilustração da capa", o Boris sugeriu

"Hm, acho que ela é mais contra uma história que a Lilly escreveu", a Tina disse, segurando o exemplar dela. "Vocês leram? É totalmente pornográfica!"

Na verdade, eu não tinha chegado a ler nenhum dos contos da Lilly. Ela só tinha me falado deles. Mas até mesmo uma passada de olhos por cima deles me revelou que...

Ah, sim, a Lilly tinha se danado, muito mesmo.

E todos os exemplares de *A bundinha rosa do Fat Louie* estavam sendo confiscados pelo treinador Wheeton, que estava segurando um saco de lixo preto enorme para isso.

"Esta é uma infração do nosso direito de expressão!", a Lilly berrava enquanto a diretora Gupta a levava para fora do refeitório. "Pessoal, não fiquem aí parados! Levantem-se e protestem! Não deixem que o sistema os derrube!"

Mas todo mundo só ficou sentado onde estava, mastigando. Os alunos da AEHS estão totalmente acostumados a deixar o sistema nos derrubar.

Quando o treinador Wheeton, ao ver o exemplar da revista da Lilly nas minhas mãos, chegou com o saco de lixo dele e disse assim.

"Desculpe, Mia. Vamos providenciar para que o seu dinheiro seja devolvido." E eu coloquei a revista lá dentro.

Afinal, o que mais eu podia fazer?

O J.P. e eu só ficamos trocando olhares.

Eu não tinha certeza se estava imaginando coisas ou não, mas parecia que ele estava dando RISADA.

Fico feliz por ALGUÉM conseguir enxergar alguma coisa engraçada nisso tudo.

Daí a Tina me puxou de lado...

"Olhe, Mia", ela disse baixinho. "Eu não queria falar nada na frente dos outros, mas acho que acabei de descobrir uma coisa. Uma vez eu li um romance de amor em que a heroína e a gêmea maldosa dela estavam apaixonadas pelo mesmo cara, o herói. E a gêmea má ficava fazendo um monte de coisas para fazer a heroína ficar mal na frente dele. Do herói, quer dizer."

"Ah é?" O que isso tinha a ver comigo? Fiquei imaginando. Eu não tenho irmã gêmea.

"Bom, você sabe como você ficou pedindo para a Lilly tirar "Chega de milho!", e ela não tirou, apesar de saber que o J.P. ia ficar magoado se lesse?"

Aonde é que ela queria chegar com isso?

"E daí?"

"Bom, e se a razão por que a Lilly se recusou a tirar a sua história foi por que ela QUERIA que o J.P. lesse? Porque ela sabia que, se ele lesse, ele ia ficar chateado com você por ter escrito aquilo. E daí ele ia parar de gostar de você. E ficaria livre para gostar DELA."

No começo eu fiquei tipo:

"De jeito nenhum. A Lilly nunca faria algo assim comigo."

Mas daí eu me lembrei da última coisa que ela tinha dito para mim durante o trajeto de limusine até a casa dela, do Plaza:

"Não vou ser *eu* que vou magoá-lo. Vai ser *você*. Não fui *eu* quem escreveu aquele conto.'

Ai, meu Deus! Será que a Tina pode ter razão? Será que a Lilly gosta do J.P., mas acha que ele gosta de mim? Será que é mesmo por isso que ela demonstrou tanta teimosia para publicar "Chega de milho!"?

Não. Não, não pode ser verdade. Porque a Lilly não FICA toda esquisita e possessiva quando se trata de meninos. Simplesmente não tem a ver com ela.

"Não estou dizendo que ela fez de maneira CONSCIENTE", a Tina disse quando eu fiz esse comentário. "Provavelmente ela nem confessou para SI MESMA que gosta do J.P. Mas, no SUBCONSCIENTE dela, essa pode ser a razão por que ela se recusou a tirar o seu conto."

"Não", eu respondi. "Fale sério, Tina. Isso é loucura."

"Será que é?", a Tina quis saber. "Pense bem, Mia. O que foi que a Lilly NÃO perdeu para você ultimamente? Primeiro, a presidência da escola. Depois, o papel de Rosagunde. Agora isso. Só estou dizendo. Explicaria muita coisa."

Bom, explicaria muita coisa *sim*. Se fosse verdade. Mas não é. O J.P. não gosta de mim desse jeito, e a Lilly não gosta DELE desse jeito.

E, mesmo se gostasse, ela nunca faria algo assim comigo. Quer dizer, ela é a sétima pessoa de quem eu mais gosto no mundo inteiro. E tenho certeza de que ela gosta de mim em terceiro. Ou talvez em quarto. Porque ela não tem namorado, irmão mais novo, padrasto ou madrasta nem animal de estimação só dela.

Quarta-feira, 10 de março, Superdotados e Talentosos

A Lilly voltou. Ela está pálida de verdade. Parece que a diretora Gupta ligou para os pais dela.

Que foram até a escola. Para uma reunião.

Não sei sobre o que eles falaram. Na reunião, quer dizer. Mas parece que a Lilly vai ter de pedir a aprovação da srta. Martinez para todo o conteúdo da próxima edição de *A bundinha rosa do Fat Louie* antes de ter permissão para vender os exemplares. Porque a Lilly nem chegou a mostrar os contos dela para a srta. Martinez.

Nem o meu.

Nem o nome da revista. Que vai ser trocado para *A Revista*.

Só *A revista*.

Que é, como eu disse para a Lilly, um nome legal e que chama a atenção.

A Lilly não respondeu nada, tipo "Obrigada" nem "Sinto muito".

E eu é que não vou dizer para ela algo do tipo:

"Quer conversar?", ou "Sinto muito".

Mas eu bem que gostaria de poder fazer isso.

É que estou com medo do que ela vai responder.

Quarta-feira, 10 de março, escada do terceiro andar

Hoje deve ser algum tipo de recorde de desrespeitar as regras da escola. Porque o Kenny e eu cabulamos totalmente Ciências da Terra e estamos aqui com a Tina, repassando a coreografia mais uma vez antes da apresentação de hoje à noite.

O Kenny diz que está tão nervoso que está com vontade de vomitar. A Tina também.

Eu? Para dizer a verdade — e é minha missão pessoal SÓ contar a verdade daqui por diante —, eu seria capaz de vomitar os intestinos, de tão apavorada que estou.

Porque hoje à noite vou ter de fazer uma coisa que eu nunca fiz na vida. E essa coisa é beijar um menino.

Um menino que não seja o Michael, quer dizer.

Bom, tudo bem, tirando o Josh Richter, mas ele não conta, porque isso foi antes de o Michael e eu começarmos a sair.

Mas, basicamente, hoje à noite eu vou trair o meu namorado.

E, tudo bem, eu sei que não é traição de verdade porque é só uma peça — quer dizer, um musical — e nós só estamos representando um papel e não gostamos um do outro de verdade nem nada.

Mas, mesmo assim. Eu vou ter de beijar OUTRO HOMEM. Um homem com quem eu fiz uma dança sensual, e apenas no último sábado. Na frente do meu namorado.

Que não gostou muito daquilo. Tanto que, parece, ele nem quer mais falar comigo. Então, se ele descobrir sobre essa coisa do beijo, eu vou morrer DE VERDADE.

E, mesmo que ele não descubra, *EU VOU SABER*.

O que mais eu posso fazer além de achar que o estou traindo de alguma maneira?

Principalmente se — e isso é o que mais me preocupa — eu acabar por GOSTAR da coisa. De beijar o J.P., quer dizer.

Ai, meu Deus. Não dá para acreditar que eu tive coragem de ESCREVER isso.

É CLARO que eu não vou gostar. Eu só amo um menino, e é o Michael. Mesmo que neste momento ele não corresponda o meu amor, necessariamente. Eu NUNCA poderia gostar de beijar outra pessoa. NUNCA.

Ai, meu Deus. POR QUE ELE NÃO ME LIGA?????

Quarta-feira, 10 de março, a grande apresentação

Ele ainda não ligou.

E tem gente demais aqui.

Estou falando sério.

Na verdade, não consigo enxergar exatamente quem são as pessoas, porque Grandmère não nos deixa espiar por trás da cortina, porque ela diz:

— Se vocês enxergarem o público, eles vão poder enxergar vocês. — Ela disse que não é nada profissional ser visto com a roupa do espetáculo antes de a apresentação começar.

Considerando que essa é uma produção amadora, Grandmère realmente está insistindo um tanto demais para que a gente aja de maneira profissional.

Mesmo assim, deu para ver que tem tipo umas 25 fileiras de cadeiras, e cada uma delas está ocupada. Isso dá umas... cinco mil pessoas!

Ah não, espere. O Boris disse que são só umas 650 pessoas.

Mesmo assim. Isso é MUITA gente. Nem TODAS elas podem ser nossos parentes, sabe como é? Quer dizer, obviamente tem CELEBRIDADES ali. De acordo com a internet, que eu consultei logo antes de sair para o Plaza, o evento beneficente Aide de Ferme de Grandmère está com os ingressos esgotados — doações para os cultivadores de azeitonas da Genovia entraram a semana toda, vindas de atores de cinema e cantores de rock. Parece que o evento beneficente de Grandmère — com seu tributo musical à história da Genovia — é O lugar para se estar nesta noite.

Posso estar totalmente errada, mas acho que vi o Prince — o artista anteriormente conhecido como Prince, quer dizer — pedindo um assento de corredor agora mesmo.

E o que dizer dos REPÓRTERES? Tem uma tonelada deles, agachados atrás da orquestra, com as câmeras a postos para nos fotografar no minuto em que a cortina subir. Já estou vendo a manchete de amanhã estampada no *Post*: PRINCESA FAZ PAPEL DE PRINCESA. Ou pior: PRINCESA FAZ PAPELÃO.

Calafrio.

Com a sorte que eu tenho, vão colocar uma foto do J.P. e eu nos beijando, e vai ser ESSA a foto que vão escolher para a primeira página.

E o Michael vai ver.

E daí ele vai terminar comigo, TOTAL.

Certo, eu sou mesmo uma pessoa muito superficial, preocupada com se o meu namorado vai terminar comigo, quando ele está no momento passando pelo que é provavelmente a crise pessoal mais dolorosa da vida dele, com coisas claramente bem mais importantes com que se preocupar do que a namorada boba de escola dele.

E por que eu estou preocupada com isso se deveria estar concentrada na apresentação? Pelo menos é o que Grandmère diz.

Todo mundo está MUITO nervoso no camarim. A Amber Cheeseman está no canto, fazendo algum tipo de aquecimento com movimentos de *hapkido* para se acalmar. A Ling Su está fazendo os exercícios de respiração que ela aprendeu nas aulas de ioga no clube. O Kenny está andando de um lado para o outro, balbuciando: "Passo, passo, troca a perna. Abanar a mão, abanar a mão, abanar a mão. Passo, passo, troca a perna." A Tina está ajudando o Boris repassar as falas dele. A Lilly só está sentada quietinha, sozinha, tentando não estragar a cauda comprida do vestido branco dela.

Até Grandmère desrespeitou suas próprias regras de novo e está fumando, apesar de a última refeição dela ter sido há horas.

Só o *Señor* Eduardo parece calmo. Isso porque está dormindo em uma cadeira na primeira fila, com sua mulher igualmente anciã cochilando ao lado dele. Eles foram as únicas duas pessoas que eu reconheci antes de Grandmère me pegar espiando.

Faltam dois minutos para a cortina subir.

Grandmère acabou de nos chamar para perto dela. Ela apaga o cigarro e diz: "Bom, crianças. Chegou a hora. O momento da verdade. Tudo por que nos esforçamos tanto nesta semana culmina nisto aqui. Vocês vão obter sucesso? Ou vão cair de cara no chão e se fazer de bobos na frente dos seus pais e dos seus amigos, isso sem mencionar um sem-número de celebridades? Só vocês podem decidir. Depende unicamente de vocês. Mas eu fiz tudo o que pude por vocês. Escrevi o que é, talvez, um dos melhores musicais de todos os tempos. Não podem culpar o material. Apenas vocês mesmos, daqui para a frente. Agora chegou a vez de vocês, crianças. Sua vez de abrir as asas, como eu fiz... e voar! Voem, crianças! VOEM!"

Daí ela falou em um walkie-talkie, que nenhum de nós tinha percebido que ela estava carregando, até aquele momento:

"Pelo amor de Deus, são sete horas. Comecem a abertura logo!"

E a música começa...

Quarta-feira, 10 de março, a grande apresentação

Ai, meu Deus, todo mundo AMOU! É sério! Devoraram tudo com os olhos! Nunca vi um público aplaudir tanto! Está todo mundo ENLOUQUECIDO! E ainda nem chegamos no *grand finale*!

Todo mundo está TÃO bem! O Boris não esqueceu nenhuma fala dele — ele cantou a música do Senhor da Guerra perfeitamente...

> *Sair para matar e esquartejar*
> *É o que faço todo dia*
> *Não queria nenhum outro trabalho adotar*
> *Eu gosto mesmo é de pilhar*
>
> *Refrão:*
> *Percorrendo as florestas à noite*
> *Quando apareço sou uma tremenda visão*
> *Vejo o medo nos olhos de cada aldeão*
> *Ah, como isso me deixa feliz!*

E o Kenny não errou nenhuma coreografia. Bom, tudo bem, errou, mas não tanto para que alguém notasse de verdade.

E dava para ouvir um alfinete cair quando a Lilly cantou a canção da amante!

Como eu podia saber
Quando a minha mãe me vendeu
Para ele, que um dia eu
Poderia amá-lo tanto?

Apesar de ele só estuprar e roubar
Para mim é sempre uma surpresa
Quando depois de toda a sua destreza
Ele sempre volta para me amar

A platéia ficou na palma da mão dela! A voz dela PULSAVA de tanta força, igualzinho ao que madame Puissant tinha ensinado para ela! *E* ela se lembrou de usar uma das mãos só para erguer a saia ao subir a escada.

E o J.P. quase foi aplaudido de pé pela canção do ferreiro dele.

Como alguém como ela
Pôde amar um homem simples como eu?
Se ela pode escolher qualquer um
Por que resolveu ficar com este homem comum?

Como é que ela
Pode me amar?

E a música logo antes de eu estrangular o Boris foi tão PODEROSA!!!! Dava para ouvir as pessoas na platéia — as que não conhecem a história da Genovia — engolirem em seco quando eu cantei:

"*Então, com esta trança, faço a volta / No pescoço dele, para que queime.*"
É sério.

> *O crepúsculo coloca fim neste dia*
> *E o que o amanhã trará ninguém pode saber.*
> *Estou aqui nesta cama de ódio*
> *E espero que a noite meu futuro me faça ver...*
>
> *Refrão:*
> *Pai, Genovia, juntos vamos lutar!*
> *Pai, Genovia, o futuro acabou de chegar!*
>
> *Juro por Deus e pela minha vida,*
> *A morte do meu pai vingarei*
> *Então com esta trança, matarei*
> *Para que à luz da manhã ele não mais exista!*

E, quando eu cantei o segundo refrão de "*Pai, Genovia, juntos vamos lutar! / Pai, Genovia, o futuro acabou de chegar!*", tenho quase certeza de que ouvi Grandmère — GRANDMÈRE, ninguém menos — fungar!

Bom, tudo bem, talvez ela esteja sofrendo de coriza. Mas, mesmo assim.

Ah, chegou a hora do *grand finale*! É agora. A hora do beijão.

Espero mesmo que a Tina tenha razão e que o J.P. não goste de mim desse jeito. Porque, independentemente do que pode acontecer, o meu coração pertence ao Michael e sempre pertencerá.

Não que beijar alguém em uma peça — quer dizer, musical — seja a mesa coisa que traí-lo. Porque não é, de jeito nenhum. O que o J.P. e eu...

Aliás, cadê o J.P.? A gente precisa dar as mãos e correr para o palco juntos, com cara de alegres, e daí ele me dá o beijão.

Mas como é que eu posso dar a mão para ele e entrar correndo no palco se ele DESAPARECEU????

Que loucura. Ele estava aqui depois do último número. Onde é que ele pode...

Ah, lá vem ele, finalmente.

Espera... tem outra pessoa com a roupa do J.P. Esse aí não é o J.P....

Quarta-feira, 10 de março, a grande festa

Ai, meu Deus, não dá para acreditar em NADA do que está acontecendo.

Falando sério. Tudo parece um sonho. Porque quando eu estiquei a mão para pegar na do J.P. e correr para o placo com ele, eu me vi pegando na mão do MICHAEL em vez disso.

"MICHAEL?", eu não pude deixar de exclamar. Apesar de a gente não poder falar na coxia, porque a voz pode sair pelo microfone. "O que você..."

Mas o Michael colocou o dedo por cima dos lábios, apontou para o meu microfone, pegou a minha mão e me arrastou para o palco...

Exatamente do jeito que o J.P. tinha feito nos nossos ensaios.

Daí, enquanto todo mundo cantava "Genovia! Genovia!", o Michael, com a roupa de Gustav do J.P., me pegou nos braços, inclinou o meu corpo para trás e tascou o maior beijão de cinema que você já viu nos meus lábios.

Ninguém nem reparou que não era o J.P. até voltarmos para o palco para agradecer, quando todos nos demos as mãos e nos curvamos.

"*Michael!*", eu exclamei de novo. "O que você está fazendo aqui?"

A gente não precisava mais se preocupar com os microfones naquele ponto, porque o público estava aplaudindo tanto que ninguém ia ter escutado mesmo.

"Como assim, o que eu estou fazendo aqui?", o Michael perguntou com um sorrisinho. "Você acha mesmo que eu não ia fazer nada e só ficar olhando enquanto você beijava outro cara?"

E foi bem aí que o J.P. passou por nós e falou assim:

"E aí, cara. Valeu", e ergueu a mão, e o Michael faz um "toca aqui" de levinho com ele.

"Esperem", eu disse. "O que está acontecendo aqui?"

E foi quando a Lilly apareceu e colocou o braço em volta do meu pescoço.

"Ah, PDG", ela disse. "Fique fria."

Daí ela começou a contar como ela e o irmão — com a ajuda do J.P. — fizeram esse plano para o J.P. e o Michael trocarem de lugar durante o *grand finale*, para o Michael, e não o J.P., me beijar.

E foi exatamente o que eles fizeram.

Mas como eles conseguiram fazer isso pelas minhas costas, eu nunca vou saber. Quer dizer, estou falando sério.

"Isso significa que você me perdoa por causa do negócio da dança sensual?", eu perguntei ao Michael depois que tinham tirado os nossos microfones e a minha trança e nós estávamos sozinhos na coxia enquanto, na frente do palco, todo mundo estava recebendo os parabéns da família — ou conhecendo as celebridades dos seus sonhos.

Mas para que eu precisava de celebridades se a pessoa que mais me importava no mundo estava parada LOGO ALI NA MINHA FRENTE?

"Sim, eu perdôo você pela coisa da dança sensual", o Michael disse, e me deu um abraço bem forte. "Se você me perdoar por ter sido um namorado tão ausente nos últimos dias."

"A culpa não é sua. Você estava chateado por causa dos seus pais. Eu compreendo perfeitamente."

Ao que ele respondeu, simplesmente:

"Obrigado."

O que me fez perceber, ali mesmo naquele instante, que estar em uma relação madura não tem nada a ver com beber cerveja e fazer dança sensual. Em vez disso, tem tudo a ver com poder contar com o fato de que alguém não vai terminar com você só porque você dançou com outro cara em uma festa uma noite, ou quando não leva para o lado pessoal se você não ligou tantas vezes quanto a outra pessoa gostaria porque está muito ocupado dando contas de provas e de uma crise na família.

"Sinto muito mesmo, Michael", eu disse. "Espero que as coisas dêem certo com os seus pais. E, hm, falando sério... sobre o que aconteceu na sua festa: a cerveja, a boina, a dança sensual. Nada disso vai voltar a acontecer."

"Bom", o Michael confessou. "Eu meio que gostei da dança sensual."

Fiquei olhando de olhos arregalados para ele.

"GOSTOU?"

"Gostei", o Michael disse e se inclinou para me beijar. "Mas você tem de prometer que, da próxima vez, vai fazer só para mim."

Eu prometi. Se é que IA haver próxima vez.

Quando o Michael finalmente ergueu a cabeça para respirar, ele disse, com a voz meio trêmula:

"A verdade, Mia, é que eu não quero uma menina festeira. Tudo o que eu sempre quis foi você."

Ah. Então era ISSO o que ele queria dizer.

"Agora, o que você acha de a gente tirar essas fantasias idiotas e ir para a festa?"

Eu disse que parecia uma ótima idéia.

Quarta-feira, 10 de março, ainda a grande festa

Agora estão fazendo discursos. Os criadores de O Mundo, quer dizer. E eu demorei um minuto para me lembrar de que é por isso que Grandmère organizou esta festa, para começo de conversa. NÃO é para levantar fundos para os cultivadores de azeitonas da Genovia nem para apresentar uma peça. Quer dizer, musical.

Essa coisa toda foi para amaciar o pessoal que decide quem fica com qual ilha.

Não posso dizer que tenho inveja deles — o pessoal responsável, quer dizer. Como é que se decide quem merece mais a Irlanda, o Bono ou o Colin Farrell? Como decidir quem deve ficar com a Inglaterra, o Elton John ou o David Beckham?

Acho que, em última instância, tudo se resume a quem paga mais. Mesmo assim, fico feliz por não ser responsável por tomar a decisão se, digamos, alguém se recusar a oferecer mais dinheiro.

Uma coisa EU SEI que já foi decidida: quem vai ficar com a Genovia. ISSO ficou bem claro quando o J.P., todo vermelho e envergonhado, foi arrastado até onde eu estava perto de Grandmère, por um cara enorme careca.

"Aqui está ela!", o careca grandão exclamou — o John Paul Reynolds-Abernathy III, eu logo percebi, o pai do J.P. "A mocinha que eu estava louco para conhecer, a princesa da Genovia, a responsável por tirar o meu garoto da concha dele! Como vai, querida?"

Eu achei que o pai do J.P. devia estar falando de Grandmère. Sabe como é, porque tinha sido ela que tinha colocado o J.P. na peça dela, e acho que isso pode ser considerado "tirar o meu garoto da concha dele".

Mas, para a minha surpresa, eu vi que o sr. John Paul Reynolds-Abernathy III estava olhando para MIM, não para Grandmère.

Grandmère, da parte dela, parecia que tinha sentido um cheiro ruim. Provavelmente foi o charuto.

Mas a única coisa que ela disse foi:

"John Paul. Esta aqui é a minha neta, Vossa Alteza Real Princesa Amelia Mignonette Grimaldi Thermopolis Renaldo. (Grandmère sempre inverte meus dois últimos nomes. É uma coisa entre ela e a minha mãe.)"

"Como vai, senhor", eu disse e estendi a mão direita...

Que foi engolida pela pata enorme e carnuda do sr. Reynolds-Abernathy III.

"Não poderia estar melhor ", ele disse, sacudindo o meu braço para cima e para baixo enquanto o J.P., parado ao lado do pai, com as mãos enfiadas bem no fundo dos bolsos, parecia que queria morrer. "Não poderia estar melhor. Fico feliz em conhecer a menina que — desculpe, a *princesa* que — é a primeira pessoa naquela escola de gente metida em que vocês estudam que já convidou o meu garoto para almoçar!"

Eu só fiquei lá parada, olhando do J.P. para o pai dele e vice-versa. Eu meio que não estava acreditando. Quer dizer, que ninguém na AEHS nunca tinha convidado o J.P. para almoçar antes.

Por outro lado, ele tinha *mesmo* dito que não é muito de se misturar. E ele sempre FOI esquisito com a coisa do milho no feijão. E, quando a gente não sabe por que ele odeia milho... bom, pode ficar achando que ele é meio esquisito. Até a gente conhecê-lo melhor, quer dizer.

"E olhe só o que isso fez por ele!", o sr. Reynolds-Abernathy III prosseguiu. "Um almocinho e ele já consegue o papel principal em um musical da escola! E agora ele até tem amigos! Amigos de faculdade! Como é mesmo o nome daquele garoto, J.P.? Aquele com que você passou a noite de ontem inteira ao telefone? Mike?"

O J.P. não tirava os olhos do chão. Eu não o culpo.

"É", ele respondeu. "Michael."

"Certo, Mike", o sr. Reynolds-Abernathy III prosseguiu. "E a nossa princesa aqui." Ele me deu um beliscão no queixo. "Este garoto almoça sozinho desde que começou a estudar naquela escola de esnobes. Eu ia fazer com que ele fosse transferido se isso continuasse. Agora, ele almoça com uma princesa! Que coisa espetacular. A sua neta é ótima, Clarisse!"

"Muito obrigada, John Paul", Grandmère disse, toda graciosa. "E devo dizer, seu filho é um rapazinho muito encantador. Tenho certeza de que ele irá muito longe na vida."

"Ah, mas vai sim, com certeza", o sr. Reynolds-Abernathy disse. e agora foi a vez do J.P. receber um beliscão no queixo. "Almoçando com princesas... Bom, eu só queria agradecer. Ah, e também queria dizer que eu retirei meu lance por aquela ilha... como chama mesmo? Ah, certo! Genovia! 'Juntos vamos lutar.' Aliás, adorei essa frase. Mas, bom, Clarisse, ela é toda sua, tendo em vista o favor que a sua neta fez a mim e ao meu garoto aqui."

Os olhos de Grandmère quase saltaram das órbitas. O mesmo aconteceu com o Rommel, porque ela o estava apertando com força demais.

"Você tem certeza disso, John Paul?", Grandmère perguntou.

"Cem por cento", o sr Reynolds-Abernathy III respondeu. "Para começo de conversa, foi um erro da minha parte fazer um lance. Eu nunca quis a Genovia — mas precisei ver a peça de hoje à noite para perceber isso. É a outra que eu quero, a da corrida automobilística..."

"Mônaco", Grandmère sugeriu, com frieza, com cara de quem tinha sentido o cheiro de alguma coisa pior ainda do que fumaça de charuto. Mas, bom, ela SEMPRE fica com essa cara quando alguém fala do vizinho mais próximo da Genovia.

"É, é essa aí mesmo." O pai do J.P. parecia feliz. "Preciso me lembrar disso. Vou comprar para a mãe do J.P., sabe como é, de presente de aniversário de casamento. Ela adora aquela atriz, a que era princesa lá. Qual é mesmo o nome dela?"

"Grace Kelly", Grandmère respondeu, com ainda mais frieza.

"Essa mesma." O sr. Reynolds-Abernathy III pegou o filho pelo braço. "Vamos, menino", ele disse. "Vamos lá dar o nosso lance antes que alguma dessas outras, hm, *pessoas*" — ele estava olhando direto para a Cher, que estava com uma roupa coladinha, mas que mesmo assim era humana e tudo o mais, "queira ficar com a ilha".

Assim que eles se afastaram o suficiente, eu me virei para Grandmère e disse:

"Tudo bem, pode confessar. A razão por que você montou esta peça NÃO foi para divertir as massas que viriam doar dinheiro para os cultivadores de azeitonas da Genovia, mas para agradar ao pai do J.P. e fazer com que ele desistisse de comprar a ilha da falsa Genovia, não foi?"

"Talvez, de início", Grandmère disse. "Depois, confesso, entrei nos espírito da coisa. Quando o bichinho do teatro morde a gente, o veneno fica no sangue, sabe como é, Amelia. Eu nunca serei capaz de dar as costas completamente para as artes dramáticas. Principalmente agora que o meu espetáculo", ela olhou na direção de todos os repórteres e críticos teatrais que estavam esperando para que ela fizesse um pronunciamento, "fez tanto sucesso".

"Tanto faz", eu respondi. "Só responda uma coisa para mim. Por que era tão importante para você que o J.P. e eu nos beijássemos no fim? E diga a verdade para variar, não aquela bobagem de o público esperar um beijo no fim de um musical ou sei lá o quê."

Grandmère tinha trocado o Rommel de braço para poder examinar o reflexo dela no espelhinho incrustado de diamantes que ela tirou da bolsa.

"Ah, pelos céus, Amelia", ela disse, conferindo se a maquiagem estava perfeita antes de dar entrevistas. "Você já tem quase 16 anos e só beijou um menino a vida toda."

Dei uma tossida.

"Dois, na verdade", respondi. "Lembra o Josh..."

"*Pfft!*", Grandmère respondeu, fechando o espelhinho com um estalo. "De todo modo, você é nova demais para levar um menino tão a sério. Uma princesa precisa beijar muitos sapos antes de poder dizer com certeza que encontrou o seu príncipe."

"E você queria que o John Paul Reynolds-Abernathy IV fosse o meu príncipe", eu disse. "Porque, diferentemente do Michael, o pai dele é rico... e também por acaso estava disputando a compra da ilha da falsa Genovia com você."

"A idéia de fato passou pela minha mente", Grandmère disse, distraída. "Mas do que é que você está reclamando? Aqui está o seu dinheiro."

E assim, sem mais nem menos, ela me entregou um cheque de exatamente cinco mil, setecentos e vinte e oito dólares.

"O dinheiro de que você precisa para resolver seus probleminhas de finanças", Grandmère prosseguiu. "É só uma pequena porcentagem do que arrecadamos nesta noite. Os agricultores da Genovia nem vão perceber que está faltando."

A minha cabeça começou a rodar.

"Grandmère! Você está falando sério?" Eu não precisava mais me preocupar com a Amber Cheeseman mandando a minha cartilagem nasal esmagar o meu lobo frontal! Parecia um sonho se tornando realidade!

"Sabe, Amelia", Grandmère disse, toda presunçosa. "Você me ajudou, e eu ajudei você. É assim que os Renaldo fazem."

Isso, aliás, me fez rir.

"Mas *eu* consegui a sua ilha para você", eu disse, sentindo uma borbulha de triunfo — sim *triunfo* — emergir dentro de mim. "Eu convidei o J.P. para almoçar comigo e foi por isso que o pai dele desistiu da comprar a ilha. Eu não tive de inventar mentiras nem fazer planos mirabolantes de chantagem ou de estrangulamento — que parece ser o jeito como os Renaldo fazem as coisas. Mas tem outro jeito, Grandmère. Você devia dar uma olhada. Ele se chama ser *legal* com os outros."

Grandmère ficou olhando para mim, pasmada.

"Aonde você acha que Rosagunde teria chegado se tivesse sido *legal* com lorde Alboin? A simpatia, Amelia", ela disse, "não leva a lugar nenhum na vida."

"*Au contraire, Grandmère*", eu disse. "A simpatia fez com que você conseguisse a sua ilha falsa Genovia, e com que eu conseguisse o dinheiro de que eu precisava."

E, acrescentei em silêncio, *meu namorado de volta!*

Mas Grandmère só revirou os olhos e falou assim:

"Meu cabelo está bom? Vou ali falar com os jornalistas agora."

"Você está ótima", eu disse a ela.

Afinal, qual é o mal em ser legal?

Assim que Grandmère foi engolida pela horda de jornalistas que estava à espera dela, o J.P. apareceu, segurando uma taça de cidra gasosa para mim, que eu peguei dele e bebi inteira com gosto. Aquela cantoria toda deixa a gente com sede.

"Então", o J.P. disse. "Aquele lá era o meu pai."

"Ele parece gostar mesmo muito de você", eu disse, toda diplomática. Porque não ia ser nada simpático dizer: 'Caramba, você tinha razão! Ele dá MESMO muita vergonha!' "Apesar do negócio do milho."

"É", o J.P. respondeu. "Acho que sim. Mas, bom. Você está brava comigo?"

"Brava com você?", eu exclamei. "Por que você vive perguntando se eu estou brava com você? Acho que você é o cara mais legal que eu já conheci!"

"Tirando o Michael", o J.P. me lembrou, olhando para o lugar onde o Michael estava, conversando em um *tête-à-tête* com o Bob Dylan... não muito longe, aliás, de onde a Lana Weinberger e a Trish Hayes estavam sendo ignoradas pelo Colin Farrell. E fazendo bico por causa disso.

"Bom, é claro", eu disse ao J.P. "Falando sério, o que você fez por mim... e pelo Michael foi MUITO LEGAL. Sinceramente, não tenho como agradecer. Não sei como vou poder retribuir algum dia."

"Ah", o J.P. disse, com um sorriso. "Tenho certeza de que eu vou pensar em alguma coisa."

"Mas eu tenho uma pergunta", eu disse, finalmente conseguindo reunir a coragem para perguntar uma coisa que já estava me incomodando fazia um tempinho. "Se você odeia milho tanto assim, por que você PEGA feijão? Quer dizer, no refeitório?"

O J.P. ficou olhando para mim, piscando os olhos.

"Bom, porque eu odeio milho. Mas eu adoro feijão."

"Ah. Certo. A gente se vê amanhã", eu disse e dei um tchau para ele. Apesar de eu não ter entendido absolutamente nada.

Mas, sabe como é, eu meio que cheguei à conclusão de que só entendo uns 15 por cento das coisas que as pessoas falam para mim. Tipo o que a Amber Cheeseman disse para mim agora há pouco, perto do bufê de caviar:

"Sabe, Mia, você é uma pessoa bem divertida. Depois de tudo o que eu li sobre você, eu achava que você ia ser meio travada. Mas você, no final das contas, é uma menina bem festeira!"

Então, acho que a definição de "menina festeira" meio que varia, dependendo da pessoa com quem a gente está conversando, sabe como é.

Um segundo depois, a Lilly apareceu do meu lado toda sorrateira. Se eu não soubesse a verdade — sobre os pais dela, sabe como é —, eu teria dito:

"Lilly, o que você está fazendo, chegando assim de fininho? Você não faz essas coisas!"

Mas, pela chegada de fininho dela, ficou óbvio que agora ela já sabia a verdade sobre eles — então eu só disse:

"Oi."

"Oi." A Lilly estava olhando para o outro lado do salão, para o Boris, que apertava a mão do Joshua Bell com tanta força que estava na cara que ele podia quebrá-la. Atrás dele estavam duas pessoas que só podiam ser o sr. e a sra. Pelkowski, os dois olhando fixo e todos envergonhados para o herói do filho enquanto, atrás DELES, a minha mãe e o sr. Gianini e os pais da Lilly estavam ouvindo atentamente alguma coisa que Leonard Nimoy contava. "Como está tudo?"

"Tudo bem", eu respondi. "Você conseguiu falar com a Benazir?"

"Ela não veio", a Lilly disse. "Mas eu bati um bom papinho com o Colin Farrell."

Eu ergui as sobrancelhas. "Bateu?"

"Bati", a Lilly respondeu. "Ele concorda comigo que o IRA precisava se desarmar, mas ele tem algumas idéias bem radicais a respeito de como deviam ter feito isso. Ah, e depois eu conversei um monte com a Paris Hilton."

"Sobre o que você e a Paris *Hilton* conversaram?"

"Principalmente sobre o processo de paz no Oriente Médio. Mas ela disse que achou os meus sapatos o máximo", a Lilly respondeu.

E nós duas olhamos para o All Star preto de cano alto da Lilly, sobre os quais ela tinha desenhado um monte de estrelas-de-davi prateadas para homenagear a ascendência judia dela, e que ela tinha vestido nesta noite, especialmente para a ocasião.

"São *mesmo* legais", eu reconheci. "Olhe, Lilly. Obrigada. Por ajudar a resolver as coisas entre mim e o Michael, quer dizer."

"Para que servem as amigas?", a Lilly perguntou com um dar de ombros. "E não se preocupe. Eu não contei para o Michael sobre aquele beijo que você deu no J.P."

"Aquilo não significou nada!", eu exclamei.

"Tanto faz", a Lilly respondeu.

"Não significou", eu insisti. E daí, como parecia a coisa certa a fazer, eu completei: "Olhe. Sinto muito mesmo por causa dos seus pais."

"Eu sei", a Lilly respondeu. "Eu deveria... Quer dizer, já faz um tempo que eu sei que as coisas não estão bem entre eles. O Morty está se afastando da escola neopsicanalítica de psiquiatria desde que terminou a pós-graduação. Há anos ele e a Ruth brigam por causa disso, mas a coisa chegou ao extremo com um artigo recente da *Psicanálise Hoje*, falando mal dos junguianos por causa do Essencialismo. A Ruth acha que a atitude do Morty em relação ao movimento da neopsicanálise não passa de um sintoma da crise de meia-idade e que, daqui a pouco, o Morty vai sair por aí comprando um Ferrari e passando férias nos Hamptons. Mas o Morty insiste em que está prestes a fazer uma descoberta inovadora. Nenhum deles arreda pé. Então a Ruth pediu para o Morty sair de casa até que ele retome suas prioridades. Ou publique sua tese. O que acontecer primeiro."

"Ah", eu disse. Porque eu não consegui encontrar nenhuma outra maneira de responder. Quer dizer, será mesmo que os casais se separam por coisas assim? Já ouvi falar de gente que se divorcia porque uma das pessoas sempre perde a tampa da pasta de dente.

Mas terminar um casamento por causa de uma diferença metodológica?

Ah, sei lá. Pelo menos isso é algo com que eu não preciso me preocupar, porque isso nunca vai acontecer entre mim e o Michael!

"Mesmo assim, eu não devia ter ficado remoendo tudo isso", a Lilly prosseguiu, "eu devia ter falado para você. Pelo menos assim você poderia ter tentado entender... sabe como é. Por que eu ando agindo igual a uma maluca ultimamente."

"Pelo menos", eu disse, toda séria, "você tem uma desculpa. Por agir como louca e tudo o mais. Qual é a minha justificativa?"

A Lilly riu, bem do jeito que eu queria que ela risse.

"Desculpa por eu me recusar a tirar o seu conto da revista", ela disse. "Você estava totalmente certa. Teria sido uma maldade com o J.P. Isso sem falar que teria sido o maior insulto ao seu gato."

"É", eu disse, olhando para onde o J.P. estava parado, meio perto do Doo Pak, que estava contando alguma coisa para o Elton John, quase sem respirar. "O J.P. é um cara legal de verdade. E sabe..." Bom, por que não? A coisa de ser simpática ainda não tinha dado errado para mim: "...acho que ele gosta de você, de verdade."

"Fique quieta", a Lilly disse. Mas não com aquela voz desanimada que estava usando antes. "Eu desisti dos meninos. Você sabe disso. Eles só causam problemas e mágoas. É o que eu estava falando para o David Mamet há um minuto, que..."

"Espere", eu disse. "O *David Mamet* está aqui?"

"Está", a Lilly respondeu. "Ele vai comprar a ilha de falsa Massachusetts ou algo assim. Por quê?"

"Lilly", eu disse, toda animada. "Vá lá para o J.P. e diga a ele que você quer apresentá-lo a alguém. Daí, leve ele até o David Mamet."

"Por quê?"

"Não pergunte. Só faça. Juro que você não vai se arrepender. Aliás, aposto que, depois disso, ele vai convidar você para sair."

"Você acha mesmo que ele gosta de mim?", a Lilly quis saber, olhando para o J.P. cheia de incerteza.

"Total", eu respondi.

"Então eu vou lá fazer isso", a Lilly disse com determinação repentina. "Agora mesmo."

"Vá em frente", eu disse a ela.

E ela foi.

Mas eu não vi como o J.P. reagiu porque, naquele instante, o Michael chegou e colocou o braço em volta da minha cintura.

"Oi", eu disse. "Que tal o Bob?"

"O Bob", o Michael respondeu, "é o máximo. E *você*, tudo bem?"

"Sabe de uma coisa? Tudo ótimo."

E eu nem estava mentindo, para variar.

Este livro foi composto na tipologia
Lapidary 333 BT, em corpo 12/17, e impresso
em papel off-white, no Sistema Cameron da
Divisão Gráfica da Distribuidora Record.